HEYNE <

JOHN HEALEY

DIE TOCHTER DES SAMURAI

Roman

Aus dem Amerikanischen
von Stefan Lux

WILHELM HEYNE VERLAG
MÜNCHEN

Die Originalausgabe *The Samurai's Daughter*
erschien bei Arcade, New York

FSC
www.fsc.org
MIX
Papier aus verantwortungsvollen Quellen
FSC® C014496

Verlagsgruppe Random House FSC® N001967

Vollständige deutsche Erstausgabe 5/2020

Redaktion: Thomas Brill
Printed in Germany
Umschlaggestaltung: Designomicon
unter Verwendung des Originalumschlags von
© Erin Seaward-Hiatt
Satz: Buch-Werkstatt GmbH, Bad Aibling
Druck und Bindung: GGP Media GmbH, Pößneck
ISBN: 978-3-453-47174-0

www.heyne.de

»Es gibt nichts anderes
als den gegenwärtigen Moment.«

Hagakure: Der Weg des Samurai
Yamamoto Tsunetomo

»... mein Herr, Ihr zeugtet,
pflegtet, liebtet mich ...«

Cordelia, König Lear
William Shakespeare

LISTE DER WICHTIGSTEN PERSONEN

Die Date-Familie:

Date Katakura Shiro, genannt Shiro. Er ist ein Samurai, der uneheliche Sohn von Katakura Kojuro, einem engen Berater von Date Masamune und von Mizuki, Date Masamunes einziger Schwester.

Date Masamune, der Furcht einflößende und reiche, einäugige Hohe Herr und Daimyo von Sendai, Japan, der von ihm gegründeten Stadt. Erbauer der Burg Sendai, wichtiger Berater des Shoguns. Er ist Shiros Onkel und Beschützer.

Megohime Masamune, genannt Megohime. Date Masamunes intrigante Ehefrau.

Date Tadamune, Date Masamunes ältester Sohn. Ein Schurke.

Date Mizuki, genannt Mizuki. Shiros Mutter und Date Masamunes einzige Schwester. Eine bemerkenswerte Schönheit, die zunächst einen Samurai-Krieger geheiratet hatte, der in der Schlacht getötet wurde, und dann eine Affäre mit Katakuro Kojuro begann.

Soledad María Masako Date Benavides y de la Cerda,

genannt Soledad María oder Masako. Die junge Frau, die dieses Buch erzählt, Tochter von Shiro und Guada.

Die Medinaceli-Familie:
María Luisa Benavides Fernández de Córdoba y de la Cerda, genannt Guada. Einzige Tochter von Don Rodrigo und Doña Inmaculada. Sie heiratete Julián von Denia, von dem sie – nach einer Vergewaltigung – ein Kind bekam, »Rodriguito«. Später hatte sie eine glückliche Liebesbeziehung zu Shiro, dem Samurai, und starb bei der Geburt der gemeinsamen Tochter María »Masako«.
Carlos Bernal Fernández de Córdoba y de la Cerda, genannt Carlos. Guadas älterer Bruder und Soledad María Masakos Onkel. Er heiratet Caitríona O'Shea und hat mit ihr eine Tochter, *Carlota*.
Soledad Medina y Pérez de Guzmán de la Cerda, genannt Doña Soledad Medina. Matriarchin und reichstes Mitglied der Familie. Guadas Tante und Beschützerin, Soledad María Masakos Großtante.
Rodrigo de la Cerda y Dávila, genannt Don Rodrigo. Vater von Guada und Carlos.
María Inmaculada Benavides Spínola, genannt Doña Inmaculada. Mutter von Guada und Carlos. Sie und ihr Ehemann sind ebenfalls mit Doña Soledad Medina verwandt.

Die Medina-Sidonia-Familie:
Rosario Martínez Gonzalez de Pérez de Gúzman, genannt Rosario. Sie ist die letzte Ehefrau von Alfonso Pérez du Gúzman, dem siebten Herzog von Medina-Sidonia. Ein

einfaches Dorfmädchen, in das sich der alternde Herzog kurz vor seinem Tod verliebte.
Francisco Alonso Pérez de Gúzman Conde de Bolonia, genannt Francisco. Sohn von Rosario und dem siebten Herzog von Medina-Sidonia.

Die O'Shea-Familie:
Caitríona O'Shea, genannt Caitríona. Geboren in Galway, Irland, als Tochter eines erfolgreichen Whiskeyhändlers mit Geschäftskontakten in Spanien. Glühend in Shiro verliebt, heiratet sie Carlos, da sie vermutet, Shiro wäre tot.
Patrick Shiro Date O'Shea, genannt Patrick. Sohn von Caitríona und Shiro.
María Carlota Fernández de Córdoba y de la Cerda y O'Shea, genannt Carlota. Tochter von Caitríona und Carlos.

TEIL EINS

KAPITEL 1

Mein rosiges, runzliges Fleisch, von Schleim bedeckt. Die einsetzende Morgendämmerung. Das Schluchzen meiner Tante. Die klagende Hebamme. Die gemurmelten Gebete des Priesters. Vaters stoisches Schweigen. Der unangenehme Geruch des Blutes meiner Mutter. Ihr letzter Atemzug wie ein verblüfftes Flüstern. Das riesige Moratalla-Anwesen um mich herum. Die Villa und die Gärten. Die Kiespfade. Die Statuen römischer Götter. Der vor den Toren vorbeifließende Guadalquivir. Orangenblüten.

Sanlúcar, zwei Jahre später. Vater hält mich in den Armen und ergreift meine kleine Hand, damit ich meiner Tante zuwinke, die in Wahrheit meine Großtante ist, Doña Soledad Medina. Ihre schwarz-goldene Kutsche. Die livrierten Bediensteten. Ihre noble Haltung, wie sie in Trauerkleidung unbewegt am Anleger steht und die Abfahrt unseres Schiffes nach Japan beobachtet. Vater trug sein edelstes Samurai-Gewand. Die langen Griffe seines Messers und seines Schwertes drückten gegen meine Gliedmaßen. Ich war in eines von Mutters Tüchern gewickelt. Die Möwen. Das andalusische Nachmittagslicht. Die Strömungen in der Flussmündung.

Ich erinnere mich nicht mehr an das, was geschah, als die Piraten an Bord kamen. Wie Vater sein Schwert führte, um mich zu beschützen, bis sie ihn überwältigten, schlugen und fesselten. Eine Mitreisende, Caitríona, fünfzehn Jahre alt und erlesen schön, wurde vom Kapitän gepackt und gezwungen zuzusehen, wie ihr irischer Vater von einem englischen Entermesser durchbohrt wurde. Ihre Schreie, die jubelnden Männer, die Frauen, die an Deck zusammengetrieben und zum Spaß misshandelt wurden. Sie alle, einschließlich Caitríonas Mutter, aneinandergefesselt, um als Sklavinnen verkauft zu werden. Caitríona, die mit mir auf den Armen in die Kajüte des Kapitäns geschickt wurde. Der betrunkene, ungewaschene Seeräuber, nicht in der Lage, sich ihr mit Gewalt aufzuzwingen, außer sich vor Wut und Frustration, sie schlagend und mit dem Tod bedrohend. Ihr Flehen, ihr Versprechen, niemals ein Wort über seine Impotenz zu verlieren, ihr Angebot, sich in seinem Haushalt um mich zu kümmern. Die Ankunft eines weiteren Schiffes, die den Kapitän ablenkte. Der Sultan, der an Bord kam und Vater kaufte, um ihn als Krieger in irgendeiner barbarischen Arena einzusetzen.

Manchmal schimmern Bilder von unserer Ankunft in Venedig auf: die Geliebte des Kapitäns, Maria Elena Visconti, und ihr düsterer Palast. Wie sie mich an ihre Brust presste und bereit war, ihm dieses kostbaren Geschenks wegen seine Laster zu verzeihen. Der faulige Geruch des Kanals entlang der Giudecca. Die Glocken der Chiesa del Santissimo Redentore. Die Dienstmädchen. Unsere neue

Kleidung. Das Essen und die Federbetten. Maria Elena verwöhnte mich. Caitríona wich nie von meiner Seite. Ein kleiner Hund schlief neben mir. Der Kostümball, den wir als Engel verkleidet besuchten.

KAPITEL 2

Der Sultan segelte nach Algier und steckte Vater ins Gefängnis, bis die alljährlichen Spiele begannen. Sklaven und Gefangene kämpften bis zum Tod gegen bewährte Soldaten, die bei ihren Herren Eindruck schinden wollten. Vater verhalf dem Mann, der ihn gekauft hatte, zu hohen Einnahmen. Während der ersten Woche stellte sich das abgestumpfte Publikum meist gegen ihn. Sie waren wütend, weil ein Fremder es schaffte, so viele rechtgläubige Soldaten zu erniedrigen und zu töten. Die Regeln wurden zu seinem Nachteil zurechtgebogen. In der zweiten Woche ließ man ihn gegen jeweils zwei Gegner antreten, und einmal sogar gegen ein Trio. Doch er gewann jedes Mal und verneigte sich anschließend auf eine Art und Weise vor den Leichen der Männer, dass auch die ungebildetsten Wetter begriffen, dass es ihm ernst damit war.

Dann ließen sie wilde Tiere auf ihn los. Einen alten Bären, riesig und verwirrt, in dessen Fleisch man einen Metallstachel fixiert hatte, um ihn aufzureizen. Mein Vater verachtete die Männer, die ein derart edles Geschöpf mit solcher Geringschätzung und Grausamkeit behandelten. Er schenkte ihm einen schnellen, schmerzlosen Tod.

Am folgenden Tag betraten zwei aggressive Gorillas die

Manege. Einem von ihnen gelang es, Vater zu packen und ihn zu Boden zu schleudern. Als Vater atemlos dort lag, brach auf den Rängen des Amphitheaters Jubel aus. Doch bald schon rollten die riesigen Köpfe der Tiere über den Boden, was deren Besitzer erzürnte und die Masse zu noch lauterem Jubel anspornte. Vater sagte später, er habe solche Kreaturen nie zuvor gesehen und sie, als er ihre Kadaver untersuchte, nahezu menschlich gefunden.

Am letzten Tag der Spiele wurde eine Frau, die man des Ehebruchs beschuldigte, an einen Pfahl gebunden, mit Vater als einzigem Beschützer vor drei halb verhungerten Löwen. Obwohl er eine schwer blutende Kratzwunde auf dem Rücken davontrug, tötete er alle drei, und das Publikum geriet außer Rand und Band. Man hatte ihn glauben lassen, dass sein Sieg über die Löwen die Begnadigung der Frau nach sich ziehen würde, doch am folgenden Morgen zwang man ihn, ihrem Tod durch Steinigung beizuwohnen. Das versetzte ihn in derartigen Zorn, dass er auf dem Rückweg ins Gefängnis seine Bewacher überwältigte, ein Ruderboot stahl und zwei Tage lang übers Mittelmeer irrte. Halb tot landete er auf Sizilien in der Nähe von Akragas und reiste von dort nach Norden weiter. In Rom spürte er Galileo Galilei auf, mit dem er sich im Jahre 1615 angefreundet hatte.

KAPITEL 3

Vater hatte Galileo seit fünf Jahren nicht gesehen. Vier Jahre zuvor war Kardinal Roberto Bellarmino auf Anweisung von Papst Paul V. beauftragt worden, Galileo vorführen zu lassen und ihm das Urteil des Inquisitionsgerichts zur Frage des Heliozentrismus zu verlesen. Der Papst hatte Bellarmino in dem Wissen ausgewählt, dass die beiden Männer befreundet waren. Als die Samurai ein weiteres Jahr zuvor zu ihrer Audienz beim Papst in Rom gewesen waren, hatten Bellarmino und Galileo Vater in Kontakt mit Ärzten gebracht, die seine verstümmelten Hände weitgehend wiederherstellen konnten. In der Öffentlichkeit mochten der Geistliche und der Astronom wie erbitterte Gegner dastehen, doch im Privaten genossen sie gemeinsam die Freuden des Weins und der Frauen.

Galileos öffentliche Zurechtweisung war eine heikle Angelegenheit. Unter den zahlreichen Zeugen befanden sich andere Priester und vatikanische Offizielle, die nur darauf warteten, dem Papst über irgendwelche ironischen Reaktionen Galileos berichten und damit die Ernsthaftigkeit von Bellarminos Mission Lügen strafen zu können. Während Galileo vor ihm stand und auf den Marmorboden starrte, las der Kardinal seinem Freund aus dem offiziellen

Dokument vor und warnte ihn, »sich vollständig von der Meinung abzuwenden, dass die Sonne fest im Zentrum der Welt stehe und die Erde sich um sie herum bewege. Und diese Meinung weder zu lehren noch auf irgendeine Weise zu verteidigen, sei es mündlich oder schriftlich.« Im Anschluss weigerte Galileo sich ein Jahr lang, mit Bellarmino zu sprechen.

Vater wusste nichts von alldem, als er Rom an jenem Abend erreichte. Nach seinen zahllosen Kämpfen in der Arena und dem strapaziösen Rudern übers Mittelmeer war er muskelbepackt, aber völlig verausgabt. Als er am Eingang zu Galileos Villa empfangen wurde, überraschte es ihn nicht, die beiden Männer bei einer aufwendigen Mahlzeit vorzufinden. Sie reagierten ebenso erfreut wie verblüfft über die erneute Begegnung. Doch sie nahmen ihn auf, gaben ihm zu essen und zu trinken und lauschten aufmerksam seinem Bericht über alles, was sich seit dem Aufbruch der Samurai aus Rom und ihrer Rückkehr nach Spanien ereignet hatte. Zufrieden nahmen sie den Zustand seiner Hände zur Kenntnis und staunten, als sie von seiner engen Beziehung zum spanischen König erfuhren. Sie gratulierten ihm dazu, den ersten Ehemann meiner Mutter getötet zu haben, und beklagten deren allzu frühes Sterben. Als sie von den Piraten hörten, reagierten sie empört und versprachen, ihn bei der Suche nach mir zu unterstützen.

Was ihn tatsächlich überraschte, war die Anwesenheit einer jungen Frau, die einst versucht hatte, ihn zu verführen. Bei seinem ersten Besuch in Galileos Haus war sie zu ihm ins Bad der Villa getreten, doch er hatte sie seiner

Liebe zu meiner Mutter wegen mit freundlichen Worten abgewiesen. Sie hieß Olivia und hatte inzwischen Galileo geheiratet. An diesem Abend bediente sie die Männer mithilfe eines Sklaven und lauschte aufmerksam den Erzählungen meines Vaters. Galileo bemerkte ihr wieder erwachendes Interesse. Später am Abend ermunterte er sie, zu meinem Vater zu gehen, nach seinen Verletzungen zu sehen und ihn zu trösten. Ihre Ehe diente dem äußeren Anschein und war sexuell nicht vollzogen. Die Bedürfnisse des Astronomen wurden von jungen Männern befriedigt – und gelegentlich auch von Kardinal Bellarmino. Letzterer gab Vater und Olivia seinen Segen, ehe er sich verabschiedete.

Ich selbst lernte Olivia erst sehr viel später kennen. Sie beschrieb mir, wie es für sie gewesen war, Vater an jenem Abend erneut zu begegnen. Aus dem jungen Krieger, der sie fünf Jahre zuvor abgewiesen hatte, war ein erwachsener Mann und Witwer geworden, der seit langer Zeit nicht mehr mit einer Frau zusammen gewesen war. Sie badete ihn und säuberte die Wunden, die der Löwe verursacht hatte. Sie betrachtete seine Narben, rieb ihn mit Ölen ein und schenkte ihm ihre Jungfräulichkeit. Sie beschrieb mir das Vergnügen, das er ihr bereitet hatte und das sie so nie wieder erleben sollte, abgesehen von gelegentlichen Malen, wenn sie es sich selbst verschaffte. Während der darauffolgenden Jahre waren die Männer, die sich wie Affen in ihr erleichterten, entweder nicht willens oder nicht in der Lage, sich um die Feinheiten ihres Körpers zu scheren, dem Vater sich so hingebungsvoll gewidmet hatte.

Er verbrachte drei Tage mit Galileo und dem Kardinal, drei Nächte mit Olivia. Die Männer unterstützten ihn mit finanziellen Mitteln und brachten ihn zu einem Schneider, der seine Kleidung ausbesserte und neue für ihn anfertigte. Außerdem setzten sie ein Empfehlungsschreiben für einen einflussreichen Kontaktmann in Venedig auf, Paolo Sarpi. Dieser war ein angesehener Geistlicher, Wissenschaftler und Rechtsgelehrter, der ebenfalls in Konflikt mit dem Papst geraten und nur knapp dem Tode entronnen war. Olivia schenkte meinem Vater Trost und Entspannung, das unschätzbare Geschenk der Zärtlichkeit einer Frau. Als ich sie später kennenlernte, wehmütig und übergewichtig, starrte sie von meiner Veranda hinunter auf den Kanal. Sie erzählte mir, sie habe bei seinem Abschied geweint. So heftig geweint, dass Galileo plötzlich Zweifel überfielen, ob es wirklich klug gewesen war, sie zu ihrem Abenteuer zu ermutigen.

KAPITEL 4

Vater erschien auf dem Maskenball als er selbst. Seine *kamishimo*-Weste unterstrich noch die Breite seiner Schultern. Sein *katana* und das *tanto* waren so gründlich poliert, dass sie glänzten. Das nach hinten gekämmte Haar wurde von einer schwarzen Schleife gehalten. Auch sein Gewand war schwarz und von goldenen Fäden durchzogen, die die Symbole des Hauses von Date Masamune darstellten – die Burg Sendai, ein Schwert, einen aufsteigenden Kranich. Die einzigen venezianischen Elemente seiner Kleidung waren ein Paar Samtpantoffeln und eine schwarze, ebenfalls samtene Harlekinmaske mit dem typischen Teufelshorn. Er hatte den Kanal in einem *sàndolo da barcariòl* überquert, das von einem Ruderer in Diensten von Paolo Sarpi gesteuert wurde.

Die Feiernden versammelten sich auf der großen Terrasse in einem der oberen Stockwerke mit Blick auf den Kanal. In den Ecken brannten Fackeln, und ein kleines Orchester spielte zarte Weisen von Gioseffo Zarlino und Giovanni Croce. Nach und nach trafen die Gäste ein. Vater erzählte, der Palazzo sei vom Kanal aus wie ein Tempel beleuchtet gewesen. Später, in meiner Jugend, ließ ich ihn immer wieder die Gedanken wiederholen, die ihm in diesem Moment durch den Kopf gegangen waren. Als ihm klar geworden war, dass sein Kind sich in diesem Palazzo aufhielt, Fleisch von seinem Fleisch. Das kleine Mädchen, in dessen Adern Blut aus Sendai und Sevilla floss, das Blut japanischer Kriegsherren und spanischer Könige. Er erinnerte sich daran, dass er mehr als dreißig Männer getötet hatte, um hierherzukommen. Und dass er notfalls bereit war, zu meiner Rettung weiteren sechzig das Leben zu nehmen.

Caitríona hat mir erzählt, dass sein Kostüm bewundernde Blicke auf sich zog, vor allem von den *signorinas*, die im Flüsterton darüber spekulierten, wer der geheimnisvolle Fremde sein mochte. Reich an materiellen Gütern, aber *povere* an Fantasie, hatten sich viele der jungen Damen als die Prinzessinnen verkleidet, für die sie sich ohnehin hielten. Ihre Kleider waren aus dickem Seidenstoff genäht, laubgrün und pflaumenblau, zwei auch in feurigem Rot. Ihre gepuderten und gepolsterten Alabasterbrüste hoben und senkten sich zur allgemeinen Würdigung. In den mit Spitze oder winzigen Perlen geschmückten Säumen fing sich der Widerschein von Fackeln und Kerzen. Langes Haar war hochgetürmt, und behandschuhte Hände hielten an elfenbeinernen Stäben gefiederte Colombinamasken – Masken, die an Vögel aus den Tropen erinnern sollten, an Vögel aus den Salzmarschen der Lagune, an Raubvögel. Die Herren stolzierten mit gockelhafter Eitelkeit in seidenen Hosen und Dreispitzhüten umher, offenbar voll kindlicher Begeisterung über ihre vorstehenden Bauta- und Zannimasken, *maschere*, die in Anspielung auf die männliche Erektion gestaltet waren. Laut Caitríona kam einer als Caesar verkleidet, ein anderer – mit spindeldürren Beinen unter einem skandalös kurzen Rock – als Alexander der Große.

Als der Abend voranschritt und immer mehr Wein floss, tanzten Frauen mit Frauen, Männer mit Männern, Ehefrauen mit den Ehemännern anderer Frauen. Vater beteiligte sich nicht. Mehrere Grüppchen der etwas Mutigeren und Neugierigeren traten auf ihn zu und versuchten ihn auszufragen, darunter Maria Elena persönlich. Doch stets erklärte er nur, er sei ein Gast von Paolo Sarpi. Da dessen strahlender Intellekt, die Kontroversen mit der Kirche und seine unerschütterliche Loyalität zur *Serenissima Repubblica di Venezia* weithin bekannt waren, verstärkte Vaters Antwort nur die Faszination des Fremden in ihrer Mitte. Dass er ein Ausländer war, war wegen seines Akzents kaum zu überhören – doch woher er kam, blieb ein Gegenstand ausführlicher Spekulationen. »Von weither«, war die einzige Antwort, zu der er sich herabließ.

Jack Ward, der Piratenkapitän, war an jenem Abend im Haus. Er spielte in einem der unteren Stockwerke mit einigen seiner Männer Karten. Vater entdeckte uns schließlich in einem Salon, dessen Wände mit rosafarbener Seide behängt waren und der von Wandleuchtern erhellt wurde. Caitríona und ich trugen zueinander passende transparente Togen und aufwendig gestaltete Flügel mit Federn, die von überkreuz verlaufenden Gurten gehalten wurden. Wir saßen neben Signora Barbara, Maria Elenas Mutter, die Caitríona als elegant und streng in Erinnerung hat. Eine ältere Frau, die den Tollheiten des Abends mit Gleichgültigkeit begegnete. Vater trat auf uns zu, die Maske immer noch vor dem Gesicht. Da er bei der Witwe einen Mangel an Englischkenntnissen vermutete, sprach er Caitríona in ihrer Muttersprache an.

»Wir sind uns schon einmal begegnet«, sagte er.

»Davon weiß ich nichts«, sagte sie in der Annahme, einen der dekadenten Freunde ihrer Herrin vor sich zu haben. »Und Euer Gesicht ist verborgen.«

»Mit gutem Grund«, erwiderte er. »Erschrick nicht über das, was ich dir sagen werde. Und hör nicht auf, zu lächeln.«

»Worüber sollte ich erschrecken, mein Herr?«

»Wir sind uns auf See begegnet.«

»Auf See.«

»Nun aber Schluss«, mischte sich die Witwe auf Italienisch ein. »Ich will nicht, dass Ihr mit der jungen Dame in einer derart groben Sprache redet.«

Ich schaute zu ihm auf, ganz fasziniert von seiner Maske. Angeblich soll ich sogar die Hand ausgestreckt haben, um sie zu berühren.

»Was sagt diese Frau?«, fragte Vater Caitríona.

»Dass es nicht anständig ist, mit mir in einer Sprache zu reden, die sie nicht versteht.«

Er wandte sich an die ältere Frau und versuchte es auf Spanisch. »Es tut mir leid, gnädige Frau. Mein Italienisch ist nicht so gut, wie es sein sollte. Aber vielleicht versteht Ihr mich jetzt.«

»Das tue ich«, bestätigte sie nickend.

»Ich auch«, sagte Caitríona, immer noch verwirrt über das, was Vater ihr gerade offenbart hatte.

»Wie kommt das?«, fragte er sie.

»Meine Familie stammt aus Galway in Irland, und mein Vater trieb Handel mit Spanien.«

»Und Ihr seid auch in Spanien an Bord gegangen, nicht wahr?«, sagte er.

Ihr Lächeln verschwand.

»Was für ein Schiff?«, fragte Maria Elenas Mutter und öffnete einen Fächer, um sich Abkühlung zu verschaffen. In diesem Moment begann ich, an den Federn von Caitríonas Flügeln zu zupfen.

»Hör sofort auf damit, junge Dame«, sagte die Witwe und zog meine Hand fort.

»Ein Schiff, das Jack Ward überfallen und ausgeplündert hat«, sagte Vater zu der Frau. »Er hat den Vater dieser jungen Dame ermordet, ihre Mutter in die Sklaverei verkauft und sie zusammen mit diesem Kind auf widerliche Weise entführt.«

Caitríona begann, leise zu weinen. Verängstigt und flehend schaute sie ihm in die Augen. Die ältere Frau betrachtete ihn wie einen Verrückten.

»Wer seid Ihr, mein Herr? Wie habt Ihr Euch Zutritt zu diesem Haus verschafft? Was sind das für Lügen und Verleumdungen, die Ihr da von Euch gebt?«

Noch einmal zupfte ich an Caitríonas Flügeln. Diesmal schloss Signora Barbara wütend ihren Fächer und schlug mir damit aufs Handgelenk. Ich schaute auf die zurückgebliebene Strieme und begann, zu weinen. Vater riss ihr den Fächer aus der Hand. Vergeblich versuchte sie, ihn wieder zu packen zu bekommen. Die Leute ringsum begannen, neugierig zu uns herüberzuschauen.

»Versucht so etwas noch einmal«, sagte Vater, »und ich werde Euch diese Hand abtrennen und sie fortwerfen.«

»Das ist unerhört!«, entgegnete sie, nun wieder auf Italienisch.

Vater reichte Caitríona einen Arm. »Soll ich Euch und das Kind von hier fortbegleiten?« Sie hat mir erzählt, sie habe für einen winzigen Augenblick gezögert, ehe sie ihm ihr Vertrauen schenkte, sich erhob und mich auf den Arm nahm.

»Hier entlang«, sagte sie.

Die alte Frau erhob sich taumelnd und schien jeden Moment in Ohnmacht fallen zu wollen. Daraufhin eilten ihr die umstehenden Gäste zu Hilfe. Vater, Caitríona und ich flüchteten zwei dunkle Treppen hinab, die ansonsten den Dienstboten vorbehalten waren. Die Nachricht verbreitete sich durch die diversen Salons und erreichte schließlich Maria Elena, die auf der Veranda tanzte. Ihre Schreie ließen das Orchester innehalten, und offenbar hatte auch Jack Ward sie gehört, denn als wir den Anleger erreichten und in das *sàndolo da barcariòl* stiegen, waren er und einige seiner Männer bereits hinter uns her. Der betrunkene Schurke spannte eine Pistole und legte auf uns an. Dank des Alkohols in seinem Blut, der Aufregung und seines nachlassenden Sehvermögens traf der Schuss nicht uns, sondern Paolo Sarpis Ruderer. Zwar erreichten Ward und seine betrunkenen Männer nun den Anleger, doch besaß keiner von ihnen eine weitere Feuerwaffe, sodass unser Boot unbehelligt entkommen konnte. In diesem Augenblick entdeckte Vater den Dolch in Caitríonas Hand, ein

Stilett, das sie bereits kurz nach unserer Ankunft im Haus gestohlen und all die Monate versteckt gehalten hatte. Er nahm ihr die Waffe ab und schleuderte sie mit aller Kraft nach Ward. Später hörte ich, sie sei mitten in die Kehle des Piraten gedrungen, der daraufhin ins Wasser gestürzt sei. Caitríona bezeugte, sie habe ihn voller Befriedigung ertrinken sehen.

Vaters Plan hatte vorgesehen, dass wir uns ein paar Tage lang im jüdischen Viertel verstecken würden, einem Gebiet, das vom Rest der Stadt abgetrennt war. Doch wegen des verwundeten Ruderers kehrten wir zu Paolo Sarpis Kloster zurück. Er wartete dort mit mehreren Dienern. Sie kümmerten sich um den Verletzten, und Vater entschuldigte sich dafür, den großmütigen Rechtsgelehrten in das Drama dieses Abends hineingezogen zu haben. Der venezianische Gelehrte reagierte mit offensichtlicher Verblüffung.

»Ich habe für einen solchen Fall Vorkehrungen getroffen und ein Schiff bereitstellen lassen. Meine persönlichen Habseligkeiten befinden sich bereits an Bord. Kommt«, sagte er und klopfte Vater auf die Schulter. »Wir haben keine Zeit zu verlieren.«

Der inzwischen verbundene Ruderer wurde eingeladen, uns zu begleiten. Wir gingen an Bord einer *caorlinà* und wurden zu einem Schiff gerudert, das vor dem Lido ankerte. Bis Wards Männer, diverse Gäste des Balls und eine hastig zusammengetrommelte Gruppe von Amtspersonen mit Fackeln und einer schriftlichen Anordnung zur Festnahme eintrafen, hatte unser Schiff bereits Fahrt aufgenommen.

KAPITEL 5

Auch wenn ich damals noch sehr jung war, erinnere ich mich doch an den folgenden Tag und die Nacht auf See. Irgendwann, als Caitríona schlief, nahm Vater meine Hand und bat Paolo Sarpi noch einmal um Vergebung.

»Ich kann nicht gestatten, dass Ihr Euch noch weiter entschuldigt«, sagte der Venezianer. »Ich verspüre die Genugtuung, die man aus einer guten Tat zieht. Darüber hinaus muss ich gestehen, dass die dramatischen Ereignisse und der plötzliche Ortswechsel, diese Reise, die Morgensonne und die Meeresluft, die Aussicht auf die Gesellschaft meiner Freunde in Sizilien, sehr belebend auf mich wirken. Zum ersten Mal seit vielen Monaten fühle ich mich wirklich lebendig.«

»Es ist sehr liebenswürdig von Euch, die Ereignisse auf diese Art zu beschönigen.«

»Es ist ganz einfach die Wahrheit. Und ich kann Euch versichern, dass man mich bei meiner Rückkehr nach Venedig für unschuldig erklärt.«

»Würdet Ihr das Mädchen mit Euch nach Sizilien nehmen?«, fragte Vater und meinte Caitríona, um deren Schicksal er sich sorgte. »Wir können sie nicht alleinlassen, und mein Ziel liegt weit entfernt von jedem Teil der Welt, an die sie gewöhnt ist.«

Sarpi legte meinem Vater eine Hand auf die Schulter.

»Mein Rat wäre, dass Ihr mich nach Sizilien begleitet. Die Kultur dort ist vielfältig, die Bewohner sind amüsant, und die Insel gehört zu dem Reich, das Euer Gönner, der König von Spanien, regiert. Von dort könnt Ihr nach Sevilla zurückkehren, um eine Erfahrung reicher. Nach Sevilla, wo Ihr und Euer Kind ein glückliches Leben führen könnt und von wo die junge Frau heim nach Irland reisen kann.«

Vater erzählte mir später, er habe seit der Flucht aus Venedig über kaum etwas anderes nachgedacht. Die Versuchung, die Reise nach Japan aufzugeben, sei stark gewesen. Darauf zu beharren, mich dorthin zu bringen, sei ihm nach allem, was wir durchgemacht hatten, wie der reine Wahnsinn erschienen. Wenn so viel Leid und Elend uns keine fünf Tage nach dem Aufbruch aus Sanlúcar de Barrameda ereilt hatten, was würde uns dann erst erwarten, wenn wir die halbe Welt durchqueren mussten? In Spanien hätten wir ein Zuhause, ein Leben in Luxus und eine Verwandte, die uns nur allzu gern verwöhnen würde. Er erinnerte sich daran, dass meine Mutter, seine geliebte Guada, im letzten Monat ihrer Schwangerschaft ihr Interesse erklärt hatte, Japan kennenzulernen. Damals hatte er sie gewarnt, die strapaziöse Reise sei das Risiko für Frauen und Kinder nicht wert. Und doch blieb er nun stur, denn er hatte seiner Mutter und seinem Herren und Onkel Date Masamune die Rückkehr versprochen.

Das Tageslicht schwand, und die Nacht senkte sich herab. In der Ferne flackerten die Lichter von Brindisi. Mediterraner Wind blähte die Segel. Das Meer war ruhig.

Das stetige, sanfte Geräusch, mit dem der schwere Rumpf sich seinen Weg durchs Wasser bahnte, wirkte beruhigend auf uns alle. Am Heck saß Paolo Sarpi und nahm gemeinsam mit seinen Dienern ein Mahl ein. Die Besatzung erledigte in aller Ruhe ihre Aufgaben und freute sich, den Hafen zu erreichen. Von Brindisi aus wollte Paolo Sarpi mit einem anderen Schiff nach Sizilien aufbrechen. Vater und ich dagegen würden nach Osten segeln, Richtung Griechenland und Osmanisches Reich.

Caitríona hielt mich halb schlafend auf dem Arm und trat an meinen Vater heran. »Don Shiro«, sagte sie. »Ich möchte nicht nach Sizilien. Ich möchte bei Euch bleiben.«

»Das sagst du jetzt«, erwiderte er. »Ohne von den Tausenden von Meilen zu wissen, die zwischen hier und meinem Land liegen.«

»Trotzdem«, sagte sie und starrte auf seine Hand, die auf einem Stück der Takelage ruhte. Jahre später erzählte sie mir, sie habe in diesem Moment zum ersten Mal die Narben an seinen Gelenken bemerkt.

»Signor Sarpi ist ein vertrauenswürdiger, ehrbarer Mann«, sagte Vater. »Er wird alles tun, um für dich zu sorgen, bis du nach Hause zurückkehren kannst.«

»Ich habe kein Zuhause mehr«, sagte sie.

»Aber du kommst doch aus Irland?«

»Mein Vater hat mit Whiskey gehandelt«, sagte sie. »Und gut davon gelebt. Doch seine Söhne, meine älteren Brüder, haben ihn verlassen und ein eigenes Unternehmen aufgebaut, das mit Sklaven handelt. Sie haben das doppelte Vermögen angehäuft wie mein Vater, und das in der halben Zeit. Und dann haben sie sich über ihn und seine altmodischen Ansichten lustig gemacht. Nach zwei Jahren Widerstand gab er ihrem Flehen schließlich nach und schloss sich ihnen an. Wir waren unterwegs zu einem Sklavenmarkt in Afrika, als das Schiff überfallen wurde. Ich glaube einfach, dass sein Tod und das Schicksal meiner Mutter eine Strafe Gottes waren. Meine Familie und mein Zuhause in Galway sind nun meine Brüder und ihre Familien, die ich niemals wiedersehen will.«

Vater hörte sich das alles an und schwieg dann eine Weile. Schließlich sagte er: »Ich könnte es arrangieren, dass du in einem unserer Häuser in Spanien wohnst. Soledads Großtante, nach der sie auch benannt ist, würde alles tun, worum ich sie bitte. Vor allem, wenn sie hört, wie gut du dich um ihre Großnichte gekümmert hast.«

»Ich möchte mich auch weiter um sie kümmern«, sagte Caitríona. »Sie ist mir ans Herz gewachsen. Und sie hat mir das Leben gerettet.«

»Wie das?«

»Ihr könnt Euch wahrscheinlich vorstellen, was der Seeräuber mit mir vorhatte – mich auf die hässlichste Art und Weise auszunutzen und dann an den Höchstbietenden zu verkaufen.«

»Es ist nicht nötig, dass du noch einmal an die Gefangenschaft bei diesem Mann zurückdenkst.«

»Ich möchte es aber«, sagte sie. »Und sei es bloß, damit Ihr wisst, was passiert ist. Jedenfalls war er nicht in der Lage ... nicht in der Lage, mir irgendwas anzutun. Ihr müsst, als Ihr mit meiner Mutter zusammen auf das andere Schiff gebracht wurdet, etwas gesagt haben, das ihn verhext hat. Das hat er jedenfalls behauptet. Er nahm mir den Schwur ab, seiner Mannschaft nichts davon zu verraten. Ich erklärte mich unter der Bedingung einverstanden, dass ich mich um das Kind kümmern und in seinem Haushalt arbeiten durfte. Ich glaube, er sah darin irgendeinen Vorteil für sich, sodass er sich einverstanden erklärte. Wahrscheinlich wusste er, dass die Frau, mit der er dort lebte, sich freuen würde. Wäre Soledad an diesem schrecklichen Tag nicht dabei gewesen, dann hätte er mich ohne zu zögern getötet oder verkauft.«

»Wenn du bei uns bleibst«, sagte Vater, »wird es gefährlich. Dein Leben könnte nochmals in Gefahr geraten.«

»Bei Euch fühle ich mich sicher.«

»Mein Land, wenn wir es denn je erreichen, wird dir völlig fremdartig vorkommen.«

»Ich würde es in Eurer Gesellschaft gern kennenlernen.«

Und damit war entschieden, dass Paolo Sarpi allein nach Sizilien reiste. Vater und ich würden in Gesellschaft von Caitríona O'Shea nach Osten aufbrechen.

Bevor beide Seiten ihrer Wege gingen, gab es ein Abschiedsessen. Caitríona beschrieb riesige Schüsseln mit Pasta, gewürzt mit Knoblauch, Olivenöl und Petersilie. Darauf folgten Platten mit gegrilltem Fisch, Tomaten und Fenchel. Sarpi bestellte den besten Wein, einen tiefroten aus Catania, der, so sagte Caitríona, nach Schiefer und Kirsche schmeckte. Die Trauben, aus denen er gepresst wurde, stammten aus Weinbergen, die von den Römern angelegt worden waren.

»Möge Gott Euch beschützen«, sagte Sarpi, der aufgestanden war und sein Glas erhob.

»Und möge der Teufel Euch erhalten«, erwiderte Caitríona in ihrem singenden Galway-Tonfall.

»Möge jeder von Euch das Leben führen, das er sich wünscht«, sagte Vater mit ernstem Blick und in einem Ton, der die fröhliche Runde innehalten ließ.

Als Caitríona und ich uns verabschiedeten, lud Paolo Sarpi Vater zu einem Spaziergang zum Hafen ein. Vater sagte, er hätte sich lieber mit uns aufs Ohr gelegt. Allerdings wollte er einem Mann, der so viel für uns getan hatte, eine derart simple Bitte nicht einfach abschlagen. Er sagte, Sarpi habe ein wenig gestottert und sei einer dieser gelehrten Herren gewesen, die sich stets in aller Ausführlichkeit äußerten und nicht in der Lage waren, irgendeine Geschichte oder Meinungsäußerung auf das Wesentliche zu reduzieren.

An jenem Abend ließ sich der Venezianer über die Entwicklung der Fischereipraktiken in der Adria aus und erzählte dann eine Geschichte darüber, wie er einen deutschen Prinzen einmal davon überzeugt habe, dass Nudeln an Bäumen wüchsen. An Bäumen, die nur wenig Wasser bräuchten und zweimal im Jahr mit Sensen abgeerntet würden. Anschließend lieferte er einen Überblick über die Länder und Kulturen, denen Vater auf dem Weg zurück nach Japan begegnen würde. Vater sagte, seine Gedanken seien während der stockenden Vorträge des Mannes abgeschweift. Er habe die Gerüche des Hafens aufgesogen, die aus dem Wasser und von den hölzernen, in den Sand getriebenen Pfählen aufstiegen. Feuchte, brackige Gerüche in der kühlen Abendluft. In jener Nacht sei Neumond gewesen, sagte er, und mit jeder Minute hätten sich neue Sterne am Himmel gezeigt.

»Ich habe einen Kollegen, dem Ihr auf Eurer Reise begegnen könntet«, erklärte Sarpi.

»Wer ist der Mann?«, fragte Vater.

»Ein wohlhabender Römer namens Pietro Della Valle. Er ist ein kultivierter Mann, der aufgebrochen ist, um viele der Länder zu erkunden, die Ihr besuchen werdet. *Un culo agitato*. Das Letzte, das ich von ihm gehört habe, war, dass er sich irgendwo in Persien niedergelassen hat.«

Vor dem Eingang des Gasthauses sagten sie sich gute Nacht. Paolo Sarpi machte einen Schritt auf Vater zu, als wolle er ihn umarmen, doch Vater trat zurück und verbeugte sich stattdessen dreimal. Sarpi lächelte und erwiderte die Geste, so gut er konnte.

KAPITEL 6

Das Schiff sollte uns nach Piräus bringen. Von dort wollten wir ebenfalls per Schiff nach Tartus und dann auf dem Landweg nach Basra oder Al-Qurain reisen, wo wir hoffentlich ein Schiff nach Indien finden würden. Doch als wir uns Griechenland näherten, wurde das Meer grau und kabbelig. Dann brach ein gigantischer Sturm über uns herein. Die Mannschaft kämpfte hart, um das Ufer zu erreichen, konnte der Macht der Naturgewalten letztlich aber nichts entgegensetzen. In Sichtweite der Insel Paxos rissen unsere Segel, und der Mast brach in zwei Teile. Eine riesige Welle warf den Rumpf auf die Seite.

Von den wenigen, die schwimmen konnten, rettete Vater sich – mitsamt seinen Waffen – als Einziger. Caitríona und ich klammerten uns an ihm fest, bis er ein Stück Mast zu fassen bekam, an dem wir alle Halt fanden. In dieser Nacht bot sich ein grausiges Bild ertrinkender Männer und heulender Winde. Mit dem Anbruch der Morgendämmerung, es regnete immer noch in Strömen, erreichten wir einen Strand aus glatten schwarzen Kieseln.

Wir stolperten unter niedrigen Kalksteinklippen voran, bis Vater eine Höhle fand, in der wir uns zitternd und erleichtert niederließen. Gegen Mittag hörte der Regen auf, und die Sonne brach durch die Wolken. Ganz in unserer Nähe waren tote Seeleute und ein Teil des Wracks angespült worden. Vater, den vor allem die Sorge um Nahrung umtrieb, ließ die Leichen liegen und machte sich mit uns auf den Weg ins Inselinnere. Es schien sich um eine größere Insel zu handeln. Olivenbäume wuchsen im Überfluss. Von irgendwelchen Bewohnern war weit und breit nichts zu sehen. Durch die Graswiesen zogen sich Bachläufe, und es gab Ziegen, die uns Milch und Fleisch lieferten.

In der ersten Nacht schliefen wir unter dem Sternenhimmel und fragten uns, welches Schicksal uns erwarten mochte.

»Ich habe dich gewarnt, dass dein Leben wieder in Gefahr geraten könnte, wenn du bei mir bleibst«, sagte Vater zu Caitríona.

»Und doch bin ich Euretwegen einmal mehr gerettet worden.«

Dieser Logik vermochte Vater nicht zu folgen.

»Ich habe das Meer satt«, erklärte er. »Nachdem ich den ganzen Weg von Sendai nach Spanien ohne größeren Zwischenfall hinter mich gebracht habe, scheine ich inzwischen bloß meinen Fuß auf eine Bootsplanke setzen zu müssen, und schon geschicht ein Unheil.«

Caitríona erzählte mir später, ich hätte an jenem Tag nur einen Satz gesagt: *»Io voglio tornare a Venezia.«*

Vater fand eine verlassene Schäferhütte oberhalb einer geschützten Bucht mit feinem Sand und klarem türkisfarbenem Wasser. An einem Ende der Bucht stürzte frisches Wasser zwischen den Felsen herab. Mit seinem Messer, das er an einen geschnitzten Holzspeer band, fing Vater Fische. An den späten Nachmittagen schwammen er und Caitríona zusammen im Meer und versuchten ihr Bestes, die Schrecken des Wracks zu vergessen. Vater spielte mit dem Gedanken, die Insel zu erforschen und nach möglichen Bewohnern zu suchen, nach irgendjemandem, der uns helfen konnte, unsere Reise fortzusetzen. Doch all das, was seit seinem Aufbruch aus Sanlúcar geschehen war, hatte ihn erschöpft, sodass er beschloss, sich zunächst auszuruhen. Während dieser Zeit hörte Caitríona erstmals seine und meine ganze Geschichte.

Er erklärte ihr, dass er ein Samurai aus Japan war und was das bedeutete. Er erzählte, dass er unehelich geboren und von seiner Mutter und ihrem Bruder Date Masamune, dem mächtigsten Daimyo der Region, aufgezogen worden war. Dass er schon früh eine Neugier auf die Welt entwickelt hatte. Dass er Englisch und Spanisch gelernt und, als die Shogune und Date Masamune eine Expedition nach Mexiko und Spanien organisiert hatten, als Spion an Bord gebracht worden war. Er sollte bei der Rückkehr der Delegation Auskunft darüber geben, ob deren Anführer Hasekura Tsunenaga wahrheitsgemäß über den Verlauf der Reise berichtete.

Er erzählte ihr von seinem Jahr auf See, von Mexiko und Kuba und seiner Ankunft in Sanlúcar de Barrameda. Und wie er die Gunst des alternden Herzogs von Medina-Sidonia erlangt hatte, mit dem er die Leidenschaft für Schwerter teilte. Er erzählte, wie er sich in meine Mutter verliebt hatte, die Nichte des Herzogs, die sechzehn und bereits mit einem niederträchtigen und untreuen Adligen verheiratet war. Der Herzog von Medina-Sidonia hatte Vater dem König von Spanien vorgestellt, Philipp III., und dem Herzog von Lerma, die ihm mit Wohlwollen begegneten. Als Einziger der Samurai öffnete er sich bereitwillig der spanischen Kultur. Weiter erzählte er, wie er die Ehre meiner Mutter verteidigt und mit Billigung des Königs ihren Ehemann in einem Schwertkampf getötet hatte. Dass er, als die japanische Delegation den Heimweg angetreten hatte, entgegen den Befehlen seines Onkels bei meiner Mutter in Spanien geblieben war. Dass sie ein Jahr später bei meiner Geburt gestorben und er schließlich zu dem Entschluss gelangt war, nach Japan zurückzukehren und mich dorthin mitzunehmen. Er erklärte Caitríona, dass meine betagte Großtante über unseren Abschied so verzweifelt gewesen war, dass er ihr versprochen hatte, mich als Heranwachsende wieder nach Spanien zu bringen, damit ich selbst entscheiden konnte, in welcher meiner beiden Kulturen ich leben wollte. Er erzählte ihr all das in kleinen Häppchen und vor allem deshalb, weil Caitríona in ihren unnachgiebigen Fragen nicht nachließ.

Wir gewöhnten uns an das Leben auf der Insel. Sommer und Frühherbst taten uns gut. Die Tage und Nächte schienen ineinander überzugehen. Vater brachte mir Japanisch und Spanisch bei, Caitríona Englisch. Eines Nachts tauschte Caitríona mit mir den Platz und schmiegte sich im Dunkeln an Vater. Das Mondlicht drang durch eine Öffnung im Dach, und ich sah, wie die beiden sich küssten und berührten.

Einmal sah ich sie in der Nähe des Strandes nackt auf

ihm sitzen, als beide dachten, ich würde schlafen. Sie schrie auf, und ich war wütend auf ihn, weil er ihr wehtat. Also lief ich hinüber, um ihr zu helfen. An diesem Tag erklärten sie mir, dass sie zusammen glücklich seien und Caitríona meine neue Mutter sei.

Im Rückblick sehe ich die Monate, die wir dort verbrachten, als Paradies. Es war wie in der Geschichte, die in der christlichen Bibel erzählt wird: Vater war der erste Mann, Caitríona die erste Frau. Es gab niemanden sonst, der ihnen Vorschriften machen oder ihnen Schranken auferlegen wollte. Vaters Werben um meine Mutter war von langen Zeiten der Frustration durchzogen gewesen, von Verzögerungen und Hindernissen, ehe beide endlich den Trost der Umarmung genießen durften. Bei Vater und Caitríona gab es kein Werben. Sie lagen zusammen, wann immer sie wollten. Sie waren sich selbst genug, und niemand außer mir beobachtete sie oder spielte irgendeine Rolle.

Sie lernte die Schuldgefühle zu respektieren, die ihn hin und wieder übermannten. Dann führten ihn die Erinnerungen an meine Mutter an den Punkt, dass er glaubte, ihr untreu zu werden. Dann wurden die Bilder ihres kurzen gemeinsamen Lebens wieder lebendig, eines Lebens, das in meiner Existenz seine Fortsetzung fand. Caitríona ließ ihm Platz für diese Gefühle, und diese Großzügigkeit rührte ihn an. Ich vermute, dass die Leidenschaft, die er mit meiner Mutter erfahren hatte, ihre Macht aus den Widerständen und aus der Idee des Sündhaften bezogen hatte. Mit Caitríona erwuchs die Leidenschaft aus der Erde und dem Meer.

Dort, auf dieser Insel, wo Circe einst den Odysseus

bezaubert hatte, erlebte ich den Beginn meiner Kindheit. Der Verlust, unter dem wir in Spanien gelitten hatten, die Gewalt der Piraten, der aufgezwungene, verhätschelnde Luxus in Venedig – all das verschwand unter der reinigenden Sonne und den klaren Gewässern von Paxos. Wir tranken frisches Wasser. Wir aßen Fische und Ziegen. Wir kleideten uns – wenn überhaupt – so, wie wir wollten. Wir standen mit Sonnenaufgang auf und legten uns mit Einbruch der Nacht schlafen. Ich zählte Kiesel und Muscheln, Flughunde und Sternschnuppen. Erst als im Spätherbst der Regen einsetzte, beschloss Vater, dass es Zeit zum Aufbruch sei.

Zu diesem Zeitpunkt vermutete Caitríona, schwanger zu sein. Dorfbewohner am nördlichen Ende der Insel brachten uns aufs Festland. Von dort aus fuhren wir nach Piräus, und in Piräus gingen wir an Bord eines anderen Schiffes nach Alexandria. Die Überfahrten verliefen ruhig und ereignislos. Als wir die uralte Stadt der Gelehrtheit erreichten – von der berühmten Bibliothek war längst nichts mehr übrig, der Leuchtturm lag in Trümmern, und die Bevölkerung war durch Seuchen und jahrhundertelangen Niedergang dezimiert –, lag unser idyllisches Inselleben endgültig hinter uns.

KAPITEL 7

Wir ritten mit Maultieren von Alexandria nach Kairo, wo wir innerhalb weniger Tage eine Reisemöglichkeit Richtung Osten fanden. Inzwischen wurde Caitríonas Schwangerschaft sichtbar. Der Ritt in einer Karawane quer durch die Wüste zum Hafen von Ain Suchna war ein wundersames Erlebnis: die blendenden, heißen Tage, die kalten Nächte, der beißende Geruch der Kamele und ihre unberechenbaren Launen, die weißen Augen unserer arabischen Begleiter. Wir fühlten uns gereinigt und beruhigt. Datteln und Feigen bildeten unsere Nahrung. Und ich lernte die Kostbarkeit des Wassers zu schätzen.

In Ain Suchna gingen wir an Bord einer großen Dhau mit hellen weißen Segeln und durchquerten das Rote Meer. Vater war zufrieden. Dieses Gefühl machte ihn gleichzeitig nervös, denn er hätte zu gern geglaubt, dass das Schlimmste nun hinter uns lag. Unsere Tage an Bord verliefen in einem gelassenen Gleichklang, der auch die Landschaft und deren Bewohner zu prägen schien. Die am Ufer lebenden Nubier sahen aus wie eine Rasse von Göttern. Die Freundlichkeit und Zurückhaltung der Araber, die sich um das Ruder und die Takelage der Dhau kümmerten, standen in völligem Kontrast zu den lärmenden, wilden Venezianern. Vater betrachtete Caitríona und mich. Er lächelte uns an. Er nahm meine Hand. Es schien, als sei er in ein bescheidenes Reich der Zufriedenheit eingetreten, das ihm seit dem Tod meiner Mutter verschlossen gewesen war.

Ich schätze, solche Gefühle des Friedens und der Erlösung braucht ein Mensch hin und wieder, selbst ein Samurai-Krieger. Auch wenn die Männer, die die Dhau segelten, uns ganz sicher für eine entsprechende Summe die Kehlen aufgeschlitzt hätten. Auch wenn Meeresgeschöpfe mit scharfen Zähnen sich immer wieder dem Rumpf auf der Suche nach Beute näherten. Auch wenn die schmutzige Seite des Lebens bald wieder über uns hereinbrechen sollte.

KAPITEL 8

Caro Paolo,

ich hoffe, diese Zeilen erreichen dich. Und ich hoffe, es geht dir gut, und du führst dein Leben auf eine Art und Weise, der ich nun, nach zu vielen Jahren der Wanderschaft und des Entdeckens, nacheifern möchte. Was Menschen wie mich dazu treibt, die Annehmlichkeiten eines Zuhauses zu verschmähen und stattdessen durch die Ferne zu schweifen, ist mir ein Geheimnis. Ich bin zu der Überzeugung gelangt, dass deine Art zu leben – der Wissenschaft und der Kontemplation gewidmet – der meinen bei Weitem überlegen ist.

Die außergewöhnliche und tragische Geschichte, die ich jetzt niederschreiben will, wird erklären, woher ich von deinem Aufenthaltsort weiß.

Nach vielen Reisen und Studien der in Persien anzutreffenden Kulturen beschloss ich, vor meiner Heimreise dem großen indischen Subkontinent einen Besuch abzustatten. Vor ungefähr zwei Monaten erreichten meine Mitreisenden und ich den Hafen von Aden, den sämtliche Schiffe der Britischen Ostindien-Kompanie anlaufen, um auf dem Weg von oder nach Surat Vorräte aufzunehmen. Dort in diesem Hafen habe ich deine Freunde kennengelernt – den höchst eleganten und Furcht einflößenden Edelmann aus Japan namens Shiro, sein kleines Kind und ein reizendes irisches Mädchen im fünften Monat der Schwangerschaft. Der asiatische Krieger erinnerte sich, dass du ihm meinen Namen genannt hast. Schon bald wurde mir von dem Abenteuer in Venedig berichtet, bei dem alle drei dank deines bewundernswerten Eingreifens mit dem Leben davongekommen sind. Nur zu gern würde ich dir berichten, dass das, was bald darauf geschehen sollte, ein ähnlich glückliches Ende genommen hätte, doch leider ist das nicht möglich.

Der erste Ostindienfahrer, der im Hafen eintraf, war ungewöhnlich klein, die HMS Attendant, ein Schiff von etwa hundert Tonnen. Sein Kapitän, Thomas Hounsell, versicherte uns, dass wir im Gegenzug für den beengten Raum während der schätzungsweise dreiwöchigen Reise unendlich viel früher in Surat eintreffen würden, als wenn wir das nächste, deutlich größere Schiff nähmen, das frühestens in einem Monat eintreffen würde. In Anbetracht dieser Tatsache – sowie der einnehmenden Art des Kapitäns und der Jugend meiner neuen Bekannten – entschlossen wir uns noch am selben Tag, die Überfahrt zu buchen. Ich vermute, dass mit der

Zunahme des Handels und den fetter gewordenen Geldsäcken immer mehr Schiffe die Route benutzen. Und dass mit der Zahl der Schiffsladungen die Qualität der angeheuerten Seeleute entsprechend sinkt.

Beinahe vom Moment des Ablegens an wurden die mangelnde Autorität des Kapitäns und die ungesunde Einstellung der Besatzung deutlich. Die Seeleute wurden von Neid und Gier getrieben und zeigten eine befremdliche Abneigung gegenüber jeglicher Reinlichkeit. Sie betrachteten den Samurai mit unverblümtem Misstrauen und amüsierten sich auf seine Kosten, ohne jede Rücksicht auf Rang, Edelmut oder Anstand. Die einzige Frau an Bord war Caitríona, das irische Mädchen, das bald von sämtlichen dieser niederen Männer auf höchst üble Weise begehrt wurde. Viele vulgäre Bemerkungen kamen diesen übel riechenden Kerlen über die Lippen, begleitet von obszönen, wollüstigen, aggressiven Gesten.

Wir alle fühlten uns extrem unwohl, und auch Kapitän Hounsell wurde zusehends angespannter. Ein besonders aufsässiges Subjekt wurde vom Bootsmann in der Hoffnung ausgepeitscht, damit den Gefährten dieses Wüstlings die Lust an ihrem anzüglichen Verhalten zu nehmen. Allerdings hatte die Bestrafung den gegenteiligen Effekt und löste eine Meuterei aus. Eine Gruppe Seeleute prügelte den Bootsmann tot. Der Kapitän raffte daraufhin seine Karten zusammen, schloss die Waffenkammer ab und warf den Schlüssel über Bord. Die wütende und von mörderischem Fieber gepackte Mannschaft begann, an den Kleidern der jungen Frau zu zerren. Der Kapitän und meine Begleiter schafften es in ein zu Wasser gelassenes Beiboot. Der Samurai schwang derweil zwei funkelnde Waffen, ein langes und ein kurzes Schwert, um den Pöbel so gut wie möglich auf Abstand zu halten. Er bestand darauf, dass Caitríona zu uns ins Boot stieg, war aber nicht in der Lage, das kleine Kind zu uns hinabzureichen.

Wahnsinnig vor Kummer, versuchte das irische Mädchen, zurück zum Schiff zu schwimmen. Als wir sie zu fassen bekamen, wollte sie sich ertränken. Der Kapitän musste sie festbinden. Während wir vom Schiff wegruderten, sahen wir, dass der mit Entermessern und Knüppeln bewaffnete Pöbel den Samurai und sein Kind immer enger umringte. Du kannst dir keinen schrecklicheren Anblick ausmalen.

Wie Kapitän Hounsell wusste – und wir anderen zu unserer großen Erleichterung bald entdeckten –, lag die Küste gleich hinter dem Horizont. Über Nacht wurden wir von einer Fischerfamilie aufgenommen und brauchten dann sechs Wochen, um uns zur syrischen Küste durchzuschlagen, wo wir ein Schiff nahmen, mit dem wir gestern Abend hier in Triest eintrafen. Seit unserem Entkommen hat Caitríona kein Wort gesprochen. Ich wurde vom Samurai mit der Aufgabe betraut, sie zu dir zu bringen. Dieser Verpflichtung komme ich gern nach, sobald ich deine Antwort empfange. Sie trägt nicht nur einen Brief des Samurai bei sich, sondern auch sein Kind in ihrem Schoß, das nun sein einzig lebender Nachkomme ist.

Dein ergebener Freund, Pietro Della Valle

KAPITEL 9

Caitríona erzählte mir später, ihr sei auf der Reise nach Sizilien stets nur ein Gedanke durch den Kopf gegangen: dass die Nonnen und Priester ihrer Kindheit in Galway recht bekommen hatten. Das Gewicht ihrer Sünden und der ungeheure Genuss, den sie ihr verschafft hatten, forderten jetzt ihren Preis. Sie hatte die menschliche Existenz von ihrer grauenhaften Seite kennenlernen müssen. Die Hölle hatte sich als etwas entpuppt, das bereits auf der Erde erfahrbar war. Plötzlich ergab es Sinn für sie, dass der Teufel ursprünglich ein Lieblingsengel Gottes gewesen war. Denn nur ein Geist, dem Gottes Gnade wahrhaftig vertraut war, konnte in der Lage sein, solch grausame Art von Schmerz und Verwüstung über Sünder zu bringen, die sich so wenig um die Heilige Schrift scherten wie sie.

Von dem Moment an, als Pietro Della Valle Caitríona in Sizilien zurückließ, kümmerte Paolo Sarpi sich um sie. Er erklärte ihr, dies sei eine angemessene Art, sein Exil zu beenden. Er brachte sie fort aus der Geschäftigkeit Palermos und fand für sie beide eine Villa in den Hügeln nahe Carini, von der man an den antiken Ruinen von Hyccara vorbei hinab auf das Meer schaute. Hier gelang es ihm an einem herbstlichen Morgen, als sie auf der Terrasse unter einer Pergola neben einem Olivenhain saßen, sie endlich zum Sprechen zu bewegen.

Während er ein Gespräch führte, in dem er abwechselnd ihrer beider Rollen einnahm – eine Methode, die er seit ungefähr zehn Tagen nutzte –, gab sie ihm höchst unerwartet plötzlich selbst eine Antwort. Er schloss die Augen, als wolle er den Göttern danken, machte aber ansonsten kein großes Aufhebens davon, weil er fürchtete, sie sonst wieder in ihr Schweigen zurückzudrängen.

Die Wespen, die sich an den über ihren Köpfen hängenden Trauben erfreuten, veranlassten ihn zu einer nichtssagenden Bemerkung: »Ich hoffe, sie lassen uns etwas übrig, denn die Trauben haben gerade den reifsten Punkt erreicht und sehen fantastisch aus.«

»Diese dort wird bei lebendigem Leibe verzehrt«, erwiderte sie, den Kopf gesenkt und auf ihren dicken Bauch blickend.

Er folgte ihrem Blick und entdeckte eine Wespe, die irgendwie verletzt worden war, aber immer noch zuckte, während eine Legion von Ameisen sich bereits über sie hermachte.

»Ich glaube nicht, dass sie etwas spürt«, sagte er. »Ich glaube nicht, dass sie Schmerzen hat.«

»Das könnt Ihr nicht mit Sicherheit wissen«, sagte sie, wandte den Kopf und schaute ihm in die Augen.

»Nein«, sagte er. »Du hast recht.«

»Wahrscheinlich haben sie es besonders schmerzhaft für ihn gemacht«, sagte sie.

Es war eindeutig, dass sie nicht mehr die Wespe im Kopf hatte.

»Aber jetzt ist es vorbei«, entgegnete er. »Und er hat seinen Frieden gefunden.«

»Was ist mit dem kleinen Mädchen?«, fragte sie mit Tränen in den Augen.

Er beugte sich vor und legte ihr eine Hand auf das Knie.

»Du darfst nicht darüber nachdenken«, sagte er. »Du wirst bald dein eigenes Kind haben und musst versuchen, es nicht mit deinem Kummer zu belasten.«

Sie weinte eine gute Stunde lang, und er hielt ihre Hand. Als sie fertig war, stand sie auf und zerquetschte so viele Ameisen wie möglich unter den Sohlen ihrer Sandalen. An jenem Abend aß sie voller Appetit und lauschte seinem Plan, sie nach Spanien zu begleiten, sobald das Kind geboren wäre.

KAPITEL 10

Mein Halbbruder kam in Caitríonas Zimmer in der Villa zur Welt, während draußen der Abend dämmerte. Die Hebamme des Dorfes und deren Schwester leisteten Hilfe. Sie sollen verblüfft gewesen sein, dass Caitríona den Schmerz zu genießen schien, die Freiheit, so laut schreien zu dürfen, wie sie wollte. Sie wusste, dass Paolo Sarpi unten auf der Veranda mit Blick aufs Mittelmeer zuhörte. Sie wusste, dass er aufgewühlt und erschüttert auf den seit Ewigkeiten unveränderten Vorgang der Geburt reagieren würde, und dass ihr Leiden ihn schmerzen würde wie Pfeilspitzen. Caitríona erzählte mir, sie sei von dem Gedanken fasziniert gewesen, dass jeder, den sie kannte, sie selbst eingeschlossen, und jeder, den sie je kennenlernen würde, auf diese Weise in die Welt gekommen war. Verglichen mit der grundlegenden Natur des Essens, Ausscheidens, Kopulierens und Sterbens wurden all die Gedanken und Theorien, die Bücher und Gemälde, denen Paolo Sarpi solche Bedeutung zumaß, als bloße Strategien entlarvt, die primitiven Grundlagen der menschlichen Existenz zu übertünchen.

Mit jedem Schrei sah Caitríona die Welt ein Stück klarer, nämlich als einen blutigen, groben Ort, an dem sie ausgesetzt worden war, ein Schlachthaus fieberhaften Jagens und Tötens. Die dekorativen Bollwerke von Kunst und Religion, die Feinheiten von Etikette und Kleidung waren letztlich bedeutungslos im Vergleich zur Macht der Verdauungsorgane und des genitalen Hungers der Kreaturen ringsum.

Sie dachte an ihre Mutter, die ihretwegen vor langer Zeit dasselbe durchgemacht hatte; die den trunkenen Gelüsten und dem gewalttätigen Temperament ihres Vaters ausgeliefert gewesen war. Ihre Mutter, die zwei undankbare Söhne großgezogen hatte; die ihr Leben als sorgloses Mädchen aus Sligo begonnen hatte und dennoch dazu verdammt gewesen war, ihre Existenz als misshandelte Sklavin in einem weit entfernten Land zu beenden. Caitríona schrie um ihrer Mutter willen. Sie schrie ihre begriffsstutzigen rothaarigen Brüder an, deren Hässlichkeit und Schurkerei so viel Schande und Gewalt über sie gebracht hatten; ihre wohlhabenden Brüder, die weiterhin in glückseliger Unwissenheit über das lebten, was sie angerichtet hatten.

Die Frauen beugten sich über sie, berührten sie, legten ihre vom Knoblauch verfärbten Finger an Caitríonas intimste Stellen. Sie versuchten, sie zu beruhigen, sie zum Weitermachen zu drängen. Sie beteten und gaben derart unzüchtige Bemerkungen über das vermutliche Geschlecht des Kindes zum Besten, dass auch Caitríona vor Lachen brüllte. Erst nachdem die beiden Frauen die Nabelschnur durchtrennt und die Nachgeburt entfernt hatten, nachdem sie den Säugling in lauwarmem Wasser gewaschen und sich verabschiedet hatten und mit dem blutigen Laken nach unten gegangen waren, um dem Signore Bericht zu erstatten, den sie trotz der merkwürdig geformten Augen des Kindes für den Vater hielten – erst nach alldem erlaubte sich Caitríona, an Vater zu denken.

Nicht ihre erste Rettung durch Vater ging ihr durch den Kopf, die in Venedig, sondern die zweite, aus dem Wrack vor Paxos. Sie erinnerte sich an das Gefühl, als sie sich im Meer während des tosenden Sturms an ihn geklammert hatte. Als sie mich im Arm gehalten hatte, während er für uns alle drei schwamm. Als er Nahrung und einen Unterschlupf für uns gefunden hatte. Sie erzählte mir, dass sie in jenem Moment, als sie ihren winzigen Sohn in der dunklen sizilianischen Villa an ihre Brüste drückte, im Geiste einmal mehr in die Monate zurückkehrte, die sie in der kleinen Bucht geteilt hatten. Wo das Neugeborene entstanden war, wo sie solch tiefes Begehren erfahren hatte, wo die Sünde ein Segen gewesen war.

KAPITEL 11

Paolo Sarpi und Caitríona segelten von Palermo nach Málaga, wo sie an einem Sonntag im Morgengrauen eintrafen. Das Wasser war so klar, dass sie bis zum Grund schauen und beobachten konnten, wie der Anker sich in den Sand bohrte. Ein Ruderboot holte sie mitsamt ihrem Gepäck an Land. Dann fuhren sie mit einem Fuhrwerk zu einem Gasthaus, wo sie frühstückten, ehe sie eine Kutsche nach Córdoba bestiegen. Zwei Tage später brachte eine andere Kutsche sie weiter nach Sevilla.

Der spanische Süden kam ihnen auf charmante Weise rückständig vor, ganz ähnlich der sizilianischen Provinz, wo die Reise ihren Anfang genommen hatte. Caitríona fand die spanischen Städte genauso schmutzig wie Palermo, aber formeller in Bezug auf Kleidung und Umgangsformen. Das Essen war kräftiger, die Weine waren zu süß. Das von übel riechenden Abwässern, Mücken und einer großen Zahl katholischer Geistlicher geplagte Sevilla war trotz allem kosmopolitisch und bunt. Die beiden verschafften sich einen Überblick und fanden zu ihrer Erleichterung bald das vornehme Viertel, in dem ein Jahrhundert zuvor geräumige Villen dicht nebeneinander errichtet worden waren. Es waren die mir inzwischen so vertrauten palastartigen Wohnhäuser mit ihren gut gesicherten Toren, hohen weißen Wänden, Palmwedeln und herabhängender Bougainvillea.

Man ließ sie in die größte aller Villen ein, die *Casa de Pilatos*, in der meine Großtante wohnte. Sie mussten im Hof warten, wo sie auf einer steinernen Bank Platz nahmen. Von dort blickte man auf einen gluckernden Springbrunnen, auf Granatapfel- und Pampelmusenbäume und auf eine Statue des römischen Kaisers Trajan. Eine der Dienerinnen Doña Soledads tauchte auf und bot ihnen Wasser zum Trinken an.

In jener Zeit war meine Großtante auf einen stabilen Stuhl angewiesen, in dem eine Gruppe von Dienern sie herumtrug. Sie erholte sich gerade von einem Sturz, und der Schmerz war ein ständiger Begleiter. Auch wenn dies an ihrem Befinden nagte, gab sie sich alle Mühe, sich möglichst wenig beeinträchtigen zu lassen. Sie erzählte mir später, die Dienerin habe ihr den Grund des Besuchs geschildert. Die Nachrichten erfüllten ihr Herz mit Unruhe.

»Was machen sie für einen Eindruck?«, fragte sie die Dienerin.

»Señora?«

»Sind es anständige Leute? Sind sie anständig gekleidet?«

»Ja, Señora.«

»Und sie sind wirklich Ausländer?«

»Ja, Señora. Ihr Spanisch ist ziemlich schlecht.«

»Wie lästig.«

»Sie haben ein Kleinkind bei sich.«

»Ein Kleinkind?«

Einen kurzen Augenblick lang ignorierte sie offenbar die Zeit, die seit der Abreise meines Vaters vergangen war, und gab sich einer unberechtigten Hoffnung hin.

»Ja, Señora. Einen kleinen Jungen.«

»Ah ... bitte sie zu bleiben und sag ihnen, ich werde sie zum Abendessen empfangen. Bring sie in die Römische Suite und sieh zu, dass sie alles bekommen, was sie wünschen. Und lass Manolo für heute Abend etwas Schmackhaftes zubereiten.«

Es war lange her, dass Soledad Medina einen Gast aufgenommen oder unterhalten hatte. Die Aussicht war beinahe so anregend wie die Chance, etwas Neues über Vater und mich zu erfahren. Wie sich herausstellte, brachte sie nicht einmal die Geduld auf, bis zum Abendessen zu warten. Nach fünfzehn Minuten des Überlegens und einer Auffrischung ihres Gesichtspuders ließ sie sich in die Römische Suite tragen. Sofort wurde den Trägern befohlen, die Gästezimmer zu verlassen, denn bei ihrem Eintreten stillte Caitríona gerade ihr Neugeborenes. Caitríona entschuldigte sich, weil sie saß und keinen anständigen Knicks machen konnte, zeigte aber keinerlei Scham angesichts ihrer entblößten Brüste.

Der erste Gedanke meiner Großtante beim Betreten des Zimmers war, dass das letzte derart junge, entzückende und schöne Geschöpf, das sie gesehen hatte, meine Mutter gewesen war – in weitaus glücklicheren Zeiten. Paolo Sarpi trat aus dem angrenzenden Zimmer und stellte sich vor. Doña Soledad war überrascht, einen älteren Mann als Begleiter des Mädchens anzutreffen, doch als Frau von

Welt ging sie elegant darüber hinweg. Sie erinnerte sich, wie ihr ehemaliger Geliebter Alonso Pérez de Guzmán, der Herzog von Medina-Sidonia, sich in hohem Alter in eine Dienerin verliebt hatte, die vierzig Jahre jünger war als er. Sie begrüßte ihre Gäste in perfektem Italienisch.

»Wie ich höre, bringt Ihr Nachrichten von meiner Großnichte und ihrem Vater, dem vornehmen Herren aus Japan.«

»Das tun wir, meine Dame«, antwortete Caitríona.

»Wenn du erlaubst«, ergriff Paolo Sarpi das Wort, »möchte ich unserer großzügigen Gastgeberin einen kompletten Bericht über die Umstände liefern, die unsere junge Caitríona in dieses vornehme Haus geführt haben.«

»Aber natürlich«, sagte Caitríona und ließ ihm den Vortritt.

Er begann seine Schilderung mit der Versicherung, dass Vater und ich zuletzt bei guter Gesundheit gesehen worden wären – eine Behauptung, die Caitríona erröten und zu Boden sehen ließ, was der Aufmerksamkeit Soledad Medinas nicht entging. Dann berichtete er von dem mörderischen Treiben des Piraten Jack Ward beim Überfall auf unser Schiff und den nachfolgenden Ereignissen. Er hob dabei vor allem die Zeit und Hingabe hervor, die Caitríona für mein Wohlergehen aufgebracht hatte. Vaters und Caitríonas schwierige Reise nach Griechenland und Ägypten sowie die fehlgeschlagene Weiterreise nach Indien erwähnte er mit keinem Wort. Stattdessen erzählte er eine ausführliche Geschichte darüber, wie er Vater in Brindisi geraten habe, Caitríona direkt mit ihm nach Sizilien reisen zu lassen.

»Es war der drängendste Wunsch des Samurai«, beendete er schließlich seinen Vortrag, »dass Caitríona sich Euch in irgendeiner Weise nützlich machen kann, damit sie sich selbst und ihr Kind in dieser Welt durchbringen kann.«

Soledad Medina studierte die ganze Zeit über die Miene des Gelehrten und forschte nach Lücken oder Doppeldeutigkeiten in der Erzählung. Später erzählte sie mir, es hätten sich zwar Zweifel in ihr geregt, diese seien aber letztlich zu vage geblieben. Jedenfalls hörte der Junge genau in diesem Augenblick auf zu trinken und wandte ihr das Gesicht zu. Der japanische Anteil des kleinen Kerls und damit seine direkte Verwandtschaft mit mir waren unübersehbar. Doña Soledad streckte den Arm aus, nahm die winzige Hand des Jungen und küsste sie.

»Wie habt Ihr ihn genannt?«, fragte sie.

»Patrick, nach meinem Vater«, antwortete Caitríona. »Patrick Date O'Shea.«

Die alte Frau musste lachen.

»Offenbar gibt es noch einige Einzelheiten, die Ihr näher erklären müsst«, sagte sie zu Paolo Sarpi und schaute dabei Caitríona in die Augen. »Aber erst müsst Ihr Euch ausruhen. Wir können uns beim Abendessen weiter kennenlernen.«

Sobald ihre Gastgeberin aus dem Zimmer getragen worden war, wandte Caitríona sich an Paolo.

»Was ist in Euch gefahren, derart zu lügen?«

»Derselbe Instinkt, der mich getrieben hat, zu deinen Gunsten zu sprechen«, erwiderte er. »Ich bin nicht sicher, ob diese Frau es überlebt hätte, wenn wir ihr alles geschildert hätten, was noch auf unserer Seele lastet. Der Samurai hat mir eindringlich die Zuneigung geschildert, die sie für ihre Nichte empfand und die auf das kleine Mädchen übergegangen ist. Hier zu sein, wenn dieses Mädchen zurückkehrt, ist der wichtigste Antrieb in ihrem Leben. Die Wahrheit könnte ihr das Herz brechen – und dich jeder Chance berauben. Sie könnte auf der Stelle tot umfallen oder mit der ganzen Angelegenheit nichts zu tun haben wollen.«

Obwohl sie seine Argumentation nachvollziehen konnte, blieben Caitríona Zweifel. Es bereitete ihr ein schlechtes Gewissen, die schreckliche Wahrheit vor einer Frau zu verbergen, die eigentlich den Eindruck machte, an den Umgang mit schlechten Nachrichten gewöhnt zu sein.

Das Abendessen begann um kurz nach elf. Es fand in einem Salon statt, den ein Stillleben von Giuseppe Recco dominierte. Den marmornen Esstisch zierte ein Mosaik mit einem Porträt Maria Magdalenas, und die verschnörkelten Türrahmen waren von Cristobal Sánchez entworfen. Zwei junge Männer in narzissengelber Livree servierten gegrillten Fisch, dazu ein Reisgericht mit Oliven und Honig. Sie tranken gekühlten Manzanilla aus Kristallbechern.

»Darf ich vermuten, dass Ihr kein verheiratetes Paar seid?«, fragte Doña Soledad den Venezianer.

»Das dürft Ihr.«

»Und könnte ich mit der Vermutung recht haben, dass Shiro, der Samurai, der Vater Eures kleinen Patrick ist?«, wandte sie sich an Caitríona.

»Ja, meine Dame«, antwortete Caitríona errötend. Dann biss sie sich auf die Lippe und sprach weiter. »Aber ich fühle mich verpflichtet, Euch zu erzählen, wie diese Beziehung zustande gekommen ist. Ich war es, die sich ihm genähert hat. Ich suchte bei ihm Trost, ich machte die ersten Schritte. Er war Zeuge, wie mein Vater ermordet wurde. Er wurde auf demselben Schiff weggebracht wie meine Mutter. Er entkam nach unvorstellbaren Strapazen, um seine Tochter und mich zu holen. Er rettete mir das Leben, zweimal. Ich war allein auf der Welt und bin nie zuvor einem solch edlen Herren begegnet. Ich war völlig vernarrt in ihn. Doch in all der Zeit, die ich mit ihm verbringen durfte, hat er nicht einen einzigen Augenblick lang das tiefe Band zwischen ihm und Eurer Nichte aus den Augen verloren oder vergessen. So sehr ich ihn auch abzulenken versuchte, blieb er seiner Liebe zu Doña Guada stets treu.«

Soledad Medina senkte den Blick auf ihren Teller.

»Ich versprach dem Samurai, die Signorina nach hier zu begleiten und dafür zu sorgen, dass man sie aufnimmt und gut für sie sorgt«, sagte Paolo Sarpi hastig, um möglichen nachteiligen Schlüssen ihrer Gastgeberin zuvorzukommen.

Diese jedoch hatte bereits nach dem ersten Gespräch am Nachmittag gründlich nachgedacht und war zu einem festen Entschluss gelangt.

»Vor ihrer Abreise habe ich versucht, Shiro zum Hierbleiben zu bewegen«, sagte sie. »Ich bot ihm viele Vergünstigungen, und diese Angebote werden auch bei seiner Rückkehr noch Gültigkeit haben. Unter anderem sagte ich ihm, dass es – auch wenn er es sich damals nicht einmal hätte vorstellen können – nur natürlich wäre, wenn er eines Tages eine Gefährtin finden würde, der er sein Herz schenkte. Und ich versprach ihm, dass im Falle einer solchen Verbindung alle beide hier willkommen wären. Auch wenn halb Sevilla mich für verrückt hält, habe ich meinen kompletten Besitz Shiro und Guadas kleiner Tochter vermacht. Dass er Euch, Caitríona, zu mir geschickt und – vermittelt durch diesen vornehmen Herren aus Venedig – Euer Wohlergehen in meine Hände gelegt hat, zeigt mir, dass seine Zuneigung zu Euch nicht oberflächlich war, sondern sehr tief. Und Ihr habt ihm einen Sohn geboren. Ihr und Euer kleiner Junge werdet bei mir in Sicherheit sein. Ihr sollt jetzt *meine* Gefährtin sein, und wir werden zusammen warten und für seine sichere Rückkehr beten.«

Inzwischen war Caitríona in Tränen aufgelöst. Tränen der Dankbarkeit und Tränen der Scham. In diesem Moment begann der Säugling, zu schreien. Caitríona spürte, wie die Milchbildung einsetzte, und entschuldigte sich.

»Lasst ihn einen Moment schmollen, Kind«, sagte Soledad und forderte die junge Frau mit einer Handbewegung auf, sich noch einen Augenblick hinzusetzen. »Sonst verwöhnt Ihr ihn.«

Doch Caitríona kehrte nicht auf ihren Stuhl zurück. Sie wischte sich die Augen mit einer Serviette trocken und sagte: »Oh, das kann ich nicht, meine Dame. Bitte vergebt mir.«

Und damit war sie fort.

»Sie ist noch jung«, sagte Paolo Sarpi.

»Sie ist eine Mutter«, erwiderte Doña Soledad. »Ich weiß ihre Entscheidung, meinen Appell an soziale Anstandsregeln zu ignorieren, sehr zu schätzen. Meine Ermahnung war ein Test, den sie bravourös bestanden hat. Ich hätte es vor langer Zeit genauso gemacht, und meine Guada, wenn sie noch leben würde, mit Sicherheit auch.«

Doña Soledad kamen Tränen, die der Venezianer falsch interpretierte.

»Ich möchte gern sagen, meine Dame, dass Euer Verhalten in dieser ganzen Angelegenheit wirklich vorbildlich ist. Es hat meine Erwartungen weit übertroffen. Eure Großzügigkeit ist inspirierend und – wie ich vermute – hier in Sevilla sicher ebenso außergewöhnlich, wie sie es in den vornehmen Kreisen Venedigs wäre.«

Mit einer Handbewegung tat sie seine Schmeichelei ab und trank einen großen Schluck Wein.

»Ich bin schon seit ziemlich langer Zeit auf der Welt, Signor Sarpi. Zwar hatte ich das Glück, nicht so früh im Leben Zeugin solch schrecklicher Dinge zu werden, wie Signorina O'Shea sie durchgemacht hat. Aber dennoch gibt es im Guten wie im Schlechten nicht viel, das ich inzwischen nicht erlebt hätte. Ich halte mir viel auf mein Urteil über Menschen und ihren Charakter zugute. Diese Fähigkeit habe ich durch zahllose Fehler in der Vergangenheit erworben. Und deshalb fühle ich mich zwar geehrt durch die Würde, Charakterstärke und Selbstlosigkeit, mit der Ihr das Versprechen gegenüber dem Samurai erfüllt habt. Und auch die Aufrichtigkeit, die Caitríona in Bezug auf ihre eigene Person an den Tag gelegt hat, bewegt mich tief. Und dennoch sagen mir mein Instinkt, mein Herz, meine alternde Seele ganz deutlich, dass Ihr mir etwas verheimlicht.«

Paolo Sarpi erbleichte.

»Worauf, meine Dame, spielt Ihr hier an?«

»Nun redet schon, Signor Sarpi, bevor das Mädchen zurückkommt. Sagt mir die Wahrheit darüber, wie sie und ihr Kind von dem Samurai und meiner Verwandten getrennt wurden. Es ist mir nicht entgangen, dass sie in der Vergangenheitsform von ihm gesprochen hat. Sagt mir die Wahrheit, auch wenn mein Herz sie kaum ertragen wird.«

KAPITEL 12

Soledad Medina war meiner Mutter in Liebe zugetan. Die Gefühle, die diese Liebe in den Herzen meiner Großeltern hervorrief, Rodrigo Fernández de Córdoba und Inmaculada Gúzman de la Cerda, schwankten zwischen Dankbarkeit und Gereiztheit. Meist herrschte Letztere vor. Der Ärger entsprang dem Umstand, dass die reiche Witwe den Eindruck vermittelte, sich mehr um Guada gekümmert zu haben als ihre eigenen Eltern. Denn schließlich hatten diese, wie zu betonen sie nicht müde wurden, sie gezeugt und aufgezogen und eine vorteilhafte Ehe für sie arrangiert. Dafür, dass der Ehemann sich als Schuft erwiesen hatte, wollten sie nicht verantwortlich gemacht werden. Obwohl meine Mutter nach einer Vergewaltigung durch ihren Ehemann schwanger geworden war, war es für die beiden vor allem entscheidend, dass sie einen männlichen Erben zur Welt gebrachte hatte – Rodriguito –, einen zukünftigen Edelmann und spanischen Granden, ein Kind von makelloser und weit zurückzuverfolgender Abstammung. Nach dem tragischen Tod meiner Mutter hatten sie sich mit größtem Vergnügen um ihn gekümmert und für seine Ausbildung gesorgt – innerhalb der Mauern ihres Palastes und ihrer Landgüter.

Sie waren erschüttert über das, was meine Mutter nach seiner Geburt tat, dass sie sich nämlich in meinen Vater verliebte, einen »Heiden« vom anderen Ende der Welt. Obwohl sie meinem Vater nie begegnet waren, wollten sie seinen angeblichen Charme und seinen Anspruch auf fürstliches Blut ebenso wenig gelten lassen wie das Ansehen, das er sich beim spanischen König erworben hatte. Dann machte Mutter alles noch schlimmer, indem sie glücklich mit ihm war, erneut schwanger wurde und starb, als ich geboren wurde – ein uneheliches Mädchen. Ich glaube tatsächlich, dass sie Mutters Tod eine Zeit lang als gerechte Strafe für ihre Sünden betrachteten.

Daher störte es sie natürlich gewaltig, dass Doña Soledads Welle der Zuneigung für ihre Tochter genau im Augenblick ihrer »Schande« ihren Höhepunkt erreichte – mit dem Scheitern ihrer Ehe und dem Ausleben der Gefühle für meinen Vater. Auch wenn sie es ihrer guten Manieren wegen nicht aussprach, war völlig klar, dass Soledad Medina die Gefühle meiner Großeltern für provinziell hielt und dass die beiden in ihrer Achtung gesunken waren.

Seit dem Todestag meiner Mutter trug Doña Soledad Schwarz. An jedem einzelnen Tag wurde eine Messe für die Seele meiner Mutter und für meine sichere Rückkehr gelesen. Ehe wir Spanien verließen, überschrieb Doña Soledad mir ihre sämtlichen Besitzungen und ihr enormes Vermögen.

Es traf die Eltern meiner Mutter bis ins Mark, dass der Erstgeborene ihrer Tochter – ein Sohn, ein Spanier und ihr rechtmäßiger Erbe – von ihrer reichen Verwandten zugunsten der Mischlingstochter ignoriert worden war.

Soledad Medinas Welt verschwand mit der Zeit, das typische Schicksal einer Frau, die mit einem langen Leben gesegnet war. Ihre Männer waren tot – ihr untreuer, aber nicht unamüsanter Ehemann, ihr galanter Geliebter, der Herzog von Medina-Sidonia, und nicht zuletzt ihre beiden Söhne – einst süße, kleine Jungs, die als Heranwachsende immer grober, unförmiger und anmaßender geworden waren. Als Reaktion auf das Schweigen meiner Großeltern nach der Vergewaltigung ihrer Tochter hatte Doña Soledad sich von ihnen zurückgezogen. Und als sie den kleinen Jungen in ihrem Haus aufnahmen, den sie zu ihrem Erben machen wollten, hatte Soledad Medina darauf geachtet, ihnen so selten wie möglich zu begegnen. Sie nahm meine Mutter in ihre Obhut und erlebte sozusagen eine zweite Jugend. Mutters Liebe zu meinem Vater ließ sie das Leben noch einmal als etwas Pulsierendes und Bedeutungsvolles erleben. Dann verließ Mutter diese Erde, und der Samurai nahm mich mit sich fort. Von nun an war es die Aussicht auf meine Rückkehr, die sie am Leben hielt.

Einmal erzählte sie mir von dem Tag, an dem sie stürzte und sich die Hüfte brach. Es geschah nach der Messe in der Kapelle auf ihrem Landgut *La Moratalla*. Sie machte ihren üblichen Spaziergang durch die formalen Gärten hinauf zur römischen Ruine, wo das Grab meiner Mutter liegt. Plötzlich rutschte sie aus und fiel nach hinten. Als sie im Gras lag und durch ihren Schleier zum Himmel schaute, überraschte sie die Heftigkeit des Schmerzes. Sie sagte, sie habe zuerst zu sterben geglaubt, weil ihr mit einem Mal die klare Einsicht gekommen sei, dass sie unter ihren luxuriösen Gewändern bloß ein alterndes Tier sei und dass alternde Tiere auf diese Weise ihr Ende fänden – wenn ihre Knochen sie nicht länger tragen konnten. Als ihre Dienerin loslief, um den Priester und den Arzt zu rufen, erinnerte sie sich an einen Tag, an dem sie und meine hochschwangere Mutter zusammen mit Vater und Mutters Erstgeborenem am tiefer gelegenen Fluss gepicknickt hatten. Wie glücklich sie gewesen waren. Wie zufrieden es sie gemacht hatte, uns sicher in ihrer Nähe zu wissen. Wie sie mit meiner Mutter im Schatten eines Baumes am Ufer des Guadalquivir gesessen hatte, der an dieser Stelle schmaler wurde. Sie hatten dabei zugesehen, wie Vater dem kleinen Jungen im kalten, klaren Wasser das Schwimmen beibrachte. Sie waren eine Familie, so drückte Doña Soledad sich aus, eigenständig und *simpática*. Genau jene Art unvermutete Gruppe, die ihr freigeistiger Vater geliebt und ihre mürrische Mutter gefürchtet hatte.

Als die Dienerin zurückkam, als der unterwürfige Priester sich zum Gebet auf die Knie warf wie ein schlechter Schauspieler, als der Arzt sie abtastete und die anderen Männer sie auf eine Pritsche legten, um sie ins Haus zu tragen, rief sie sich noch weitere gute Erinnerungen ins Gedächtnis, um den Schmerz in Schach zu halten. Vor allem einen Abend vor vielen Jahren, an dem sie durch genau diese Gärten spaziert war, während ihr Ehemann bei einer seiner Freundinnen in Sevilla war. Sie war dort mit dem Herzog von Medina-Sidonia an ihrer Seite spaziert. Ihre Söhne waren noch klein, liefen voraus und besiegten mit Schwertern, die der Herzog aus Stöcken gebastelt hatte, imaginäre Mauren. Im Flüsterton erzählte sie mir, dass die deutlichste Erinnerung an diesen Tag jener Moment war, als der Herzog sie bat stehen zu bleiben. Als er sie gegen einen Baumstamm drückte, sie küsste und mit seinen Händen ihren Körper erkundete. Nichts war ihr so deutlich in Erinnerung geblieben wie die atemberaubende Erregung in diesem Augenblick.

TEIL ZWEI

KAPITEL 13

Das meiste von dem, was auf der HMS Adamant passiert ist, habe ich verdrängt – das Blut und die brutale Gewalt. Die Raserei der Männer, die uns töten wollten, als stünden sie unter dem Einfluss einer schrecklichen Droge. Doch an die Stelle dieser Raserei trat bald das Entsetzen, als sie immer weniger wurden, als überall auf dem Deck Hände und Arme lagen, als sie im Blut und in den Innereien ihrer Kameraden ausrutschten. Schreiend verkroch ich mich hinter Vater, während er sich wie ein Tänzer des Todes ans Werk machte. Als nur noch einer der Männer übrig war, ließ der erbärmliche Kerl sein Schwert fallen und sprang über Bord.

Vater trug viele Prellungen davon, aber keine Schnitt- oder Stichwunden. Und auch keine Knochenbrüche. Er trug mich ans andere Ende des Schiffes, die Stufen hinauf zum Achterdeck und setzte mich am Steuerruder ab. Er sprach mit sanfter Stimme und sang mir leise etwas vor, bis ich zu weinen aufhörte und in einen tiefen Schlaf fiel. Er sagte, er habe sich erst in diesem Moment ein Innehalten erlaubt, sich zurückgelehnt und hoch zum Himmel gestarrt. Am deutlichsten konnte er sich an die Schönheit der Wolken erinnern, denn es war früher Abend, und die herabsinkende Sonne tauchte alles in strahlendes Rosa und Orange.

In diesem Augenblick der Ruhe überraschten uns die Holländer, als ihr Schiff längsseits ging und sie mit Musketen bewaffnet an Bord kamen. Vater legte eine Hand ans Ruder und schaute zu, wie sie das makabre Schauspiel auf dem Vorderdeck untersuchten und dann sämtliche Waffen in seine Richtung drehten.

Später trat er, gewaschen und gefesselt, dem holländischen Kapitän gegenüber, einem hochgewachsenen, gut aussehenden, breitschultrigen Mann namens Kurt Vanderhooven. Er hatte volle Lippen und eine große, gebrochene Nase. Seine Uniform war sauber und schlicht. Ich saß auf einem Stuhl neben Vater, und meine Füße konnten den Boden nicht erreichen.

»Wenn Ihr schwört, dass alles, was Ihr gesagt habt, der Wahrheit entspricht, werde ich Euch die Ketten abnehmen«, sagte Kurt Vanderhooven auf Englisch.

»Ich schwöre es«, erwiderte Vater.

»Es fällt mir allerdings schwer, Euch zu glauben.«

»Jedes einzelne Wort ist wahr.«

»Macht seine Hände los«, sagte der Kapitän auf Holländisch zu einem dabeistehenden Offizier.

Ich sah, wie zierliche kleine Hände das Schloss an den eisernen Handschellen öffneten. Dann sprach der Kapitän auf Englisch weiter.

»Ich habe gute Neuigkeiten für Euch«, sagte er und versuchte, ein Lächeln zu unterdrücken. »Wir haben die Attendant in Besitz genommen und werden mit ihr nach Hirado segeln.«

»Hirado«, wiederholte Vater.

»Wir sind auf dem Weg nach Japan.«

Plötzlich schossen Vater Tränen in die Augen. Er hob eine Hand, als wolle er einem Juckreiz nachgeben.

»Ihr seid mein Gast«, fuhr der Kapitän fort. »Ich werde dafür sorgen, dass Ihr und Eure Tochter gut behandelt werdet. Im Gegenzug hoffe ich, dass Ihr beim Shogun ein gutes Wort für mich einlegt.«

»Wenn der Shogun bereit ist, mich zu empfangen, werde ich das tun«, versprach Vater.

»Natürlich wird er Euch empfangen, einen Samurai aus der Burg Sendai, der solch eine Geschichte zu erzählen hat.«

Ehe wir die Reise fortsetzten, warfen die holländischen Seeleute die sterblichen Überreste der englischen Mannschaft über Bord. Vater beobachtete sie dabei und verbat mir zuzusehen. Ich tat es dennoch. Das Blut lockte Haie an. Später erzählte er mir, der klatschende Aufprall der Leichen habe ihn daran erinnert, wie Jack Wardens Piraten seinerzeit mit den Toten verfahren waren, unter denen sich auch Caitríonas Vater befunden hatte. Er sagte, er habe an jenem Abend Schmerzen gelitten und es kaum ertragen können, gefangen genommen, gefesselt und dann als Tauschmittel wieder befreit worden zu sein. Nie wieder habe er in der Kajüte eines Kapitäns sitzen wollen. Und immer wieder sei ihm die Frage durch den Kopf gegangen, was aus Caitríona und den anderen geworden war. Nur schwer ertrug er die schicksalhafte Ironie, dass möglicherweise er und ich überlebt hatten, während diejenigen, die er eigentlich hatte beschützen wollen, ums Leben gekommen waren. Und er dachte während unserer Weiterreise nach Japan an kaum etwas anderes.

Sämtliche Holländer, auch Kurt Vanderhooven, baten darum, Vaters Katana und Tanto in die Hände nehmen und genauer anschauen zu dürfen. Während der ersten Tage unserer Reise war das Erstaunen darüber, dass ein einzelner Mann so viele andere getötet hatte, das wichtigste Gesprächsthema an Bord. Seine Abneigung, darüber zu sprechen, machte sie nur umso neugieriger. Die Misstrauischeren unter den Seeleuten vertraten flüsternd die Ansicht, der Samurai könne ein böser Zauberer sein, der am besten in einer Zelle unter Deck aufgehoben wäre. Die beiden Schiffe segelten gemeinsam und legten in Sri Lanka, Singapur und Manila an. Vater ging nur selten von Bord. Das Wetter blieb stabil – klarer Himmel und ruhige, gleichmäßige Winde. Die Farbe des Meeres changierte zwischen tiefem Blau und Smaragdtönen. Vater war meist mit mir zusammen, dann sprach er Japanisch oder spielte mit mir. Es war seine sehnlichste Hoffnung, dass die Schreie der Männer, die er in meiner unmittelbaren Nähe getötet hatte, mit der Zeit aus meiner Erinnerung verschwinden und durch glücklichere Erlebnisse ersetzt würden. Heute kann ich sagen, dass es weitgehend so gekommen ist.

An einem trüben, regnerischen Tag erreichten die Schiffe schließlich die Bucht von Nagasaki und näherten sich dem Ufer von Hirado. Ich erinnere mich, wie der Geruch des Festlandes über das Wasser getragen wurde, den Duft von

Kiefern und Zedern. Als wir uns der Anlegestelle und den Häusern am Hafen näherten, schlug uns der Geruch getrockneten Fischs entgegen, und der von Fisch und Seegras, die in dicken eisernen Kesseln gekocht wurden.

Die Siedlung Hirado war klein und festungsartig angelegt. Es gab Wohngebäude, eine Kirche, eine große Werft und Lagerhäuser. Der Holländer, wie Vater ihn stets nannte, vertraute Vater zwei Briefe an. Einer war an den Kaiser in Kyoto adressiert, der andere an den Shogun in Edo. Kurt Vanderhooven hegte die Hoffnung, dass eine dieser Eminenzen, wenn nicht beide, Vater empfangen würde. Und dass seine Briefe sie dazu bringen könnten, dem Holländer bessere Handelsbeziehungen zu gewähren. Pflichtbewusst übertrug Vater die Briefe ins Japanische, behielt die Originale und nahm auch einen großen ledernen Geldbeutel mit *Koban*-Goldmünzen entgegen. Einen Moment lang spielte der Kapitän mit dem Gedanken, mich als Geisel in der Siedlung festzuhalten – Ausländer durften Hirado nicht verlassen –, bis Vater mit Neuigkeiten zurückkehrte. Doch der Blick, den Vater ihm daraufhin zuwarf, reichte aus, um die Idee sofort zu verwerfen.

»Ihr habt mein Wort«, sagte Vater. »Eine andere Garantie ist nicht nötig.«

»Eine Sache noch«, sagte der Holländer, als wir uns zum Aufbruch bereit machten. »Ich habe inzwischen erfahren, dass jemand, den Ihr in Eurer Geschichte erwähnt habt, ganz in der Nähe in Gefangenschaft gehalten wird, der Priester aus Spanien.«

»Pater Sotelo?«, fragte Vater überrascht.

»Ja, ich glaube schon. Er wurde von chinesischen Kaufleuten ausgeliefert, die ihn auf einem ihrer Schiffe entdeckt hatten, das in der Nähe festgemacht hatte. Er ist in Omura, nicht weit von hier.«

Vater überreichte Kurt einen Brief an meine Großtante Soledad Medina, der sie über unsere sichere Ankunft unterrichten sollte. Das Schiff, das ihn schließlich beförderte, sank mit Mann und Maus vor der Küste Afrikas.

KAPITEL 14

Im Dorf Imaru tauschte Vater einen Koban gegen Silbermünzen ein. Er ließ seine Waffen reinigen und schärfen. Wir suchten ein Badehaus auf. Er kaufte uns neue Kimonos und Sandalen, dazu einen neuen Kamishimo, in den er den *mon* einsticken ließ, das Familienwappen, das von Date Masamunes Männern getragen wurde. Sein Haar wurde gewaschen und frisiert, und als er den Barbier verließ, sah er wieder aus wie ein echter Krieger aus Sendai.

Wir erreichten Omura in der Nacht und blieben in einer Herberge. Am nächsten Morgen suchte Vater das Gefängnis auf und gelangte, weil er ein Samurai war, ohne große Schwierigkeiten auf das Gelände. Luis Sotelo befand sich in einer stinkenden Zelle, zusammen mit zwei anderen Priestern, einem Dominikaner und einem Jesuiten, die mit dem Rücken zum Eingang auf dem Boden lagen. Mein Vater kannte Luis Sotelo schon seit Kindertagen. Der Pater hatte ihm so vieles beigebracht und später, bei ihren Besuchen in Sevilla, Madrid und beim Papst in Rom, einen beträchtlichen Hochmut zur Schau gestellt. Nun aber war er dünn und ausgezehrt. Als sie sich durch die Gitterstäbe hindurch umarmten, musste mein Vater wegen des Gestanks das Gesicht abwenden. Ich stand neugierig starrend daneben.

»Padre«, sagte Vater.

»Sei gesegnet für dein Kommen«, erwiderte der Priester. »Wie hast du davon erfahren?«

»Ich bin selbst gerade erst angekommen«, sagte Vater. »Dies hier ist meine Tochter. Ich habe sie mitgebracht, damit sie meine Mutter kennenlernt.«

»Und Guada?«

»Sie starb bei der Geburt.«

»Nein.«

Vater schwieg.

»Ist das Kind schon getauft?«, fragte der Priester und lächelte mich an.

»Ja«, sagte Vater. »Das habe ich um ihrer Großtante willen veranlasst. Sie wurde wie ihre Mutter im Wasser des Guadalquivir getauft.«

»Gott segne dich.«

»Wie kann ich Euch helfen?«

»Wir bekommen zu essen. Und man gestattet uns, zu beten. Unser Schicksal liegt in den Händen des Shoguns. Du kannst nichts tun.«

»Ich werde Date Masamune bitten, sich beim Shogun für Euch zu verwenden.«

»Ich glaube, das hat er schon getan«, erwiderte der Priester.

Vater ließ diese Information auf sich einwirken. Am Abend jenes Tages erklärte er mir, es könne nichts Gutes bedeuten, wenn der Priester trotz solcher Fürsprache noch in Gefangenschaft war.

»Ihr hättet nicht zurückkehren dürfen«, sagte Vater. »Hasekura Tsunenaga hat Euch gewarnt.«

»Ich hatte keine Wahl, mein Sohn. Es ist Gottes Wille, dass ich hier bin.«

»Aber nicht der Wille des Shoguns.«

»Das Reich des Shoguns ist vergänglich. Das Reich Gottes ist unendlich.«

Viele Monate waren vergangen, seit Vater solche Sätze zuletzt gehört hatte. Sie riefen ihm wieder ins Bewusstsein, wie sehr er den christlichen Glauben ablehnte. Doch er respektierte Luis Sotelo trotz dessen bis zur Rücksichtslosigkeit leidenschaftlichen Glaubens.

»Es tut mir weh, Euch so zu sehen«, sagte Vater. »Ihr und Eure Begleiter wart in Eurem Land so hilfsbereit und zuvorkommend zu uns.«

»Das hier ist bloß die Strafe für meine aus Hochmut begangenen Sünden, Shiro-san. Erinnerst du dich noch an meinen großen Plan, von dem ich dir an jenem Morgen auf dem Gartenweg in Aranjuez erzählt habe? Dass ich beim Heiligen Vater die Erlaubnis und die finanziellen Mittel einholen wollte, um eine Kathedrale in Sendai zu bauen? Dass ich Erzbischof von Japan werden wollte? Ich malte mir bereits die vornehmen Gewänder aus, die ich tragen wollte, den dicken Ring an meinem Finger, die Ehrerbietung, die man mir in Madrid und im Vatikan entgegenbringen würde, die Tausende von Konvertiten, die vor meinem Thron knien würden. Nun bin ich zu einem Leben des Gebets und der Buße zurückgekehrt.«

»Ich erinnere mich.« Vater fiel keine andere Entgegnung ein.

»Das Leben ist kurz«, fuhr der Priester fort. »Doch es ist eine Prüfung für unser ewiges Heil. Ich danke Gott, dass er mich rechtzeitig zu Boden geschlagen hat, sodass ich noch eine Chance auf Rettung habe. Wie heißt deine kleine Tochter?«

»Soledad María.«

»Soledad María, was für ein schöner Name.«

Ich lächelte ihn an.

»Wisst Ihr, Pater, auf eine ziemlich handfeste Art verdankt sie Euch ihre Existenz«, sagte Vater.

»Ihre Existenz verdankt sie unserem Herren Jesus«, erwiderte der Priester.

»Könnten wir den Herren Jesus für einen Augenblick beiseitelassen? Ihr habt mich die spanische Sprache gelehrt, Ihr wart der Initiator unserer Reise nach Spanien. Ohne all das hätte ich ihre Mutter nie kennen und lieben gelernt.«

Der Priester lächelte und gab mir ein Zeichen zum Nähertreten. Seine Zähne waren gelb. Er streckte seine dünne Hand mit den schmutzigen Fingernägeln durch die Bambusstäbe.

»Das Himmelreich gehört Kindern wie ihr«, sagte er.

Vater sagte, ich solle dem Priester ruhig die Hand geben. Als ich es tat, kniete er nieder und küsste sie.

Vater sah ihn nie wieder. Ein Jahr später wurde er auf dem Scheiterhaufen verbrannt.

Wir gingen an Bord einer Fähre und fuhren über das Ariake-Meer nach Nagasu. Dann überquerten wir die Berge, um nach Kitakyushu zu gelangen, und segelten über das Suo-nada-Meer nach Hiroshima. Dort wechselte Vater abermals Geld und nahm mich mit in ein Puppentheater. Draußen auf dem Land fand er eine akzeptable Herberge, wo wir uns drei Tage lang ausruhten. Sie stand neben einer heißen Quelle mit natürlichen Badestellen. Dienerinnen kümmerten sich um mich und überzeugten ihn, mir einen japanischen Namen zu geben. Er entschied sich für Masako, und zu diesem Anlass organisierten sie eine kleine Feier. In jener Nacht blieb eine der Dienerinnen bei ihm.

Am nächsten Morgen fragte ich ihn, ob die Dienerin meine neue Mutter würde, und er sagte Nein. Ich hätte nur eine wahre Mutter, die tot sei und die er bis zu seinem eigenen Tod lieben werde. Die Vorstellung, dass er irgendwann sterben würde, brachte mich völlig durcheinander, und ich begann zu weinen. Er versprach mir, dass dieser Moment noch weit, weit in der Zukunft liege und ich mir keine Gedanken darum machen müsse. Dann sagte er, dass auch Caitríona eine wunderbare Mutter für mich gewesen sei, und dass wir beide sie schrecklich vermissen würden. Vielleicht könnten wir hoffen, sie eines Tages wiederzusehen und mit ihr und dem Kind zusammen zu sein. Nun aber seien wir in Japan und müssten uns auf die Gegenwart konzentrieren. Und schauen, was das Schicksal mit uns vorhatte.

In Fukuyama kaufte er ein Pferd und einen Sattel, in Okayama eine hübsche Scheide für sein Katana und einen *yohonhigo*-Bogen samt einem Köcher mit Pfeilen. Während er mit dem Bogen übte, erzählte er mir von dem roten Lederköcher, den ihm der König von Spanien geschenkt und den er bei Soledad Medina in La Moratalla zurückgelassen hatte. Hinter Himeji wandten wir uns ins Landesinnere. Als wir die Präfektur Hyogo verließen und die Präfektur Kyoto betraten, kamen wir an mehreren Kontrollpunkten vorbei. An jedem Einzelnen erzählte er den Wachen unsere Geschichte, und man ließ uns durch.

KAPITEL 15

Hätte er es dem Holländer nicht versprochen, so wäre Vater niemals nach Kyoto gereist. Unser eigentliches Ziel war Sendai. Die Reise in die Hauptstadt, wo der Tenno residierte, bedeutete einen beträchtlichen Umweg. Doch Vater hatte es versprochen, und das Gold, das Kurt Vanderhooven ihm überlassen hatte, half ihm, die äußeren Zeichen seines Standes wiederherzustellen und sich Nahrung und Unterkunft für uns beide leisten zu können. Sobald er diesen Weg beschritten hatte, versuchte er, das Beste daraus zu machen. Er freute sich darauf, die Überreste des Heian-Palastes zu sehen, wo der Tenno auf seinem Chrysanthementhron regierte. Der größte Teil des Palastes war bei mehreren Bränden im 12. Jahrhundert zerstört worden, doch es hieß, dass noch manches von seiner früheren Pracht zu bestaunen war. Außerdem glaubte Vater, dass ich in meinem jungen und aufnahmebereiten Alter so viel wie möglich von Japan sehen und von dessen Geschichte erfahren sollte. Nach einem Spanien, an das ich mich kaum erinnerte, einem bereits verblassenden Jahr in Venedig und fast zwei Jahren auf der Reise war es Zeit, dass ich wirklich in eine Kultur, eine Sprache, eine Lebensweise eintauchte.

Der Tenno, Go-Mizunoo, wusste nichts von der Keicho-Gesandtschaft, jener Delegation, mit der Vater sechs Jahre zuvor nach Spanien und Italien aufgebrochen war. Sie war von dem inzwischen verstorbenen Shogun Tokugawa Ieyasu und dessen Sohn Tokugawa Hidetada gefördert worden, dem augenblicklichen Shogun. Vaters Herr und Onkel, der mächtige, aber weit im Norden lebende Daimyo Date Masamune, hatte die Expedition dann organisiert und ausgestattet. Der Tenno hatte kein Interesse an solchen Angelegenheiten und widmete seine Zeit der Poesie, der Kalligrafie und den zeremoniellen Pflichten, die seine Anwesenheit erforderten. Obwohl seine Frau die Tochter des Shoguns war, hielt er demonstrativ Distanz zur in seinen Augen ungehobelteren Lebenseinstellung des Shogunats. Dass er überhaupt nur wegen der militärischen Macht Tokugawa Hidetadas existierte, war schon erniedrigend genug. Sich auch noch für dessen banale Bestrebungen zu interessieren, wäre einfach unter seiner Würde gewesen.

Der Brief, den Vater am Eingang des Palastes abgab, wurde kopiert und unter vielen Verbeugungen zurückgegeben. Man erklärte ihm, er solle auf eine Antwort warten, die er binnen weniger Tage erhalten werde. Doch die Nachricht drang nicht weiter durch als bis zur zweituntersten Ebene der höfischen Verwaltung. Die aufwendig versiegelte und von einem Bürokraten, der Go-Mizunoo niemals zu Gesicht bekommen hatte, unterzeichnete Antwort war ebenso ausführlich wie vage. Als er sie in Händen hielt, sah Vater seine Verpflichtungen in Kyoto als erledigt an und bereitete unsere Weiterreise nach Edo vor. Just in dem Moment, als er mich auf den Arm nehmen und in den Sattel steigen wollte, ertönten zahlreiche Trompeten. Die Menschen machten Platz für eine ausgedehnte Prozession, die von zahlreichen Shinto-Priestern und buddhistischen Mönchen angeführt wurde. Es folgten die Wachen und Bannerträger des Tennos. Sie umringten zwei reich verzierte Sänften, in denen sich der Tenno und seine Frau befanden. Vater fragte den Gastwirt, was los sei.

»Der Kaiser und die Kaiserin brechen zum Schrein in Nikko auf, in der Präfektur Tochigi«, erwiderte der kleine, untersetzte Mann. »Sie werden einen neuen Tempel einweihen, in dem die Überreste von Tokugawa Ieyasu begraben werden. In wenigen Tagen wird der jetzige Shogun Edo verlassen, um das Kaiserpaar in Takasaki zu treffen. Viele der mächtigsten und berühmtesten Daimyos werden ebenfalls erwartet.«

Daraufhin beschloss Vater, sich der großen Prozession anzuschließen, die sich wie eine Armee voranbewegte und zu der auch viele Samurai und zahlreiche Ochsenkarren gehörten, die mit Nahrung, Zelten und Schlafstellen beladen waren.

Zwei Tage später erreichte das kaiserliche Aufgebot Hikone. Der Tenno weihte eine neu gebaute Burg am östlichen Ufer des Biwa-Sees ein.

Die Festung wirkte gleichermaßen massiv wie filigran und war von einem Wassergraben umgeben. Ihr Bau war von dem großen, kämpferischen Lehensherren Li-Naomasa in Auftrag gegeben worden, der für seine zahlreichen

Narben und die blutrote Rüstung berühmt war, die seine Samurai in der Schlacht trugen. Sein Sohn hatte das Bauwerk schließlich fertiggestellt. Als Vater erfuhr, dass Li-Naomasa auch an der Schlacht von Odawara teilgenommen hatte, trat er an einen der Samurai aus Hikone heran und zeigte dem Mann sein Schwert, in dessen Klinge ein Bild von der Schlacht und ein Gedenkspruch im Namen Date Masamunes eingraviert waren. Er erzählte dem Samurai seine Geschichte und wurde daraufhin zu Li-Naomasas Sohn gebracht, der darauf bestand, dass Vater sich der Prozession des Tennos als Mitglied seines Gefolges anschloss. Diese Samurai, im Andenken an ihren Herren immer noch mit der roten Rüstung geschmückt, freundeten sich mit Vater an und teilten für den Rest unserer Reise ihre Diener und Dienerinnen mit uns.

An unserem letzten Abend in Hikone nahm Vater mich mit zum Seeufer. Der Himmel hatte ein tiefes Violett angenommen, und die Venus leuchtete hell. Er erinnerte sich an die Biwa-Samen, die seine Mutter ihm vor seinem Abschied aus Japan mitgegeben hatte und die er später meiner Mutter geschenkt hatte. Einige Pflanzen standen an ihrem Grab in La Moratalla. An diesem Abend erzählte er mir, dass er jetzt, nach seiner Rückkehr nach Japan, begriffen habe, dass er in Spanien wie ein unabhängiger Mann zu denken gelernt hatte. Und doch hatte er geschworen, hierher zurückzukehren und seine Mutter wiederzusehen. Außerdem hatte er Date Masamune seine Treue geschworen. Und wenn sein Wort keinen Wert hatte, was für ein Mann wäre er dann? Diese Dinge erzählte er mir in beinahe entschuldigendem Ton. Ich war damals noch sehr jung und konnte seine Gefühle nicht begreifen. Obwohl ich Caitríona weiterhin vermisste, war ich damit zufrieden, hier zu sein, seinen persönlichen Gedanken zu lauschen und das Land seiner Geburt kennenzulernen.

KAPITEL 16

Die Prozession des Kaisers bewegte sich über die Nakasendo-Straße ins Landesinnere. Unser Pferd trottete im Gleichschritt mit denen der Samurai aus Hikone, kleinen Tieren mit geflochtenen Mähnen und Schwänzen. Einige Samurai trugen an Speeren befestigte Banner, die in der Brise im Bergland flatterten. Wir bewältigten steile Anstiege inmitten von Kiefernwäldern. In einiger Entfernung war der schneebedeckte Gipfel des Ontake deutlich zu erkennen. Wir kamen an einer Reihe hölzerner Aborte vorbei, die von den Samurai eines anderen Gebiets benutzt worden waren und Anlass zu Scherzen boten. Die kalte Luft vertrieb den Gestank, und Vater erklärte mir, dass Bauern aus der Gegend die Hinterlassenschaften als Dünger benutzen würden.

Er bemerkte, dass all die roten Lederrüstungen um uns herum glatt und weitgehend ungetragen wirkten. Die Schwerter zeigten dezente, aber verräterische Anzeichen, dass sie lange nicht benutzt worden waren.

»Wann haben Eure Männer zum letzten Mal in einer Schlacht gekämpft?«, fragte er den neben uns reitenden Krieger.

»Seit der Belagerung von Osaka hat es keinen Kampf

mehr gegeben«, erwiderte der Samurai, der etwa vierzig Jahre alt sein musste. »Tokugawa Ieyasu hat auf den Schlachtfeldern den Frieden errungen, den sein Sohn Hidetada bis heute erhält. Wir setzen unsere Übungen fort, organisieren Vorführungen, und einige von uns dienen den Behörden, indem sie Aufgaben als Ordnungshüter übernehmen. Andere machen Geschäfte oder widmen sich ihren Steckenpferden. Die meisten von uns versuchen einfach, nicht fett zu werden und so gut wie möglich zu leben.«

Vater sagte, er habe in den sechs Jahren im Ausland mehr gekämpft und öfter sein Schwert benutzt als diese Krieger.

Dann fragte er: »Und wird der Frieden halten? Gibt es keine Rivalen oder Abtrünnigen, die für Unruhe sorgen?«

»Sehr wenige«, erwiderte der ältere Samurai. »Ihr seid in ein friedvolles Zeitalter hineingeboren, junger Mann. Und in einem günstigen Augenblick zurückgekehrt. Ihr und Eure Tochter könnt Euch auf ein langes, glückliches Leben freuen. Ihr müsst Euch eine Frau suchen.«

Einige Tage später erreichten wir Takasaki. Die Stadt war mit Hunderten Flaggen und Laternen geschmückt. Die Gasthäuser im Bordellviertel *Yoshiwara* waren überfüllt. Überall traten Schauspieler und Puppentheater auf. Verbündete und rivalisierende Daimyos veranstalteten gemeinsame Festmähler. Als der Shogun mit großem Gefolge aus Edo eintraf, wurde er mit mächtigem Getöse begrüßt, was die Kaiserin erfreute und den Kaiser irritierte.

Eines Abends tauchte Li-Naomasas Sohn im Lager seiner Männer auf und lud Vater ein, ihn zu begleiten. Zu meiner Überraschung nahm Vater mich mit. Wir durchquerten mehrere Lager und verschiedene Gassen, die von bewaffneten Männern bewacht wurden. Dann erreichten wir das Lager des Shoguns. Vater wich seinem Gastgeber nicht von der Seite und verbeugte sich wie angewiesen vor verschiedenen Amtspersonen. Schließlich wurden wir an den *hakamoto*-Wachen des Shoguns vorbei in das Privathaus geleitet, das Tokugawa Hidetada requiriert hatte. Gerade als wir eingelassen wurden, traten zwei Daimyos aus der Empfangshalle heraus. Einer entdeckte mich und lachte, wenn auch nicht auf unfreundliche Weise.

Vater und Li-Naomasas Sohn verneigten sich vor Tokugawa Hidetada. Ich tat es ihnen nach. Der Shogun war zweiundvierzig Jahre alt. Er trug einen einfachen schwarzen Kimono und einen schwarzen Kamishimo und saß auf einem seidenen Kissen neben einer Feuerstelle. Hinter ihm standen mehrere Leinwände, auf die verschiedene, zur Jahreszeit passende Blüten gemalt waren. Dahinter verbargen sich weitere Leibwächter.

»Entspannt Euch, Shiro-san«, sagte der Shogun. »Euer Besuch ist der letzte heute, sodass wir alle etwas essen und trinken können. Wer ist die junge Dame, die Ihr mitgebracht habt?«

»Meine Tochter, mein Herr.«

»Woher stammt sie?«

»Aus Spanien, mein Herr, jenseits zweier Ozeane.«

Im Raum breitete sich ein Murmeln aus, und alle schauten mich neugierig an.

Mehrere Frauen trugen Tabletts mit Essen und Reiswein in den Raum. Dabei hielten sie den Blick streng auf den Fußboden gerichtet.

»Ich habe eine Zusammenfassung Eurer Geschichte gehört«, fuhr der Shogun fort, nachdem er eine Tasse Wein geleert hatte. »Aber ich würde sie gern von Euch selbst hören, und zwar vom Anfang bis zum Ende.«

Also erzählte Vater seine Geschichte ein weiteres Mal, von der Planung der Expedition bis zu unserer Ankunft in Hikone. Dabei ließ er nur zwei Details aus: seinen Schwur, während der Reise nach Europa für Date Masamune die Augen und Ohren offen zu halten, und seine Beziehung zu Caitríona. Besonderen Wert legte er auf die Begründung für seinen Entschluss, nicht zusammen mit Hasekura Tsunenaga nach Sendai zurückzukehren, wobei er herausstrich, dass Tsunenaga ihm die ausdrückliche Erlaubnis erteilt habe, in Spanien zu bleiben. Auch was die sechs Samurai betraf, die sich in Coria del Río angesiedelt hatten, drückte er sich äußerst vorsichtig aus.

»Ja«, sagte der Shogun, als Vater geendet hatte. »Hasekura Tsunenaga hat uns bei seiner Rückkehr ausführlich Bericht erstattet. Dabei erwähnte er Eure besonderen Beziehungen, vor allem zu den Spaniern und ihrem König. Wir sind erfreut, dass Ihr zu uns zurückgekehrt seid, so wie uns auch Eure Entscheidung freut, Eure Tochter dort aufwachsen zu lassen, wohin sie gehört. Und es ist gut, Euch hierzuhaben, damit Ihr das Grab meines Vaters besuchen und ehren könnt, dem vor allen anderen Ihr Eure Abenteuer zu verdanken habt.«

Vater atmete tief durch und kam auf den Brief des Holländers zu sprechen. Ein Beamter nahm ihn entgegen, steckte ihn in seinen Kimono und zog sich wieder zurück. Dann ergriff der Shogun wieder das Wort. »Sagt mir eines,

Shiro-san. Schwört Ihr nach so langer Abwesenheit immer noch Date Masamune die Gefolgschaft? Ihr, der Ihr so weit gereist seid, während Euer Fürst kaum von der Stelle kam?«

»Reisen und das Verstreichen der Zeit haben mit einer solch ernsten Pflicht nichts zu tun«, erwiderte Vater. »Ich schulde ihm die Treue und Gefolgschaft, die ein Sohn seinem Vater schuldet. Ich habe seinen Schutz und seinen Geist stets bei mir gespürt. Und ich habe mir Mühe gegeben, ihm bei all den Barbaren, mit denen ich zu tun bekam, stets Ehre zu machen.«

»Und wenn ich Euch sagen würde, dass Euer Herr in Ungnade gefallen ist? Würdet Ihr ihn dann immer noch ehren?«, fragte der Shogun.

»Ich würde mein Leben geben, um ihn zu beschützen«, sagte Vater, ohne zu zögern.

Dann verneigte er sich mit besorgter Miene.

Genau in diesem Augenblick trat Date Masamune hinter einer der Leinwände hervor. Der Shogun und seine Männer grinsten und brachen schließlich in Gelächter aus. Vater blickte auf. Es war das erste Mal, dass ich meinen Großonkel sah. Er trug keine Kopfbedeckung, und sein Haar war von grauen Strähnen durchzogen. Seine Haltung strahlte Ernsthaftigkeit und Autorität aus. Er hatte nur ein Auge. An der Stelle, wo das andere gewesen war, befand sich eine Narbe. Er jagte mir Angst ein. Den Blick auf Vater gerichtet, verneigte er sich. Gegen seine Tränen ankämpfend, verbeugte sich auch Vater.

»Willkommen zu Hause, Shiro-san«, sagte Date Masamune. »Deine Mutter hat dich vermisst.«

KAPITEL 17

Vater erinnerte mich oft daran, dass seine Mutter Mizuki, als sie mich das erste Mal sah, das folgende, von Yamanoue no Okura verfasste Gedicht aus der Nara-Zeit rezitierte.

Shirokane mo
Kugane mo tama mo
Nanisemu ni
Masareru takara
Koni shikame yamo

Was bedeuten sie mir,
Silber, oder Gold, oder Juwelen?
Wie könnten sie je
dem größeren Schatz gleichkommen,
den ein Kind bedeutet? Sie können es nicht.

Ich weiß noch, wie sie mich in die für adlige Frauen reservierten Bäder mitnahm und mich an der Hand hielt. In der drückenden Hitze des Sommers, in der Frische des Herbstes, im Schnee und in der Kälte des Winters, durch den Regen im Frühjahr. Ich erinnere mich an das Klipp-klapp unserer Holzsandalen, die Liebkosungen der Frauen, ihr Lächeln und ihre Bemerkungen, während sie mich musterten und mich heranwachsen sahen. Mizuki hatte einen langen, schönen Körper, und je älter ich wurde, desto mehr ähnelte meine Gestalt der ihren. Ich erinnere mich noch, wie die gewaschenen Kimonos zum Trocknen in der Sonne ausgebreitet lagen. Und an die Strumpfbandnatter, die eines Tages auftauchte und für Kreischen und Gelächter sorgte. Ich erinnere mich an die verschiedenen Körper, die alten wie die jungen.

Von meiner Großmutter lernte ich Kalligrafie und das Spielen der Satsuma-Biwa-Laute. Wir schrieben zusammen Gedichte im *waka*-Stil, der bei den einfachen Leuten aus der Mode geriet. Und Vater bestand darauf, dass ich Spanisch und Englisch lernte. Er gab mir jeden Tag Unterricht, was immer er sonst zu tun haben mochte. Langsam legte er auch wieder an Gewicht zu. Während Mizuki nach frischen Rosen duftete, roch Vater nach Heu und Wald.

Ich erinnere mich daran, wie Date Masamune mich hochhob, an sein dröhnendes Gelächter, wenn ich mit dem Finger über die Narbe fuhr, wo einst sein Auge gewesen war. An die riesenhaften Ausmaße seines Schlosses, in dem wir wohnten. Damals war ich der Liebling aller, die exotische Nichte des Daimyos. Ich besaß eine grau-weiße Katze namens Aiko. Manche Frauen riefen auch mich bei diesem Namen. Ich bekam eine Dienerin, ein junges Mädchen aus einer *gōnō*-Familie vom Land, das Arbeit in unserem *buke yashiki*, einem Samurai-Haushalt, suchte. Sie hieß Nobuko.

Vater und Großmutter fürchteten, man würde mich meiner Mischlingsherkunft wegen meiden. Doch die Zuneigung, die der Daimyo mir entgegenbrachte, und in späteren Jahren meine äußere Erscheinung sorgten dafür, dass ich akzeptiert wurde. Trotz meines kastanienbraunen Haars und meiner grau-grünen Augen. Und je mehr sich die Kunde von Vaters Heldentaten in fernen Ländern verbreitete, desto stärker wuchs auch unser Ansehen.

Bald nach unserer Ankunft besuchten wir Hasekura Tsunenaga, kurz vor dessen Tod. Abgesehen von dem Priester, Luis Sotelo, war er der einzige Mensch in Japan, der meine Mutter kennengelernt hatte. Vater und er hatten sich zu Beginn der Reise nach Spanien feindlich gegenübergestanden, waren später aber Freunde geworden. Das Haus der Familie Hasekura lag an einem Waldsee. Ich bekam Reiswaffeln und durfte anschließend zusammen mit Nobuko am Ufer eine Entenfamilie füttern, während die Männer Sake tranken und in Erinnerungen schwelgten. Ich hörte sie lachen, trotz der Kurzatmigkeit Hasekura Tsunenagas. Die Hasekura waren eine altehrwürdige Familie, und die Frauen im Haus wirkten ernst. Einige hatten auf die traditionelle Weise geschwärzte Zähne. Und keine schenkte mir ein Lächeln.

An einem kalten, regnerischen Morgen einen Monat später begleitete ich Vater, Mizuki und Date Masamune zu Hasekura Tsunenagas Begräbnis. Später am selben Abend hörte ich ein Gespräch zwischen Vater und Großmutter mit, das sich in der einen oder anderen Form während der kommenden Jahre noch häufig wiederholen sollte.

»Eines Tages wird der Priester sterben oder der Dummkopf lässt sich hinrichten«, sagte sie. »Mein Bruder wird sterben. Und ich auch.«

»Auch ich werde sterben, Mutter«, entgegnete Vater.

»Meine Frage ist, was dann aus Masako werden soll«, sagte sie. »Dann wird sie als Ehefrau oder Kurtisane in das Leben in Sendai integriert und sich – wenn sie alt ist und Glück hat – in ein buddhistisches Frauenkloster zurückziehen.«

»Schon bald nach unserer Ankunft hier«, sagte Vater, »habe ich großes Bedauern gespürt. Ich war hin- und hergerissen. Ich war zu Hause und hatte meine Tochter nach Hause gebracht. Ich hatte meine Versprechen dir und meinem Onkel gegenüber erfüllt. Ich war dem Weg des Kriegers treu geblieben. Und doch …«

»Und doch …?«

»Keiner von denen, die mit mir auf der Reise nach Spanien waren, abgesehen von der Handvoll Männer, die dort geblieben sind, haben dieses Land hier je wirklich verlassen, egal wie weit sie gereist sind. Hasekura Tsunenaga ist ein gutes Beispiel. Während er vorgab, den gekreuzigten Retter der Europäer zu verehren, und während er ihr Essen aß, das ihm niemals schmeckte, rettete ihm wahrscheinlich nur der Umstand den Verstand, dass er eine unverbrüchliche Verbundenheit mit seiner Heimat spürte. Für mich war es anders. Ich habe mich dort zu Hause gefühlt. Erst mit dem Tod von Masakos Mutter entschloss ich mich endgültig, wieder hierher zurückzukehren, mir etwas zurückzuerobern, das zu mir gehörte. Und ich hätte nicht damit leben können, dich nicht wiederzusehen und Masako nicht in deine Obhut zu geben.«

»Und doch …?«

»Und doch bin ich nicht sicher, genau wie du. Auch ich denke an Masakos Zukunft.«

Kein einziges Mal erzählte er ihr – oder irgendjemandem in Japan – von Caitríona. Und auch mir gegenüber sprach er erst zehn Jahre später von seinem anderen Kind, das er in ihrem Bauch zurückgelassen hatte. Diese Kindheitserinnerung hatte ich bis dahin aus meinem Gedächtnis gestrichen.

KAPITEL 18

Vater fragte Date Masamune nach einer jungen Frau in Diensten des Daimyos, die er vor seiner Reise nach Spanien kennengelernt hatte. Sie hieß Yokiko. Meine Großmutter erzählte mir, dass sie nach einer Schlacht als Beute genommen worden war, dass sie schön war und aus einer vornehmen Familie stammte, dass sie Date Masamune und seinen Söhnen als gelegentliche Geliebte diente. Und dass sie die erste Frau war, mit der Vater zusammen gewesen war. Date Masamune sagte Vater, Yokiko lebe im Haus seines ältesten Sohnes, Date Tadamune.

Mit Ausnahme der Samurai, die ihm unmittelbar zu Diensten standen, gab es kaum jemanden in Sendai, der Date Tadamune besonders mochte. Wann immer der Daimyo nach Edo oder Kyoto reisen musste, hielt Date Tadamune für ihn die Stellung. Sein bösartiger Charakter sorgte bei den Bürgern für Verbitterung. Sein Vater litt darunter und gab sich alle Mühe, jene Boshaftigkeit einzudämmen, was dadurch erschwert wurde, dass Megohime, die Frau des Daimyos, ihrem Sohn den Rücken stärkte. Vater und Date Tadamune waren zusammen aufgewachsen und ausgebildet worden, hatten sich aber später auseinanderentwickelt. Vaters Intelligenz und elegantes Äußeres, seine

Bescheidenheit und sein Geschick im Umgang mit dem Schwert standen in scharfem Kontrast zu Date Tadamunes Hässlichkeit und Trägheit.

Als Vater erfuhr, wo Yokiko sich aufhielt, war er unglücklich, doch er verneigte sich vor Date Masamune und sagte nichts. Damit wäre die Angelegenheit erledigt gewesen, hätte nicht Date Tadamune ein Jahr später die Kreuzigung der jungen Frau angeordnet. Die Nachricht verbreitete sich schnell. Date Tadamune war Yokikos überdrüssig geworden, da sie sich wiederholt geweigert hatte, ihn nach seinen Wünschen zu befriedigen. Er schickte sie in ein einfaches Bordell, doch sie weigerte sich auch diesmal. Daraufhin befahl er ihre Kreuzigung wegen Ungehorsams. Sie wurde an Bambuspfähle gefesselt, an die man zwei Speere lehnte, damit jeder, der vorbeikam, auf sie einstechen konnte, wenn er es wünschte.

Als die Nachricht unsere Räumlichkeiten in der Burg erreichte, brach Vater zornentbrannt auf. Er erreichte den Hinrichtungsplatz genau in dem Augenblick, als einer der Samurai von Date Tadamune mit dem Speer auf Yokiko losgehen wollte. Eine Gruppe von Männern feuerte den Krieger an. Vater brüllte sie an, und ihre Rufe verstummten. Nun war nur noch Yokikos Stöhnen zu hören. Vater forderte den Samurai mit dem Speer heraus und schlug die Waffe mit seinem Schwert in zwei Teile. Der Krieger schlich unter leisen Drohungen davon, und die Zuschauer zerstreuten sich. Vater schnitt Yokiko los und trug sie zu uns nach Hause. Großmutter sagte nichts, sondern nahm sie auf Vaters Wunsch einfach auf und kümmerte sich um ihre Verletzungen. Ich saß neben ihr, bis sie einschlief. Vater und Großmutter warteten ab, was geschehen würde.

Date Tadamune beschwerte sich bei seinem Vater und verlangte Gerechtigkeit. Ihre heftige Auseinandersetzung war in der ganzen Burg zu hören. Der wehleidige Sohn brachte Date Masamune in eine schwierige Lage. Daher schickte der Daimyo – anstatt Vater herbeizuzitieren und ihn in Gegenwart des wütenden Erben zurechtzuweisen – seinen engsten Berater zu uns, um die Angelegenheit beizulegen. Dieser Mann war Katakura Kojuro, Großmutters ehemaliger Geliebter und Vaters leiblicher Vater.

Er wurde hereingebeten. Großmutter bereitete Tee zu. Sie setzten sich einander gegenüber, auf die traditionelle Weise. Es war das erste Mal überhaupt, dass die drei allein zusammenkamen. Obwohl sie einander früher sehr geliebt hatten, waren Katakura Kojuro und Großmutter sich seit zwanzig Jahren nicht mehr begegnet.

»Shiro-san«, sagte Katakura Kojuro zu meinem Vater mit gespielter Ernsthaftigkeit. »Ihr habt Euch eines schwerwiegenden Vergehens gegen Euren Vetter, den Thronanwärter, schuldig gemacht.«

»Was habe ich getan?«, fragte Vater.

»Ihr wisst genau, was Ihr getan habt«, erwiderte Katakura Kojuro. »Ihr habt auf eigene Faust eine zum Tode verurteilte Gefangene befreit.«

»Sie wurde zu Unrecht verurteilt«, sagte Vater. »Nur der Daimyo kann eine solche Strafe verhängen. Was sagt mein Onkel dazu?«

»Er sagt, Ihr müsst die Frau freigeben und sie zu Date Tadamune zurückbringen.«

»Ich schlage eine dritte Möglichkeit vor«, sagte Vater. »Nämlich dass sie den Rest ihres Lebens in Edo verbringt, als Nonne in einem Tempel, und dort für ihren Ungehorsam büßt.«

Katakura Kojuro seufzte und trank einen Schluck Tee. Dann schaute er Großmutter an. Sie spürte seinen Blick und hob den Kopf, um ihm zu begegnen. Einst hatten sie sich jahrelang in aller Heimlichkeit treffen müssen, von Poesie und Leidenschaft entflammt. Gemeinsam hatten sie Vater gezeugt, der zu einem Mann herangewachsen war und jetzt mit ihnen zusammensaß. Doch darüber verlor niemand ein Wort.

»Ich werde Euren Vorschlag dem Daimyo überbringen«, sagte Katakura Kojuro.

Während dieser Unterhaltung saß ich neben der schlafenden Yokiko. Meine Katze Aiko hatte sich am Fußende der Matratze zusammengerollt. Yokiko sah müde und abgemagert aus. Sie war immer noch sehr schön und hatte ein Muttermal ein Stück rechts über ihrer Oberlippe. Ich hielt ihre Hand und hatte keine Ahnung, welcher Art von Ungehorsam sie sich schuldig gemacht hatte. Von dort, wo ich saß, sah ich, wie Nobuko im Garten Kräuter sammelte.

Keine Stunde später kehrte Katakura Kojuro wieder zurück. Er sah noch mitgenommener aus als zuvor. Wieder setzten die drei sich zusammen.

»Euer Vorschlag ist unannehmbar«, erklärte er.

»Würdet Ihr mir die Ehre erweisen, diese Entscheidung zu erklären?«, fragte Vater.

»Der Daimyo war zunächst einverstanden, doch der Thronfolger weigerte sich und beharrte darauf, dass eine solche Entscheidung ein schlechtes Beispiel geben würde. Diesem Standpunkt schloss sich der Daimyo letztlich an.«

»Dann gibt es noch eine weitere Möglichkeit, die ich auf mich nehmen werde«, sagte Vater.

»Was auch immer Ihr meint, Shiro-san, ich rate Euch davon ab.«

»Ich werde sie heiraten«, sagte Vater.

Wir alle hörten diese Worte. Katakura Kojuro und Großmutter, die erschrocken ihre Köpfe hoben, die inzwischen aufgewachte Yokiko, Nobuko und ich.

»Sagt meinem Onkel und meinem Vetter, dass ich zu ihren Füßen um Yokikos Begnadigung flehen werde, damit ich sie zur Frau nehmen kann«, fuhr Vater unbeirrt fort.

Großmutter und Katakura Kojuro konnten ihre Empörung kaum verbergen.

Vater wurde gezwungen, mehrfach um Yokikos Begnadigung zu betteln, ehe seiner Bitte stattgegeben wurde. Die einzigen Hochzeitsgäste waren Großmutter, die die Braut keines Blickes würdigte, und ich. Ich freute mich über das gute Essen und einen neuen rosafarbenen Kimono mit eingestickten Blumen. Yokiko hatte sich zu diesem Zeitpunkt erholt. Sie war wunderschön und weinte während der kompletten Zeremonie. Vater trug seine besten Gewänder und strahlte eine große Würde aus.

Yokiko und Mizuki konkurrierten darum, mich zu bemuttern. Auch wenn sie sich oft stritten, waren beide in den darauffolgenden Jahren sehr gut zu mir und brachten mir vieles bei. Die meiste Zeit über gab Yokiko ihr Bestes, um es Großmutter recht zu machen, und passte sich deren gelegentlichen Marotten an. Doch Großmutter akzeptierte sie letztlich nie, was Vater wütend machte. Die Atmosphäre war nie wieder wie zuvor.

Mizuki brachte mir bei, mich zu kleiden und auf die richtige Weise zu gehen. Mich zu frisieren. Sie zeigte mir, wie man Blumen schnitt und arrangierte, wie man Reis kochte, wie man Tee und Sake servierte. Von ihr lernte ich, mich auf eine Weise zu verbeugen, die bescheiden, aber nicht unterwürfig wirkte – genau, wie sie selbst es tat. Sie brachte mir bei, wie und wann man einen Fächer benutzte. Sie nahm mich mit ins Theater und erklärte mir die Masken, die Gesten und die Kostüme, die ich später zu kopieren versuchte, wobei ich Nobuko zwang, die Stücke mit mir zusammen vor Mizuki, Yokiko und Vater nachzuspielen.

Als ich älter wurde, weihte Yokiko mich in intimere Dinge ein, von denen Großmutter in meiner Gegenwart niemals sprach. Sie erklärte mir vieles über die Männer, und wie sich die guten von den schlechten unterscheiden ließen. Als meine Brüste sich zu entwickeln begannen und meine Blutungen einsetzten, sagte sie, ich solle keine Angst haben. Sie erklärte mir, warum das geschah, wie ich mich ordentlich waschen und was ich gegen die Schmerzen nehmen konnte. Zusammen mit Nobuko besuchten wir das Kabuki- und das Puppentheater.

Anlässlich meines zwölften Geburtstages brachten mir sowohl Date Masamune als auch Date Tadamune Geschenke. Unter den Geschenken von Date Tadamune war ein *kaiken*, ein kleiner Dolch, ein traditionelles Geschenk für Mädchen, die zu Frauen heranwachsen. Es war ein sehr wertvolles Exemplar und absolut tödlich. Frauen tragen diesen Dolch nah an ihrem Busen. Er dient dazu, entweder ihre Ehre zu verteidigen oder, falls das misslingt, sich anschließend selbst zu töten. Der Thronfolger blieb länger als die anderen. Kurz bevor er aufbrach, sagte er Vater, er werde uns in drei Jahren, wenn ich alt genug wäre, die Ehre erweisen, mich zu einer seiner Gemahlinnen zu nehmen. Beinahe hätten sie sich geprügelt. Am folgenden Tag traf Vater eine Entscheidung.

KAPITEL 19

Vater war zehn Jahre alt gewesen, als er den Umgang mit dem langen Schwert, dem Katana, gelernt hatte. Der Mann, der es ihm beigebracht hatte, Yasujiro Takesheda, hatte an der Seite von Date Masamune gekämpft. Auch wenn es tatsächlich eine – wenn auch zahlenmäßig sehr unbedeutende – Tradition von Kriegerinnen gab, vor allem während der Heian-Zeit, war Yasujiro Takesheda niemals einer begegnet. Vater brauchte Tage, um ihn zu überzeugen, mich als Schülerin anzunehmen. Der Krieger Daidoji Yusan hatte einmal geschrieben: »Der zentrale Gedanke des Samurai ist der Tod. Das Leben ist so vergänglich, vor allem für den Samurai.« Dieser Gedanke passte nicht gut mit der Art zusammen, wie Mizuki und Yokiko und Nobuko erzogen worden waren.

Als ich ihn kennenlernte, war Yasujiro Takesheda über sechzig. Er wohnte einen halben Tagesritt von der Burg entfernt. Er war klein, kleiner als ich, außerdem hatte er eine Glatze und einen runden Bauch. Er duldete keine Sonderbehandlung und bestand darauf, dass ich vom ersten Tag an ein echtes Schwert benutzte. Das Übungsprogramm, das er mich über Monate absolvieren ließ, war langweilig und unerbittlich. Er lächelte nie und behielt mich stets im

Auge. Jedes Mal, wenn ich einen Fehler machte, schlug er mir mit einer Rute auf die Finger. Oft kam ich in Tränen aufgelöst nach Hause. Mizuki und Yokiko protestierten. Doch Vater ließ sich nicht von seinem Plan abbringen und tat sein Bestes, um mich aufzumuntern und mir Mut zu machen. Anfangs tat ich es für ihn.

Meine Stunden begannen am frühen Morgen. Am Nachmittag wechselten wir zum kurzen Schwert, dem Tanto, über. Oder zum Speer, dem *naginata*. Yasujiro Takeshedas Bewegungen waren anmutig, und das war mir eine wichtige Lektion. Ich lernte, niemals meinem ersten Eindruck von einem Menschen zu vertrauen. Dass ein solch dickleibiger älterer Mann mit so strengem Auftreten sich in einen wahren Tänzer verwandeln konnte, einen Schwertkämpfer mit schnellen, präzisen Bewegungen, war eine ebensolche Überraschung wie die Entdeckung, dass er manchmal lachen konnte, bis ihm die Tränen kamen.

Stundenlang am Stück musste ich »das Rohr schneiden«. Es ging um ein kurzes Stück Bambusrohr, das in Augenhöhe auf einem schmalen Podest angebracht war. Das Ziel bestand darin, es in einem exakt festgelegten Winkel zu durchtrennen, wieder und wieder. Wenn es zu Boden fiel, war die Übung misslungen. Wich der Winkel auch nur leicht vom Ideal ab, so bedeutete das, wenn es sich beim Ziel um einen Menschen handelte, dass diesem unnötiger Schmerz zugefügt würde. Ich brauchte Monate, um es richtig hinzubekommen, bis ich es schließlich mit geschlossenen Augen schaffte. Eine derartige Befriedigung hatte ich nie zuvor gekannt.

Nach einem Jahr ließ er mich gegen einen jungen

Samurai in der Ausbildung antreten, und ich gewann. Immer wenn er mich für allzu selbstzufrieden hielt, ging er selbst auf mich los, und ich verlor. Bis es eines Tages andersherum ausging. An diesem Tag gestattete ich mir weder ein Lächeln noch ein anderes äußeres Zeichen meiner Erregung. Ich verneigte mich einfach vor ihm. An diesem Tag sagte er: »Du bist die Tochter deines Vaters.« An diesem Tag begriff ich, dass ich nicht mehr lernte, um meinen Vater zufriedenzustellen, sondern mich selbst.

Kurasowa Akira weihte mich in die Kunst des Bogenschießens ein. Yamamoto Kenzi brachte mir bei, wie ein Samurai zu reiten. Mizuki reagierte verärgert. Sie hatte das Gefühl, dass alles, was sie mich über weibliches Verhalten und Poesie gelehrt hatte, umsonst gewesen war. Dass kein Adliger ein Mädchen würde heiraten wollen, das so viel von der Kampfkunst verstand. Vater dagegen war zufrieden. Date Masamune erhielt regelmäßige Berichte über meine Fortschritte und tat so, als ignoriere er sie. Date Tadamune wurde im Dunkeln gelassen.

Während ich die Handhabung des Katana und des Naginata lernte, bekam ich auch Unterricht im *kyusho-jitsu*. Mein Lehrer war verwandt mit dem inzwischen besiegten Takada-Klan. Außerdem erwarb ich Fähigkeiten in der *atemi*-Kampfkunst, dem Treffen empfindlicher Körperpunkte und Blockieren von Gelenken. Fähigkeiten, die Vater weitgehend vernachlässigte, denn sie waren für Samurai gedacht, die ihre Waffen verloren hatten.

Am Tag, als meine Lehrer übereinstimmend erklärten, ich sei bereit, reisten Vater und ich mit ihnen aufs Land. Ich konnte nicht offiziell eine Samurai werden, doch an diesem Tag behandelten sie mich so. Jeder der Männer schenkte mir zur Erinnerung ein Armband, und wir feierten mit Sake. An jenem Abend hörte ich viele Geschichten aus dem Krieg. Am nächsten Tag ließen sie mich allein im Wald zurück. Ich bekam die Anweisung, dort drei Nächte zu bleiben, zu meditieren und mein Essen selbst zu jagen.

Mein Katana, ein Geschenk von Vater, war nagelneu und von höchster Qualität, was auch für meinen Bogen und die Pfeile galt. Mein Pferd war jung und stark. Ich dachte über alles nach, was geschehen war – mit mir, meinem Vater, meiner Mutter. Über den weiten Weg, den ich zurückgelegt hatte. Ich nahm das Erbe meines Vaters begeistert an. Ich tötete einen kleinen Hirsch, nahm ihn aus, häutete ihn, briet ihn über dem Feuer und aß das Fleisch. Die Worte von Daidoji Yusan kamen mir wieder in den Sinn. Über die Vergänglichkeit des Lebens. Ich fügte diesem wunderschönen Tier Schmerzen zu, setzte seiner Zeit auf der Erde ein Ende und jagte es, so wie Bergkatzen Kaninchen und Nagetiere jagen. Ich sah, wie das Leben aus ihm wich, und schämte mich. Ich verneigte mich vor ihm und schwor, etwas Derartiges nur dann wieder zu tun, wenn mein Leben davon abhinge. Ich verneigte mich vor den Bäumen, dem Moos, der Erde, den Steinen, dem Fluss.

Als ich zur Burg zurückkehrte, war ich ein anderer Mensch.

KAPITEL 20

Während der Ausbildung in meinem dreizehnten und vierzehnten Lebensjahr trafen regelmäßig Gedichte und Geschenke von Date Tadamune ein. Alle stimmten darin überein, dass die Gedichte von zu hoher Qualität waren, um aus seiner Feder stammen zu können. Großmutter und Vater waren beunruhigt. Yokiko, die sich verantwortlich für all das fühlte, zog sich in sich selbst zurück. Es war allgemein bekannt, dass Tadamune sich seinen Frauen gegenüber grausam verhielt. Und jeder in Sendai wusste von seiner Abneigung gegenüber Vater, von seinem Racheschwur und seinem Versprechen, mich in sein Bett zu holen.

Vater suchte den Daimyo auf und wurde in Date Masamunes privatem Garten empfangen. Als der Daimyo hinaus auf die polierten Bodendielen der Terrasse trat, entdeckte Vater, ehe hinter ihm eine Tür zugeschoben wurde, eine Frau, die er erkannte. Es war Date Masamunes bevorzugte Geliebte, die Frau, die ihn einst mit Yokiko bekannt gemacht hatte. In Sendai gingen Gerüchte um, dass es mit der Gesundheit des Daimyos in letzter Zeit bergab gegangen war. Großmutter stritt das ab, doch Vater hielt trotzdem nach Symptomen Ausschau. Sein Herr schien ihm körperlich gealtert. Er brauchte länger, um sich zu setzen. Und als sein Onkel zu sprechen begann, sah Vater sich in seinem Verdacht bestätigt. Obwohl er gut zu verstehen war, war seine leicht schleppende Aussprache unverkennbar.

Vater sagte: »Ich hatte gehofft, dass Euer Sohn seine Drohung vergessen und sich eine passendere junge Frau suchen würde.«

»Er behauptet, wahrhaftig von ihr verzaubert zu sein«, sagte Date Masamune. »Und wer wäre das nicht? Ihre Schönheit ist unvergleichlich, und ihre Anmut kann sich mit der deiner Mutter messen.«

»Wir haben Angst vor ihm, mein Herr«, entgegnete Vater. »Ich möchte nicht respektlos erscheinen, aber wenn er einen etwas gemäßigteren Charakter besäße, würden wir uns durch seine Gefühlsäußerung wirklich geehrt fühlen.«

»Ich weiß«, sagte Date Masamune und senkte den Kopf. »Seine Mutter, die ihn immer noch anstachelt, gewinnt mehr und mehr Einfluss, je schwächer ich werde. Und in dem Maße, wie ich altere, wird er immer schwieriger, zu kontrollieren. Ich bin ratlos.«

Dieses Eingeständnis eines derart mächtigen Mannes schockierte Vater. Er führte es zum Teil auf dessen Krankheit zurück. Und doch bewies es auch das Ausmaß des Vertrauens und des Respekts, das Date Masamune seinem geliebten Neffen entgegenbrachte.

»Ich verstehe«, sagte Vater.

»Was wirst du tun?«, fragte sein Onkel.

»Ich bin nicht sicher. Ich habe noch keine Pläne. Das Einzige, was ich ganz sicher weiß, ist, dass ich unter keinen Umständen zulassen werde, dass er seinen Willen bekommt.«

»Das verstehe ich«, sagte der Daimyo. »Ich habe gehört, dass sich das Mädchen in eine furchterregende Kämpferin verwandelt. Aber ich bin nicht überzeugt davon, dass ihr das irgendwie nützen könnte.«

Beide schwiegen eine Weile.

»Erinnerst du dich«, fragte Date Masamune dann, »an das letzte Mal, als wir hier zusammensaßen?«

»Allerdings, mein Herr.«

»Du warst in dem Alter, in dem deine Tochter jetzt ist. Du warst gerade zum Samurai geworden. Es war der Tag, an dem du mir Gefolgschaft geschworen hast.«

»Der Tag, an dem Ihr mir Euer Schwert schenktet.«

Der Daimyo lächelte und betrachtete den Garten.

»Ja. Es war der Tag, an dem ich dir mein Schwert schenkte und schwor, dich und deine Nachkommen mein Leben lang zu beschützen.«

»Wir saßen nebeneinander und schauten in den Garten. Ihr habt mich kein einziges Mal angeschaut. Ich war sehr nervös, denn Ihr wart wie ein Gott.«

»Das war auch der Plan«, sagte Date Masamune, und sie lachten beide. Dann wurde sein Ton wieder ernst.

»Ich war es, der dich zu Yokiko geschickt hat. Und ich schickte dich auf die gefährliche Reise zu den Barbaren im Osten. Meinetwegen hast du dein Leben und das deiner Tochter aufs Spiel gesetzt, um hierher zurückzukehren.«

»Das ist nicht Eure Verantwortung, Onkel. Es waren meine eigenen Entscheidungen.«

Wieder schwiegen sie eine Weile.

»Weißt du, was mich ungeheuer beeindruckt, Onkel?«, ergriff Vater schließlich das Wort. »Der Findling dort mit der Japanischen Rotkiefer direkt daneben. Sie waren schon an dem Tag hier, als ich ein Samurai wurde, und sind es noch immer. Die ganze Zeit über, während all der Ereignisse, die geschehen sind, seit wir damals hier gesessen haben, waren der Stein und der Baum immer hier. Still und ohne sich zu bewegen.«

»Oder sich um all das zu scheren.«

»Oder sich um all das zu scheren«, stimmte Vater ihm zu.

Später erfuhr Vater, dass Mizuki nach seinem Treffen mit Date Masamune ein Gespräch mit Megohime, der Frau des Daimyos, geführt hatte. Großmutter hatte dabei einen folgenschweren Vorschlag gemacht: Da der Konflikt ursprünglich auf die verhinderte Vollstreckung des Todesurteils an Yokiko zurückging, könne er möglicherweise beigelegt werden, indem dieses Todesurteil doch noch vollstreckt würde – dafür müsse aber auch der Racheschwur zurückgenommen werden. Es schien, als habe Megohime den Vorschlag mit Date Tadamune besprochen und eine Einigung herbeigeführt. Und so geschah es, dass ich eines Morgens aufwachte und Yokiko kalt und reglos vorfand. Sie lag zusammengekrümmt auf dem Boden, vergiftet.

Man könnte sagen, dass es mir in Spanien erspart geblieben war, den Tod meiner Mutter mitzuerleben, weil ich damals erst wenige Minuten auf der Welt war. Die Verluste von Maria Elena in Venedig und dann von Caitríona wogen schwer, und die Folgen waren kaum zu ermessen. Aber abgesehen von Mizuki war Yokiko die Mutter, die ich am längsten um mich gehabt hatte, und dazu in den entscheidenden Jahren im Leben einer Frau. Zusammen mit Mizuki hatte sie mich auf dem Weg vom Mädchen zur jungen Frau geleitet und geführt. Es schmerzte mich ungeheuer, als sie – die am Tag zuvor noch gelebt hatte, die das Licht und die Sinneseindrücke der Welt in sich aufgenommen hatte, die Gedanken und Sehnsüchte gehabt hatte – von heute auf morgen einfach tot war, bloß noch empfindungsloses Fleisch und ein Büschel Haare. Wie konnte das Leben so voller Wunder und gleichzeitig so grausam sein? Wie um alles in der Welt hatte Mizuki so etwas tun können?

Vater war nicht in der Lage, seine Mutter wegen dieser Tat der Gerichtsbarkeit zu übergeben, doch nach dem Begräbnis, nachdem wir Yokikos Seele ins Reine Land geschickt hatten, suchte er sich ein neues Zuhause und nahm mich mit. Dann, als wolle er die Teufelei auf die Spitze treiben, brach Date Tadamune die Vereinbarung, von der er behauptete, ihr niemals zugestimmt zu haben. Er setzte sein Werben um mich fort. Während der folgenden Monate kamen die Gedichte und Geschenke immer häufiger. Als die Spannung unerträglich wurde, küsste Mizuki mich zum Abschied und zog um in ein Nonnenkloster. Innerhalb weniger Monate verlor ich meine beiden japanischen Mütter.

Eines Nachts, nachdem ich die nötigste Bekleidung und meine Waffen zusammengepackt und Nobuko meine Katze geschenkt hatte, verließen Vater und ich Sendai für immer.

KAPITEL 21

Ich hatte Vater nie sein Schwert benutzen sehen. Die Ereignisse auf der HMS Adamant im Indischen Ozean waren irgendwo tief in meiner Erinnerung begraben. Das wenige, woran ich mich erinnere, sind Geräusche, da ich die Augen geschlossen hatte. Während der acht Jahre, die wir in Sendai verbrachten, trug er sein liebevoll gehütetes Katana oft bei sich. Manchmal ließ er es mich zum Üben benutzen. Alles, was ich über seine Kampfeskunst wusste, hatte ich den Geschichten entnommen, die ältere Samurai einander erzählten, wenn sie zu viel getrunken hatten. Als uns jedoch eine Gruppe von Date Tadamunes Kriegern zwischen Misawa und dem Ogawarasee einholte, erlebte ich sie hautnah mit.

Sie waren zu zehnt. Zuerst legten sie eine übertriebene Höflichkeit an den Tag. Das verlangte ihr Verhaltenskodex. Und außerdem hatten sie geschworen, mich unversehrt zurückzubringen. Vater jedoch widerstand ihren flehentlichen Bitten und zückte sein Schwert. Auch ich griff zur Waffe, worüber Date Tadamunes Männer lachten. Vater nutzte ihre Heiterkeit aus und griff als Erster an. Ich hatte niemals einen Menschen auf derart klassische, nüchterne Weise sein Schwert führen sehen – und dazu mit solch unfehlbarer Wirkung. Er tötete sie alle bis auf einen, der, nachdem Vater ihm die Schwerthand abgetrennt hatte, um Gnade flehte. Vater schaute mich an und sagte ganz ruhig: »Wenn wir ihm das Leben schenken, kehrt er zurück und verrät ihnen, wo wir sind.« Ich trat auf den Mann zu und schlug ihm den Kopf ab.

Nach diesem Vorfall setzten wir unseren Weg nordwärts Richtung Mutsu fort. Wir sprachen kaum miteinander. Von Mutsu wollten wir weiter nach Oma. Eine Weile hatte Vater überlegt, den Shogun zu bitten, sich für uns starkzumachen. Doch er entschied sich dagegen, weil er glaubte, eine solche Bitte könne als Respektlosigkeit gegenüber Date Masamune betrachtet werden. Vater war zu diesem Zeitpunkt Mitte dreißig und nicht mehr der achtzehnjährige Samurai, der in Spanien gelandet war und meiner Mutter den Hof gemacht hatte. Nach all den Jahren des friedlichen Lebens in Sendai so viele Männer zu töten und sich damit zum Abtrünnigen zu machen, als Ronin auf der Flucht in eine unsichere Zukunft, kann ihm nicht leichtgefallen sein. Vor allem mit einem vierzehnjährigen Mädchen in seiner Begleitung. Auch ich hatte schwer daran zu tragen, ihn all die Männer töten gesehen und selbst einen um Gnade bettelnden Mann enthauptet zu haben. Er wusste es. Doch wir sprachen nicht darüber.

Ein anderes Thema, über das ich nie ein Wort verlor, war, wie geschmeichelt ich mich durch die von Date Tadamune geschickten Gedichte und Geschenke gefühlt hatte. Ich gestehe, dass die Aussicht, in seinem Haushalt zu leben und gelegentlich das Bett mit ihm zu teilen, mich damals erregt hat. Eines Tages würde er der Daimyo von Sendai werden. Auch wenn er im Ruf stand, Frauen respektlos zu behandeln, war ich in meinem jugendlichen Optimismus und mit all dem, was ich von Yokiko gelernt hatte, ganz sicher, ihn bessern zu können. Auch über seine äußere Unansehnlichkeit machte ich mir keine Gedanken, denn seine Gewänder waren prächtig, und er verhielt sich wie jemand, der großen Luxus gewohnt war.

In Oma gingen wir an Bord einen kleines Schiffes zur Insel Ezo, wo die Ezochi lebten, ein Volk von Fischern, die die Natur verehrten und sich nach Möglichkeit von den Japanern fernhielten, denen sie seit Jahrhunderten mit Misstrauen begegneten. Unsere Reise endete erst, als wir mit Einbruch des Winters ein kleines Dorf am Meer nahe der Stadt Nemuro erreichten.

Den Dorfbewohnern wurde schnell klar, dass Vater ein flüchtiger Samurai und eine starke Persönlichkeit war. Die Erkenntnis, dass ich seine Tochter war, nicht seine Frau, und die Unvoreingenommenheit, mit der er ihnen begegnete und ihnen im Austausch für Lebensmittel und ein Dach über dem Kopf beim Fischen half, führten dazu, dass wir nach und nach akzeptiert wurden. Erst als ein schwerer Schneesturm die reetgedeckten Häuser und die Straßen mit einer weißen Decke überzog, brachte ich den Mut auf, ihn zu fragen, was er vorhatte.

Wir saßen zusammen an der Feuerstelle mitten im Raum, auf der ein eiserner Topf mit Fischen und Kräutern köchelte. Draußen heulte der Wind.

»Ich dachte, wir könnten hier den Rest unseres Lebens verbringen«, sagte er. »Du könntest einen der Fischer heiraten, viele Kinder bekommen und deine Zeit damit zubringen, Netze zu flicken und Seegras zu kochen.«

Mit angehaltenem Atem musterte ich ihn im flackernden Licht des Feuers, bis er zu lachen begann.

»Vielleicht doch lieber nicht«, sagte er und rührte mit seinem kurzen Schwert den Topf um. »Schließlich bin ich ein Prinz und du eine Adlige mit Anspruch auf ein großes Erbe. Und das in einem Teil der Welt, in dem Frauen nicht dafür gekreuzigt werden, dass sie sich weigern, in einem Bordell zu arbeiten.«

»Spanien«, sagte ich.

»Spanien«, bekräftigte er.

»Aber es liegt so weit weg«, sagte ich. »Wie sollten wir dorthin gelangen? Die japanischen Inseln zu verlassen ist gegen das Gesetz.«

»Die Entfernung ist das Problem«, erklärte er. »Nicht das Gesetz. Wir sind hier sowieso schon Gesetzlose.«

Er benutzte den Ausdruck *muhōmono*, der Flüchtling oder Bandit bedeutet, und mir gefiel der Klang des Wortes.

»Es ist eine lange, gefährliche Reise, die ich in meinem Leben zweimal unternommen habe«, sagte er. »Und ich hatte insgeheim gehofft, sie kein weiteres Mal antreten zu müssen. Aber es war ein Fehler, dich hierherzubringen. Ich entschuldige mich dafür von ganzem Herzen, Masako. Es ist jetzt an der Zeit, das andere Versprechen zu erfüllen, das ich vor vielen Jahren gegeben habe. Einer Frau, die wahrscheinlich längst begraben ist.«

Er sprach mit solcher Ernsthaftigkeit, dass ich zu weinen begann. Der Schnee, der Wind, die Ärmlichkeit unserer Behausung und die Abgelegenheit der Siedlung, die

Einfachheit der hier lebenden Menschen, dazu die Abwesenheit der beiden Frauen, die ich geliebt und die sich so gut um mich gekümmert hatten und von denen eine nicht mehr lebte – all das brach in diesem Augenblick über mich herein. Vater ließ mich weinen. Das Einzige, das er an diesem Abend sagte, war: »Ich werde einen Weg finden.« Kurz vor dem Einschlafen erzählte ich ihm, wie sehr ich Yokiko und Mizuki und Nobuko und meine Katze vermisste. Und all die Dinge, die wir in Sendai zurückgelassen hatten. Er strich mir beruhigend über den Rücken, bis der Wind sich legte, bis wir nur noch die Wellen hörten, die sich in der verschneiten Dunkelheit am Ufer brachen.

KAPITEL 22

In jenem Frühjahr kam ein Ältester der Ezochi in unser Dorf und berichtete uns, dass weiter südlich bei Tomakomai andere Samurai gelandet seien, die nach uns suchten. Vater war für diese Information sehr dankbar und versprach dem Mann, wir würden am nächsten Tag verschwinden, um unsere Gastgeber nicht in Schwierigkeiten zu bringen. Dies führte zu einem längeren Gespräch darüber, wer wir eigentlich waren, wie wir hierhergekommen waren und wohin wir weiterreisen wollten.

»Ich muss zurück in die niederländische Enklave auf der Insel Hirado, um dort ein Schiff nach Europa aufzutreiben.«

»Wo liegt Europa?«, fragte der Älteste.

»Es ist ein Land weit im Osten voller wohlhabender Barbaren«, erwiderte Vater. »Aber da ich gesucht werde, können wir nicht einfach quer durch Japan nach Hirado reisen. Ich könnte versuchen, übers Meer dorthin zu gelangen, aber man wird auch an der Küste nach uns Ausschau halten. Ich könnte nach Westen reisen, spreche aber kaum Chinesisch. Außerdem würde es ewig dauern, China und die dahinterliegenden Länder zu durchqueren, um auf dem Landweg nach Europa zu gelangen.«

»Ich weiß nichts von Europa«, sagte der Älteste. »Aber ich weiß, wie man die Länder östlich von uns erreicht.«

Der Älteste und seine Begleiter berieten sich den ganzen Abend lang. Ihr Entschluss, uns zu helfen, entsprang nicht allein der Freundlichkeit. Händler aus Japan versuchten mehr und mehr, auf Hokkaido Fuß zu fassen, was einigen Anführern der Ezochi zu großen Reichtümern verhalf. Sie mochten genug Anstand besitzen, um uns nicht auszuliefern, wollten uns aber nach Möglichkeit schnell loswerden. Am nächsten Morgen präsentierte uns der Älteste eine Landkarte, die Vater nie zuvor gesehen hatte. Sie zeigte Japan und Hokkaido und östlich davon, jenseits eines nicht allzu breiten Meeresstreifens, eine weitere große Landmasse.

»Vor fünfzehn Jahren sah es so aus, als wäre einer unserer besten Seeleute mit seinem Fischerboot in einem großen Sturm untergegangen«, sagte der Älteste. »Doch nach sechs Monaten kehrte er zurück und erzählte uns von einem anderen Land, in das die Winde ihn getrieben hatten. Einem Land mit riesigen natürlichen Häfen, freundlichen Eingeborenen und Küsten, vor denen sich Wale und Seehunde tummelten. Wir schickten drei unserer größten Fischerboote dorthin und stellten fest, dass er recht hatte. Seitdem verfügen wir dort über eine kleine Kolonie. Wir haben die Einheimischen befragt und diese Karten gezeichnet, um ihnen zu zeigen, an welcher Stelle der Erde ihr Land liegt.«

Vater musterte die Karte und begriff, dass es sich bei der fraglichen Landmasse um ein Gebiet handelte, das sein Schiff damals bei der ersten Reise nach Europa angelaufen war. Um einen Ort, an dem sie sich ausgeruht hatten, nachdem sie eine wesentlich weitere Strecke über den Ozean zurückgelegt hatten. Er sah, dass es sich hier um eine kürzere Route handelte und dass es auf der Karte so wirkte, als würden er und ich in der Lage sein, das Land zu durchqueren und die auf der anderen Seite liegende Insel Kuba zu erreichen.

Wieder ergriff der Älteste das Wort: »Wenn Ihr schwört, keiner Menschenseele von der Kolonie zu erzählen, nehmen wir Euch auf dem nächsten Schiff dorthin mit.«

»Ich schwöre es«, sagte Vater und legte die Hand aufs Herz.

»Dann packt Euren Besitz zusammen«, sagte der Älteste. »Denn das Schiff segelt in drei Tagen, und wir brauchen zwei Tage bis zum Hafen.«

TEIL DREI

KAPITEL 23

Meine Mutter hatte einen älteren Bruder, Carlos Bernal Fernández de Córdoba y de la Cerda. Unter normalen Umständen wäre er der alleinige Erbe des Wohlstandes und Besitzes der Familie geworden. Doch trat er kurz vor der Hochzeit meiner Mutter in ein Kloster ein. Zweit- und drittgeborene Söhne vornehmer Familien, die durch das Erstgeburtsrecht benachteiligt wurden, schlugen oft die Priesterlaufbahn ein. Nach dem Empfang der Weihe fungierten sie als einflussreiche Beichtväter am Hof. In manchen Fällen hatten sie Geliebte und Kinder. Die vornehme Gesellschaft drückte beide Augen zu.

Für einen erstgeborenen Sohn hingegen war es ungewöhnlich, sich für das Priestertum zu entscheiden. In derart angesehenen Familien wie der meiner spanischen Großeltern Don Rodrigo und Doña Inmaculada wurde dieser Schritt als großes Opfer betrachtet, als Verzicht auf die Reichtümer dieser Welt in der Hoffnung auf das ewige Leben im Jenseits. Caitríona erzählte mir, dass mein Onkel Carlos sich eine Zeit lang wirklich berufen gefühlt hatte. Seine Tage im Seminar mochten einer strengen, relativ entbehrungsreichen Routine folgen, doch sein spirituelles Leben blühte auf. Er fand sich von Alters- und Standesgenossen umgeben, die seine Leidenschaften weitgehend teilten. Doch nach drei Jahren, als die Vorbereitungszeit sich dem Ende näherte, erlebte er einen Sinneswandel. Er erzählte Caitríona, ihm sei eines Nachts in seiner Klosterzelle, während er den Mond betrachtete, klar geworden, dass er ein solches Leben nicht durchstehen würde. Also beschloss er, wieder in die Gesellschaft zurückzukehren.

Sein Problem bestand darin, dass meine Mutter, als er das Seminar verließ, bereits tot war und dass seine Eltern den allergrößten Teil ihres Besitzes dem ersten Kind meiner Mutter, Rodriguito, überschrieben hatten, der in ihrer Obhut aufwuchs. Carlos und sein Vater hatten sich nie gut verstanden, und in Don Rodrigo erweckte die Entscheidung seines Sohnes, das Priesterseminar zu verlassen, Misstrauen und Ärger. Doña Inmaculada brachte mehr Verständnis auf, konnte aber wenig tun, um ihren Mann zu überzeugen. Für Carlos' innere Konflikte in religiösen Fragen interessierten sich beide nicht. Was sie weitaus mehr beschäftigte, war sein Hang zu fragwürdigen romantischen Verstrickungen. Doña Inmaculada drängte ihn, sich eine passende *Sevillana* zu suchen und so bald wie möglich zu heiraten. Ein paar Kinder zu zeugen sei der beste Weg, Don Rodrigos Unterstützung zu gewinnen.

Nach seinem Abschied aus dem Seminar wurde Carlos nach Carmona verbannt und bekam die Aufgabe übertragen, das dortige Anwesen der Familie zu führen. Mein Großvater sagte zu ihm: »Deine Mutter taucht dort zwei- oder dreimal im Jahr auf und schwelgt derart in Kindheitserinnerungen, dass sie wenig Nützliches tut, außer die Bettwäsche zu zählen und Almosen an Bettler zu verteilen.

Ich bin mir sicher, dass wir dort auf respektloseste und schamloseste Weise bestohlen werden, Jahr für Jahr. Von unseren Bauern, den Arbeitern und von den Haushaltshilfen, die wenig Grund haben, ihre Finger bei sich zu behalten. Geh dem nach. Hab ein Auge auf diese Leute. Zeig dich. Bestehe darauf, dass dir Rechnungen vorgelegt werden, und prüfe sie nach. Gib alle nötigen Reparaturen und Verbesserungen in Auftrag und sorge dafür, dass sie ausgeführt werden, und zwar zum vereinbarten Preis. Mach ihnen klar, dass mit unserer Familie nicht zu spaßen ist. Wenn du jemanden schlagen oder entlassen musst, dann zögere nicht. Die Gesetzeshüter vor Ort respektieren und fürchten unser Wappen noch. Und vor allen Dingen: Konzentriere dich auf die weiblichen Exemplare unserer Gattung.«

Onkel Carlos gab sein Bestes. Doch die anfängliche Begeisterung darüber, den Bevormundungen seines Vaters entkommen zu sein, wich bald der Langeweile. Der niedere Adel in Carmona erwies sich als hoffnungslos konventionell. Sein extravaganter Modegeschmack wurde entweder lächerlich gemacht oder einfach ignoriert. Es gab keine jungen Damen, die ihm auch nur im Geringsten gefielen. Von Zeit zu Zeit lud er sich einen jungen Freund aus Sevilla ein, um nicht den Zorn und die Verachtung der Nachbarn auf sich zu ziehen. Er traf sich zu Kartenspielen mit dem örtlichen Arzt, dem Priester und dem leitenden Wachtmeister, denen er allerdings zuerst die Regeln beibringen musste. Der Sohn seines am wenigsten ehrlichen Bauern war ein hübscher Kerl, den er für sein Leben gern erobert hätte. Doch falls Don Rodrigo etwas davon erführe, würde er ihn zurück nach Sevilla zitieren und ihn nie mehr in Ruhe lassen.

Genau in dieser kritischen Situation erreichte ihn ein Brief in der eleganten Handschrift meiner Großmutter Inmaculada. Sie berichtete ihm von den zunehmenden gesundheitlichen Problemen seiner Tante Soledad Medina und dem Gerücht, sie habe eine neue Schutzbefohlene bei sich aufgenommen, eine junge, ausländische Witwe. Angeblich sei sie ebenso vernarrt in das Mädchen wie früher in meine Mutter. Neugierig und von dem Bedürfnis nach Luftveränderung getrieben, konfrontierte Carlos seine Arbeiter noch eine Woche lang mit immer höheren Anforderungen und wüsteren Drohungen. Er gab der Haushaltshilfe detaillierte Anweisungen, wo und wie sie zu putzen, wo und wie sie zu sparen, wo und wie sie die Zimmer zu dekorieren und auf Hochglanz zu bringen habe. Dann packte er seine ausgefallensten, an der Pariser Mode orientierten Mäntel und Hosen ein und ließ eine Kutsche mit zwei Pferden vorfahren.

Doña Inmaculada und ihr Schwarm neidischer Señoras aus der feinen Gesellschaft Sevillas verbreiteten das Gerücht, Doña Soledad stünde kurz vor dem Wahnsinn. Doch Carlos hatte seine Zweifel. Auch wenn viel Zeit seit ihrer letzten Begegnung verstrichen war, hatte sie doch Eindruck auf ihn gemacht. Er hatte sie als wirklich elegant in Erinnerung – im Gegensatz zu dem, was man in Sevilla unter Eleganz verstand. Sie sprach mehrere Sprachen und war eine echte Schönheit gewesen, die tatsächlich Bücher las. Außerdem hatte sie einen exquisiten Geschmack bewiesen, als sie vor langer Zeit den Herzog von Medina-

Sidonia zu ihrem Geliebten gemacht hatte. Ihr verstorbener Ehemann, der fast so vermögend wie sie selbst gewesen war, hatte sich den Ruf eines unverbesserlichen Schürzenjägers erworben. Es hielten sich glaubwürdige Gerüchte, dass es sich bei ihrem letzten Liebhaber vor vielen Jahren um einen Priester gehandelt hatte, den sie vergiftete, nachdem herausgekommen war, dass er die junge Tochter ihres Kochs vergewaltigt hatte. Als Carlos noch klein gewesen war, hatte Doña Soledad sich ihm gegenüber immer freundlich gezeigt, und ihr Anwesen La Moratalla war ihm als eine Art Arkadien im Gedächtnis geblieben. Ihre beiden Söhne, seine inzwischen verstorbenen Vettern, hatten sich dagegen wie kleine Tyrannen aufgeführt, auch wenn sie ihr Bestes gegeben hatte, Carlos vor ihnen zu beschützen.

Er brach im Morgengrauen auf und lenkte die Kutsche nördlich zum Fluss Guadalquivir, dem er dann Richtung Osten durch die Dörfer El Acebuchal, El Calonge und Peñaflor folgte. Hinter Palma del Río folgte er dem Bembézar, der sich in nordwestliche Richtung wand, bis die beiden Wachen am Beginn einer langen, von Bäumen gesäumten Privatstraße ihm zeigten, dass er sein Ziel erreicht hatte. Kurz vor Einbruch der Dämmerung passierte er die imposanten Tore des Anwesens. Später erzählte er mir, er habe sich beim Anblick des Gartens und der Brunnen, der Skulpturen und des exzellent in Schuss gehaltenen Haupthauses als Erstes gefragt, warum er so lange nicht mehr hier gewesen sei. Davon abgesehen, sprang ihm in Windeseile der Unterschied zwischen dem beträchtlichen

Reichtum seiner Eltern und dem noch viel größeren seiner Tante ins Auge.

Ein Diener brachte ihn in ein sehr hübsches Zimmer, das mit diversen Geweihen und Stillleben erlegter Hirsche dekoriert war. Eine handschriftliche Nachricht von Doña Soledad bat ihn für neun Uhr um sein Erscheinen im großen Salon. Dort sollte vor dem Abendessen ein Aperitif gereicht werden. Am liebsten hätte er zu diesem Anlass seine rosafarbene Seidenhose mit eingestickten goldenen Sternen getragen, denn hier, in dieser beinahe unbewohnten Ecke Andalusiens, schien er endlich einen Ort gefunden zu haben, an dem man solche Kleidung zu schätzen wusste. Doch vorsichtshalber entschied er sich für eine etwas dezentere Farbe und wählte dazu eine Weste und Jacke in Marineblau.

Pünktlich um neun erschien Doña Soledad, ganz in Schwarz. Er registrierte den perfekten Schnitt ihres Kleides. Tatsächlich hatte sich ihre Gesundheit in den Monaten, seit Caitríona hier lebte, deutlich erholt. Sie war nicht mehr auf den tragbaren Stuhl angewiesen und benutzte stattdessen einen schwarzen Stock mit einem silbernen Griff in Form eines Wildschweins. Caitríona O'Shea betrat gleich nach ihr das Zimmer. Er fand sie sehr schön und bewunderte ihr dichtes, geflochtenes rotes Haar, ihr braunes Taftkleid und den Spitzenkragen. Caitríonas Spanisch war inzwischen so gut geworden, dass die Gespräche in der Muttersprache der Familie geführt werden konnten. Ihr erster Eindruck von meinem Onkel war sehr lebendig. Nämlich dass er schmal und nicht sehr groß war, allerdings ein wunderschönes Gesicht mit hohen Wangenknochen und braunen Augen hatte, dazu blonde Haare. Die Damen tranken eisgekühlten Manzanilla-Sherry, Carlos einen Likörwein.

»Carlitos«, begann Doña Soledad. »Wie lange haben wir uns nicht mehr gesehen?«

»Neun Jahre«, sagte er. »Ich war sechzehn.«

»*Qué barbaridad*«, erwiderte sie. »Ich gratuliere dir zu deiner Entscheidung gegen das Priestertum.«

»Ich bin nicht dafür gemacht.«

»Das hätte ich dir vorher sagen können. Du hättest dir eine Menge Mühe erspart, wenn du vorher mit mir gesprochen hättest.«

»Mein Vater hat praktisch darauf bestanden.«

»Vielleicht hätte er gern einen Beichtvater in der Familie«, sagte sie scherzhaft.

»Ich kann mir nichts Beschwerlicheres vorstellen, als den Sünden meines Vaters zu lauschen.«

Sie war nicht ganz sicher, was ihn nach all den Jahren zu seinem plötzlichen Besuch veranlasst hatte. Mir erzählte sie, es sei ihr allein wegen der Ähnlichkeit mit meiner Mutter eine Freude gewesen, ihn anzuschauen.

»Was führt dich nach der langen Zeit ausgerechnet jetzt hierher?«, kam sie direkt auf den Punkt.

»Wo soll ich anfangen?«, sagte er. »*Ennui* angesichts meiner derzeitigen Lage. Und eine plötzliche Nostalgie beim Gedanken an dieses wunderbare Anwesen und seine Herrin. Ich wäre schon früher gekommen, nach meiner Befreiung aus dem Seminar, konnte Carmona bisher aber nicht verlassen. Und wenn ich den wunderbaren Zustand sehe, in dem sich hier alles befindet, würde ich Euren Vorarbeiter am liebsten entführen, dessen Fähigkeiten mir meine neue *raison d'être* wirklich erleichtern würden.«

»Also hast du auf dem Anwesen deiner Mutter die Zügel in die Hand genommen«, sagte sie. Seine wortreichen Schmeicheleien hatten in ihren Ohren nicht überzeugend geklungen.

»Auf Drängen meines Vaters.«

»Folgt Ihr immer den Wünschen Eures Vaters?«, fragte Caitríona plötzlich. »Erst das Priesterseminar, jetzt das Landgut?«

Mein Onkel erzählte mir, dass ihre Frechheit ihn gleichzeitig überraschte, ärgerte und bezauberte.

»Mein Leben verläuft, und das dürft Ihr wörtlich nehmen, nach seinem Ermessen«, sagte er und schaute ihr zum ersten Mal direkt ins Gesicht. »Mein Einkommen fällt aus seinen Taschen wie das Manna in der Wüste. Wahrscheinlich geht es Euch kaum anders, da Ihr hier lebt.«

»*Touché*«, sagte sie und lief rot an.

»Es gibt nichts Vulgäreres als ein Gespräch über Geld«, sagte Doña Soledad. »Erzähl uns etwas Amüsantes.«

»Etwas Amüsantes«, entgegnete er und dachte angestrengt nach. »Na ja, vielleicht ist es nicht so schrecklich amüsant, aber als ich am frühen Abend den Duft der Orangenblüten vor meinem Fenster genoss, konnte ich nicht anders, als mich an den schrecklichen Geruch der Priester zu erinnern, mit denen ich im Kloster zusammenlebte.«

»Du meine Güte!«, erwiderte Doña Soledad in gespielter Entrüstung und hob den Fächer bis über die Nase. Caitríona hingegen lachte zu seiner großen Befriedigung.

Auf seine Fragen hin schilderte sie beim Abendessen einige ihrer glücklicheren Kindheitserinnerungen aus Irland, die Carlos zu fesseln schienen. Im Gegenzug erzählte er, wie meine Mutter und er als Kinder auf dem Landgut Verstecken gespielt hatten. Was er nicht erwähnte, waren die Qualen durch Doña Soledads Söhne, die er hatte ertragen müssen. Meine Großtante erzählte mir allerdings später, dass seine Worte sie daran erinnert hätten. Er war ein sensibles Kind gewesen, und auch in diesem Moment sah sie die Anzeichen der Verletzlichkeit unter seinem Zynismus und der aufgesetzten Weltläufigkeit hervorscheinen. Er tat ihr leid. Alle wussten über das zentrale Drama in seinem Leben Bescheid – ein Thema, das ihr dank ihrer beträchtlichen Lebenserfahrung unbedeutend erschien. Sie erinnerte sich an die stundenlangen, von Händeringen begleiteten Klagen Doña Inmaculadas und die wüsten Schmähungen Don Rodrigos gegen den Gott, der ihn mit einem solchen Sohn gestraft hatte.

Im Bewusstsein dieser Neigungen ihres Neffen legte sie ihm keine Steine in den Weg, als er am nächsten Tag um die Erlaubnis bat, zusammen mit Caitríona das Grab meiner Mutter besuchen zu dürfen. Doña Soledad schaffte es selbst nicht mehr dorthin und schickte stattdessen Tag für Tag Caitríona zur Grabstelle. Caitríona nahm Blumensträuße mit und bekam detaillierte Anweisungen, wie sie das Grab von Unkraut und gefallenen Blättern zu befreien habe. Es war ihr zu einer lieben Gewohnheit geworden,

Tag für Tag bei den Überresten der früheren Liebe meines Vaters niederzuknien.

Eines Abends beschrieb sie mir, wie der Obergärtner sie an einem makellosen Herbstnachmittag zum ersten Mal mit an die Grabstelle genommen hatte. Obwohl man ihr von den römischen Säulen dort erzählt hatte, überraschte sie der Anblick im ersten Moment ebenso wie die Erkenntnis, dass sie nicht von einem anderen Ort hierhergeschafft worden waren. Sie erzählte mir, dass sie in ihrem kurzen Leben genug gesehen hatte, um zu begreifen, dass das, was dort dicht bei ihren Knien in der Erde lag, was von meiner wunderschönen, vergötterten Mutter übrig geblieben war, einen unbeschreiblich schrecklichen Anblick bieten musste – Knochen, Sehnen, farblose Gewänder. Es ernüchterte sie, dass nur solch grausige Überbleibsel von einem Geschöpf voller Schönheit, Leben und Gefühle geblieben waren. Das verwesende Fleisch unter dem Gras hatte die Freuden von Vaters Umarmung erfahren. Es hatte sein Herz auf eine Art und Weise gefangen, wie es ihr selbst, so fürchtete sie, nie gelungen war. Es hatte mich ausgetragen und im allerletzten Augenblick geboren, das Kind, um das Caitríona sich in Venedig, Griechenland und Ägypten so liebevoll gekümmert hatte. Der Gedanke, dass sie und ihr Sohn alles waren, was von einer Liebesgeschichte übrig geblieben war, die letztlich mit dieser Toten hier ihren Anfang genommen hatte, erschien ihr umso verstörender.

Auf dem Weg zum Grab sprachen Carlos und sie zunächst kaum ein Wort. Erst als sie die kleine Holzbrücke überquerten, die die formalen Gärten von den unberührteren Ecken des Geländes trennte, fragte er sie nach ihrem Sohn.

»Woher wisst Ihr, dass ich einen habe«, fragte sie.

»Ich weiß es eigentlich nicht«, gab er zu. »Es ist mehr ein Gerücht, das ich einem Brief meiner Mutter entnommen habe. Stimmt es denn?«

»Ja«, sagte sie.

»Und ist er bei guter Gesundheit?«

»Wie meint Ihr das?«

»Ich hätte erwartet, ihn inzwischen einmal gesehen zu haben.«

»Gehört das auch zum Gerücht?«, fragte sie. »Dass er durch irgendeine Missbildung entstellt ist?«

»Überhaupt nicht«, erwiderte er grinsend. »Über solche Vorstellungskraft verfügt in Sevilla niemand.«

»Nun, ich kann jedenfalls voller Freude sagen, dass es ihm bestens geht«, erklärte sie. »Und vielleicht dürft Ihr ihn vor Eurer Abreise noch kennenlernen.«

»Das würde mich freuen«, sagte er.

»Seid Ihr je dem Kind Eurer Schwester begegnet?«

»Nein«, sagte er. »Ich fürchte nicht.«

»Warum nicht?«

»Ich war ans Priesterseminar gefesselt«, erwiderte er mit spürbarem Unbehagen.

»Die ganze Zeit?«, hakte sie nach. »Die Kleine war fast zwei, als ihr Vater sie mit auf die Reise nahm. Warum hätte man Euch keinen Besuch gestatten sollen?«

»Wahrscheinlich wäre es möglich gewesen. Aber wir hatten uns auseinanderentwickelt – meine Schwester und ich. Was ausschließlich mein Fehler war«, fügte er schnell hinzu. »Ich bin nicht stolz darauf.«

»Es tut mir leid.« Sie spürte, dass sie rot wurde, und wandte sich ab. »Ihr müsst mich für schrecklich neugierig halten.«

»Überhaupt nicht.«

Am Grab beobachtete sie sein Verhalten genau. Sie wusste, dass Doña Soledad einen kompletten Bericht erwartete. Was sie selbst betraf, war sie zu dem Schluss gekommen, dass seine Tränen, wenn es denn welche gäbe, nicht echt sein würden. Falls er weinte, würden ihr Interesse und ihr Respekt vor ihm schwinden. Doch er weinte nicht. Er kniete nieder, senkte den Kopf und schien zu beten. Dann jedoch ließ er sich davon ablenken, dass sie um den Gedenkstein herum frische Blumen arrangierte.

»Es ist schön, dass Ihr die Blumen mitgebracht habt«, sagte er.

»Das tue ich jeden Tag für Eure Tante.«

Er nickte bloß.

Auf dem Rückweg hatte sie das Bedürfnis, noch etwas loszuwerden. »Ich weiß, dass ich es ignorieren sollte. Aber ich fühle mich unbehaglich, wenn ich weiß, dass Menschen wie Eure Mutter Gerüchte und Klatschgeschichten über mich verbreiten. Menschen, die mir niemals begegnet sind.«

»Denkt nicht weiter darüber nach«, sagte er. »So sind die Menschen in der Provinz. Wahrscheinlich überall, aber in Sevilla ganz besonders.«

»Und trotzdem«, sagte sie. »Ich würde mich besser fühlen, wenn ich noch einem anderen Menschen als Eurer

Tante – Euch zum Beispiel – meine ganze Geschichte erzählen könnte. Ich rechne sowieso damit, dass sie irgendwann zum Gesprächsthema wird, dann aber wahrscheinlich auf entstellte Art und Weise.«

»Es wäre mir eine Ehre«, sagte er. »Und ich würde mich äußerst diskret verhalten.«

»Als wärt Ihr mein Beichtvater«, sagte sie.

Er lachte. »Ganz genau.«

Und so erzählte sie ihm alles, und zwar in den Einzelheiten deutlich ausführlicher als in ihren Gesprächen mit Doña Soledad. Vielleicht lag es daran, dass der Altersunterschied zwischen ihnen nicht so groß war. Als sie schließlich das Haus erreichten, brachte sie ihn ins Kinderzimmer, um ihm den kleinen Patrick zu zeigen. Von dem fremdländischen Aussehen des Jungen fasziniert, gab Carlos sein Bestes, um einen guten Eindruck zu hinterlassen.

Jahre später vertraute mein Onkel mir an, dass er, als er an jenem Tag nach dem Essen in sein Zimmer zurückkehrte, sich hinlegte und die Möglichkeit durchspielte, dass seine Mutter und ihre Freunde recht hatten. Dass seine Tante auf dem besten Weg in den Irrsinn war. Wie sonst hätte sich ihre Beziehung zu der jungen irischen Frau und deren unehelichem Kind erklären lassen? Es war ein weiterer Ausdruck der Vergötterung, die die alte Frau seiner toten Schwester noch immer entgegenbrachte. In ihrer Überzeugung, dass mein Vater und ich nicht mehr lebten, waren die Irin und ihr Sohn die einzigen verbliebenen Bindeglieder zu denen, deren Verlust sie so schmerzte. Und welch merkwürdige Bindeglieder, dachte mein Onkel.

Andererseits musste er zugeben, dass Caitríona eine überaus sympathische junge Frau war. Sie war geistreich und erfrischend geradeheraus. Es war eine Freude, sie anzusehen, und sie hatte ein hübsches Kind. Bis zum Abend rang er sich zu der Überzeugung durch, dass es ihm nicht schlecht bekommen würde, sich ein wenig von der Aufgeschlossenheit oder »Verrücktheit« zu eigen zu machen, die Doña Soledad an den Tag legte. Schließlich hatte er den Eindruck, dass seine Tante noch immer eine gewisse Sympathie für ihn hegte. Zudem war sie alt und überaus wohlhabend. Und – diesen Gedanken konnte er kaum einmal zur Seite drängen – seine Eltern waren weiterhin entschlossen, den größten Teil dessen, was eigentlich ihm hätte zustehen sollen, Rodriguito zu überlassen, dem Sohn meiner Mutter.

Später erzählte er mir, dass er genau in diesem Augenblick, als das Tageslicht schwand und kühle Abendluft durch die Fenster strömte, zum ersten Mal ernsthaft über meine Mutter nachgedacht habe, seine Schwester und frühe Spielgefährtin, der die ganze Liebe und Aufmerksamkeit der Familie zugeflogen war, sobald seine Unzulänglichkeit für die Rolle des Erstgeborenen offensichtlich geworden war. Erstmals habe er tatsächlich einen Gedanken an ihr kurzes und ungewöhnliches Leben verschwendet. Vom eigenen Ehemann vergewaltigt. Dann von einem Mann geschwängert, der ebenso gut vom Mond hätte stammen können. Um schließlich bei der Geburt der kleinen Tochter zu sterben.

Abends habe er zum Essen seine rosafarbene Hose angezogen, und sei es bloß, um die Reaktionen der Damen zu beobachten. Neben dem hohen Spiegel, in dem er sich eine Zeit lang bewunderte, habe er an einem Haken in der Wand etwas Wunderschönes entdeckt. Er sei hinübergegangen und habe festgestellt, dass es sich um einen ledernen Köcher mit königlichen Pfeilen handelte, einen besonders schönen Köcher von einem tiefen Rot. Bei seiner Rückkehr nach Carmona habe er ihn mitgenommen.

KAPITEL 24

Es folgten Gespräche, die Caitríona niemals vergessen sollte. Das erste fand im Hof der Casa de Pilatos statt, demselben Ort, an dem sie zwei Jahre zuvor an ihrem ersten Tag in Sevilla mit Paolo Sarpi gewartet hatte. Es war ein nebliger Wintertag, und die Luft roch nach Rosenblättern und brennendem Laub.

»Ihr habt natürlich das Recht, Euch einen Liebhaber zu nehmen«, sagte mein Onkel. »Ich flehe Euch nur an, vorsichtig zu sein. Wenn Eure Ehre befleckt würde, wäre es auch meine.«

»Ihr seid so freundlich.«

»Ich meine es ernst.«

»Ja. Das weiß ich.«

»Und … na ja …«

»Ja?«

»Nichts. Ich weiß nicht mehr, was ich sagen wollte.«

»Ich versichere Euch«, erwiderte sie, »dass nichts, was Ihr in diesem wichtigen Augenblick sagt, mich im Mindesten schockieren kann.«

»Es ist bloß, dass wir … vielleicht … wenn Ihr die Neigung verspüren würdet … die Bereitschaft … und wenn meine Person Euch irgendwann ausreichend zusagen sollte … dass wir vielleicht versuchen könnten, zusammen ein Kind zu zeugen.«

»Ich dachte mir schon, dass es darum geht.«

»Und?«

»Das könnten wir tun. Irgendwann. Wenn wir beide Lust dazu verspüren«, sagte sie. »Macht Euch um mich nicht zu viele Gedanken. Ich weiß, worum es hier geht. Und es passt mir gut. Ich weiß es zu schätzen, schon um meines Sohnes willen. Und ich werde im Rahmen des Zumutbaren alles tun, um den Erfordernissen des Anstands gerecht zu werden und Euch die Freiheit zu verschaffen, nach der Ihr Euch so sehnt.«

Er nahm ihre Hand und küsste sie.

In der darauffolgenden Woche verkündeten sie in Sevilla ihre Verlobung. Doña Inmaculada zeigte sich erfreut. Don Rodrigo war misstrauisch und ersuchte seinen Sohn um ein persönliches Gespräch. Es fand im Palast von Don Rodrigo und Doña Inmaculada in Sevilla statt, und Carlos berichtete Caitríona in allen Einzelheiten davon.

»Deine Mutter besteht darauf, dass ich dir gratuliere, und das tue ich hiermit«, begann Don Rodrigo. »Aber dir sollte bewusst sein, dass diese höchst überraschende Ankündigung keinerlei Auswirkungen auf meine Pläne haben wird. Da du offenbar Soledad Medinas Segen hast, überlasse ich es auch ihr, dich mit den entsprechenden finanziellen Mitteln auszustatten.«

»Niemand kennt Euren eisernen Willen besser als ich, mein Herr«, erwiderte Carlos. »Wenn Ihr Euch einmal für einen Weg entschieden habt, könnte Gott selbst Euch nicht mehr davon abbringen.«

»Keine Blasphemien, meine Junge.«

»Die Blasphemie habt Ihr begangen, Vater, als Ihr mich ins Seminar geschickt habt. Eine Blasphemie, die letztlich zur Heirat meiner Schwester mit einem selbstsüchtigen Unmenschen geführt hat, mit dem Ihr die Geliebte teiltet. Und diese Ehe wiederum führte zu ihrer Schändung und der nachfolgenden Beziehung zu dem Samurai. Und letztlich zu ihrem Tod. Ihr seid also genau der Richtige, um mich der Blasphemie zu bezichtigen.«

Carlos war inzwischen zu kräftig und erwachsen geworden, um sich von seinem Vater noch schlagen zu lassen. Also wandte Don Rodrigo sich einfach um und verließ das Zimmer. Er verweigerte den Besuch der Hochzeit und ging seinem Sohn fortan aus dem Weg. Inmaculada schenkte Carlos das Landgut in Carmona. Von Doña Soledad erhielten sie das Stadthaus in Sevilla direkt neben der Casa de Pilatos: dreißig Zimmer, zwölf Diener und ein Konto, von dem die Kosten zur permanenten Instandhaltung bezahlt werden konnten. Caitríona versprach, Soledad weiterhin Gesellschaft zu leisten, und dieses Versprechen löste sie ein.

Mehrere Monate nach der Hochzeitsfeier hielt Caitríona sich allein mit Doña Soledad in La Moratalla auf. Sie saßen draußen am größten Brunnen neben einer Gruppe von Granatapfelbäumen. Carlos hatte sie nach einem einwöchigen Besuch wieder verlassen.

»Darf ich dir eine sehr persönliche Frage stellen?«, leitete Doña Soledad das Gespräch ein.

»Aber natürlich«, erwiderte Caitríona.

»Wie ein großer Teil der feineren Gesellschaft von Sevilla weiß auch ich schon lange von Carlos' … Neigungen. Und ich frage mich, ob er so viel Rückgrat besitzt, dass er dich vor der Hochzeit eingeweiht hat.«

»Das hat er, meine Dame.«

»Aha.«

»Auch wenn ich noch jung bin, habe ich genug von der Welt gesehen, um zwischen Männern unterscheiden zu können, die Damen bevorzugen, und solchen, die sich für andere Männer interessieren«, erklärte Caitríona.

»Nun gut«, sagte Doña Soledad und trank einen kleinen Schluck von ihrem Lieblingssherry.

»Wir hatten ein ziemlich offenes Gespräch, ehe wir unsere Verlobung verkündeten«, fuhr Caitríona fort. »Ich bin nicht in ihn verliebt, und das gilt auch umgekehrt. Aber wir verstehen einander und mögen uns. Und wir stimmen darin überein, dass die Ehe zu unserem beiderseitigen Nutzen ist. Er gewinnt die nötige Respektabilität, und mein Sohn bekommt eine gewisse Sicherheit.«

»In meiner Zeit«, entgegnete Soledad, »war es, von wenigen exotischen Ausnahmen abgesehen, nicht so leicht, derartige Unterscheidungen zu treffen. Menschen, für deren Konventionalität man die Hand ins Feuer gelegt hätte, waren sehr geschickt darin, sich die Art von Liebhabern zu verschaffen, die sie in Wahrheit bevorzugten. Ich habe viele Männer und Frauen aus den angesehensten Familien gekannt – meine eigene eingeschlossen –, die zahlreiche Kinder hatten, in Wahrheit aber leidenschaftlich Angehörige des eigenen Geschlechts begehrten.«

»Vermutlich«, sagte Caitríona, »ist es auch möglich, ein Interesse an beiden Geschlechtern zu zeigen.«

»Carlos war gerade eine ganze Woche hier. Was läuft nachts zwischen euch beiden ab?«

Caitríona lachte über die Unverblümtheit der Witwe.

»Wir lesen uns gegenseitig vor und erzählen aus unserem Leben wie gute Freunde.«

»Weißt du«, sagte Doña Soledad grinsend. »Ich kann mich nicht erinnern, wann ich zum letzten Mal ein solches Gespräch geführt habe, wenn überhaupt. Und doch geht es um ein Thema, dem die Menschen in ihrem Leben große Aufmerksamkeit widmen.«

»Ich habe auch noch nie mit jemandem darüber gesprochen«, erwiderte Caitríona. »Meine eigene Mutter brauchte ich auf so etwas gar nicht erst anzusprechen. Am offensten waren noch ein paar kurze Unterhaltungen mit der Frau in Venedig, in deren Obhut Soledad María übergeben worden war. Sie war keine schlechte Frau, sondern eine weise, sogar großzügige Frau, die unter schrecklichen Umständen ihr Bestes gegeben hat.«

Doña Soledad wollte kein weiteres Wort über die Frau in Venedig verlieren.

»Zurück zu dir, meine Liebe«, sagte sie. »Ich habe das Gefühl, zwei Punkte ansprechen zu müssen. Erstens – und es ist schade, dass wir dieses Gespräch nicht vor deiner Hochzeit geführt haben – brauchtest du meinen Neffen nicht zu heiraten, wenn es dir um eine sichere Zukunft für deinen Jungen ging. Dafür sorge ich. Ich weiß, dass ich nicht mehr lange leben werde, aber ich versichere dir, dass ich das Thema seines und deines Wohlergehens bereits mit meinen Fugger-Bankiers besprochen habe.«

»Ich bin Euch so dankbar. Nach allem, was Ihr für mich getan habt, konnte ich es einfach nicht über mich bringen, ein solches Thema auch nur zu erwähnen.«

Mit ihrer typischen Handbewegung wischte die Witwe Caitríonas Dank beiseite.

»Das zweite Thema«, sagte sie, »ist ein wenig schwieriger. Ich habe es bisher vermieden, weil es mit so viel Schmerz verbunden ist. Als alte Frau ohne wirklichen Glauben an irgendetwas habe ich mir dennoch eine winzige Hoffnung erlaubt, die mich in letzter Zeit am Leben erhalten hat. Falls du und Signor Sarpi mir keine Beobachtungen vorenthalten habt, die noch schrecklicher sind als das, wonach ich euch ausdrücklich gefragt habe, halte ich mich immer noch daran fest, dass ihr weder den Samurai noch das Kind habt sterben sehen. Ist das richtig?«

Beim Zuhören war alle Fröhlichkeit aus Caitríonas Herzen gewichen, und am Ende weinte sie.

»Ja. Das ist wahr. Aber …«

»Und ich erinnere mich auch«, fuhr Doña Soledad fort, »dass Signor Sarpi erwähnte, es seien keine Musketen zum Einsatz gekommen.«

»Auch das ist richtig.«

»Du verstehst sicher, worauf ich hinauswill.«

»Ich kann nicht für Euch sprechen«, sagte Caitríona. »Aber wenn Ihr dort gewesen wärt und gesehen hättet, was ich mitansehen musste, dann würde ich ernsthaft bezweifeln, dass Ihr an dieser Hoffnung festhalten könntet.«

»Wie auch immer, du hast sie nicht sterben sehen«, sagte Doña Soledad mit zitternder Stimme.

»Nein, meine Dame.«

»Also könnte es immer noch sein, dass sie zurückkommen.«

»Ja, meine Dame.«

»Und was würde dann geschehen? Jetzt, wo du Guadas Bruder geheiratet hast?«

»Ich würde vor Glück sterben.«

»Ich auch«, sagte Doña Soledad und nahm Caitríonas Hand.

KAPITEL 25

Dann folgte ein schreckliches Ereignis, das meinen Onkel Carlos in mehrfacher Hinsicht hätte befreien sollen. Stattdessen vergiftete es seine Seele. Während er seine Mutter Doña Inmaculada auf dem Landgut in Carmona beherbergte und Caitríona sich mit Doña Soledad in Sevilla aufhielt, nahm Don Rodrigo den Sohn meiner Mutter, Rodriguito, mit auf einen Jagdausflug. Dabei wurde der Junge von einem Bären übel zugerichtet und verstarb wenige Stunden später. Noch am selben Abend schoss mein Großvater Don Rodrigo Fernández de Córdoba, krank von Trauer, Schuldgefühlen und Alkohol, sich in den Kopf. Als Carlos und Doña Inmaculada aus Carmona eintrafen, waren beide schon begraben. Doña Soledad hatte eine große Summe spenden müssen, um sicherzustellen, dass Don Rodrigo in geweihter Erde beigesetzt wurde.

Der Tod seines Vaters und seines Neffen wirkte sich für Carlos ungünstig aus. Dass ihm das einst genommene Erbe nun wieder zufallen sollte, fühlte sich nicht wie ein Sieg an. Anstatt zu feiern und sich daran zu erfreuen, dass eine tragische, aber zufällige Laune des Schicksals ihm bescherte, was ihm seiner Meinung nach schon immer zugestanden hatte, wurden seine Gier und Unsicherheit nur stärker. Er verbrachte mehr und mehr Zeit im palastartigen Haus seiner Eltern, von dem er nun wusste, dass er es zusammen mit allem anderen erben würde. Nur des äußeren Anscheins wegen verbrachte er jede Woche noch ein paar Nächte mit Caitríona in dem Haus, das sie von Soledad Medina erhalten hatten. Und da er auch die Stellung seines Vaters als spanischer Grande geerbt hatte, wurde er nach Madrid zu einer Audienz beim jungen König Philipp IV. gerufen. Während seiner Abwesenheit schlief Caitríona wieder in der Casa de Pilatos.

Rosario Sánchez de Úbeda und ihr Sohn Francisco hielten sich in Sevilla auf, als der Gedenkgottesdienst für Don Rodrigo und Rodriguito in der Kathedrale abgehalten wurde. Als junge Frau hatte Rosario den vierzig Jahre älteren Herzog von Medina-Sidonia geheiratet. Noch vor der Geburt des gemeinsamen Sohnes Francisco war der Herzog verstorben. Viele Frauen in Sevilla schauten auf Rosario hinab, teils aus Neid auf ihre Jugend und Schönheit, teils weil sie vor ihrer Hochzeit ein einfaches Dorfmädchen gewesen war. Zum Ärger von Doña Inmaculada wurde Rosario nach dem Begräbnis in Soledad Medinas Casa de Pilatos eingeladen. Dort begegnete sie Caitríona zum ersten Mal. Obwohl sie vier Jahre älter war, verstand sich Rosario auf Anhieb gut mit Caitríona. Sie reagierte bestürzt, als sie erfuhr, was mit Vater und mir geschehen war, und obwohl Caitríona den Verdacht hegte, dass Rosarios Trauer sich auch einem unausgesprochenen Maß an Intimität mit meinem Vater verdankte, spendete sie ihr nach Kräften Trost.

Für meine Großmutter muss es eine schwierige Zeit gewesen sein. Doña Inmaculada war allein in einem Haus, das nicht länger ihres war. Zum ersten Mal in ihrem Leben spendete die Religion ihr keinen Trost. Sie hatte sich in ihrer Jugend auf den Glauben gestützt, als ihr die Untreue ihres Ehemanns bewusst geworden war. Sie hatte sich beim Tod ihrer Eltern darauf verlassen können, und auch als ihr Sohn das Priesterseminar besuchte, nachdem er kein Interesse an herkömmlichen Beziehungen gezeigt hatte. Sie hatte sich fest daran geklammert, als meine Mutter von ihrem eigenen Ehemann vergewaltigt wurde, und noch viel grimmiger, als Mutter mit meinem Vater davonlief und im Jahr darauf starb. Der Erzbischof von Sevilla sowie zahlreiche Priester und Klöster hatten von ihrem Leid profitiert. Doch der Tod des Jungen, der Selbstmord Rodrigos und das Wiederauftauchen ihres wütenden Erstgeborenen, der sich triumphierend ihren Besitz aneignete, gaben ihr das Gefühl, eine alte und von Gott verlassene Frau zu sein. Sie war in enormem Luxus aufgewachsen, hatte einen spanischen Granden geheiratet und ein Leben in Eleganz und Frömmigkeit gelebt, weit über die normale Bevölkerung hinausgehoben. Aber, so fragte sie mich einmal, wo hatte das alles sie hingeführt? In jener Phase ihres Lebens, in der sie sich eigentlich ruhiger und gelassener denn je hätte fühlen sollen, war sie in ihren eigenen Augen zum Objekt eines grausamen himmlischen Scherzes degradiert worden.

Während Carlos' Reise zum Hof in Madrid wanderte sie durch ihren Palast und fühlte sich dort wie eine Fremde. Und wenn es ihr einmal gelang, ein Gebet zu sprechen, dann flehte sie um einen frühen Tod. Sie suchte die Versöhnung mit Doña Soledad, und diese verweigerte sich ihr nicht. Als meine Großtante den Zustand registrierte, in den Inmaculada versunken war, öffnete sie die Arme und hielt sie so lange fest, bis sie beide sich ausgeweint hatten.

»Was soll aus mir werden?«, fragte meine Großmutter.

Auch Caitríona und Rosario verhielten sich ihr gegenüber freundlich, was sie beschämte. Nach und nach hob sich ihre Stimmung. Die Erleichterung, dass Doña Soledad ihr wieder wohlgesinnt war, und die Aufmerksamkeit der beiden jüngeren Frauen wirkten wie Balsam auf ihre Seele. Ihre Bitterkeit schwand. Ihre einstmals harschen Maßstäbe wurden nachgiebiger.

Als der Frühling erwachte und Carlos noch immer in Madrid weilte, lud Caitríona Inmaculada nach Carmona ein und ermutigte ihre Schwiegermutter, das Haus wieder in den Zustand zurückzuversetzen, in dem sie es kannte.

»Aber das Gut gehört mir nicht mehr«, wandte Inmaculada ein.

»Ich denke, es sollte wieder Euch gehören«, erwiderte Caitríona. »Und das werde ich auch Carlos sagen. So wie die Dinge liegen, besitzen wir zu viele Häuser. Ich bin sicher, ich kann ihn überzeugen.«

Mitte April traf ein Brief von Carlos ein, in dem er den Besitz wieder seiner Mutter übertrug. Letztlich war er dort nie richtig glücklich gewesen, da es mit der Erinnerung an eine jener Strafaktionen verbunden war, die sein Vater so gern gegen ihn verhängt hatte.

Eines Nachmittags Ende April, kurz vor der Rückkehr nach Sevilla, saßen Caitríona und meine Großmutter zusammen in einem Zimmer mit imposantem Blick über die wogenden, bis nach Marchena reichenden grünen Felder.

»Carlos hat mir erzählt, dass du das Grab meiner Tochter pflegst«, sagte Inmaculada.

»Ich tue, was ich kann«, sagte Caitríona mit sanfter Stimme. »Auf Geheiß von Doña Soledad.«

»Ich war ihr nie eine gute Mutter«, erklärte Inmaculada. »Je älter sie wurde, desto mehr ähnelte sie charakterlich ihrem Vater. Er betete sie an. Ich gab mein Bestes, aber es war nicht genug. Noch eine Sünde, die ich zu sühnen habe.«

»Mütter und Töchter«, sagte Caitríona mit sanfter Stimme. »Nach allem, was ich mitbekommen habe, ist es oft nicht einfach. Wie zwischen Vätern und Söhnen.«

»Bist du mit deiner Mutter zurechtgekommen?«, fragte Inmaculada.

»Ja, im Großen und Ganzen«, erwiderte Caitríona. »Und sei es bloß, weil ihre Söhne so hasserfüllt gegen jedermann waren. Verglichen damit dürfte sie es mit mir leicht gehabt haben.«

Caitríona erzählte mir später, dass Inmaculada in diesem Augenblick wahrscheinlich registrierte, dass es ein Fehler gewesen war, das Gespräch auf ihre Mutter zu bringen. Soledad Medina hatte Inmaculada die schreckliche Geschichte von der Versklavung der Frau erzählt. Nun sah sie, wie Caitríonas Miene sich veränderte.

»Ich bin sicher, sie hätte dich so und so geliebt«, sagte meine Großmutter. »Ich habe es nur erwähnt, weil du ein wenig jünger bist als Guada, ihr beide denselben Mann geliebt und ein Kind von ihm bekommen habt. Und jetzt bist du meine Schwiegertochter.«

»So ist es.«

»Ich fühle mich dir näher als damals ihr. Das ist die Wahrheit. Auch wenn ich mich schäme, es auszusprechen.«

Caitríona erzählte mir, dass diese trotz ihrer Falten und des ergrauenden Haars immer noch schöne Frau nach diesen Worten noch intensiver auf die Felder starrte. Sie weinte, und beide sprachen für eine Weile kein Wort. Caitríona schob ihre eigenen traurigen Erinnerungen beiseite und streckte den Arm aus. Inmaculada nahm ihre Hand und drückte sie, ohne den Blick von den Feldern abzuwenden. »Verzeih mir, Kind«, sagte sie. »Verzeih mir.«

KAPITEL 26

Während Caitríona und Inmaculada sich in Carmona aufhielten, leistete Rosario Doña Soledad in der Casa de Pilatos Gesellschaft. Eines Tages saßen sie in einer schattigen Ecke des großen rückwärtigen Gartens neben einer Reihe frisch beschnittener Buchsbäume. Der junge Francisco war auf einem großen Kissen unter den Ästen eines Zitronenbaums eingeschlafen. Die beiden Frauen tauschten Erinnerungen an den verstorbenen Herzog von Medina-Sidonia aus.

»Ich hätte so gern ein Kind von ihm gehabt«, sagte Doña Soledad und musterte die Leberflecke auf ihren Händen.

»Ich hatte überhaupt nicht damit gerechnet«, entgegnete Rosario. »Mein erster Ehemann gab sich alle Mühe, mich zu schwängern, aber nichts passierte. Ich nahm an, es läge an mir. Und als es dann mit dem Herzog passierte, bekam ich Angst wegen seines Alters. Dass mit dem Jungen irgendwas nicht stimmen würde.«

»Ach«, sagte Soledad. »Männer sind wie Löwen. Sie liegen rum und paaren sich, wenn sie können, bis ins hohe Alter, während die Frauen all die langweiligen Arbeiten verrichten. Obwohl ich verschiedene Häuser voller

Bediensteter besaß, habe ich ganz sicher mehr gearbeitet als mein Mann, dessen einziges Interesse die Hurerei war.«

Daraufhin lachten sie beide.

Wie meine Mutter war auch Soledad Medina in ihrer Jugend blond gewesen. Sie bewunderte die dunkle Schönheit Rosarios. Sie konnte mühelos nachvollziehen, was den Herzog fasziniert und was er begehrt hatte: die seidige olivfarbene Haut der jungen Frau, das glänzende schwarze Haar, die weißen Zähne und leuchtenden Augen mit den unverschämt langen Wimpern, ihre Gewandtheit und Frische.

»Du solltest dich nicht so früh von den Männern abwenden«, sagte die Ältere. »Es ist fast schon ein Verbrechen, wenn eine Schönheit wie du in einer so langweiligen Stadt wie Sanlúcar versauert. Bleib noch ein bisschen länger, dann organisieren wir zusammen mit Caitríona und Inmaculada einen Ball.«

Nachdem wir uns angefreundet hatten, erzählte mir Rosario, sie habe eine Weile über den Vorschlag nachgedacht und Pläne für einen Ball geschmiedet, von dem sie bezweifelte, dass er jemals stattfinden würde. Währenddessen sei ihr in den Sinn gekommen, dass sie die unerwartete Freundschaft mit einer gesellschaftlich derart bedeutenden Frau wie auch die Freundschaft, die sich zwischen ihr und Caitríona entwickelt hatte, unmittelbar dem Tod von Don Rodrigo und Rodriguito verdankte. Sie habe Doña Soledad gemustert und sich gefragt, wie lange sie noch leben mochte. Dann habe sie ihren schlafenden Sohn betrachtet, so jung und schön. Sie sagte, das Leben habe sie in diesem Augenblick völlig überwältigt. Sie habe sich ihr stilles und leeres Schlafzimmer in Sanlúcar vorgestellt, sechzig Kilometer weiter südlich, mit dem breiten Bett, in dem ihr Sohn gezeugt worden war, in dem der Herzog gestorben war, in dem Doña Soledad und der Herzog sich vor langen Jahren geliebt hatten, den Alpujarranteppich auf dem Fußboden, den Balkon mit Blick auf die Dünen.

Der Herzog lag tot in seinem Grab. Alles, was sein Leben ausgemacht hatte, war Vergangenheit. Auch mein Vater war nicht mehr da. Und meine Mutter, in deren Diensten Rosario einst gestanden hatte. Wieder betrachtete sie die alte Adlige und ihren schlafenden Jungen. Dabei erinnerte sie sich aus irgendeinem Grund an die grausige Geschichte, die der Herzog immer wiederholt hatte, wenn er zu viel getrunken hatte. Wie sie, um die Schiffe seiner in Schwierigkeiten geratenen Armada leichter zu machen, die Kavalleriepferde über Bord hatten treiben müssen. Hinein ins Meer vor der Küste Irlands. Pferde, die einstmals in Spanien Fohlen gewesen waren, von arabischen Stuten geboren, so wie sie selbst von ihrer Mutter geboren worden war. Sie schaute an sich hinunter und fragte sich, was nach ihrem Tod aus ihrem Kleid werden würde. Was würde aus Francisco werden, wenn er älter würde, und wie würde er sie in Erinnerung behalten?

Sie sagte, Doña Soledad sei nach kurzer Zeit eingeschlafen, den Kopf zur Seite gelehnt. Während ein dünner Speichelfaden über das weiche, gepuderte Kinn der Adligen gelaufen sei, habe Rosario sich die Pferde vorgestellt – nicht in der Lage, das Ufer zu erreichen, schon halb versunken im dunklen, trüben Ozean, die Augen vor Angst weit aufgerissen, die eleganten Beine noch in Bewegung.

KAPITEL 27

Das Verhältnis zu meinem Onkel gestaltete sich anfangs schwierig, wurde aber im Laufe der Zeit besser. Kurz vor dem Ende der Geschichte, die ich hier wiedergebe, zog er nach Italien. Wir versuchen, uns mindestens einmal jährlich zu sehen. Bei einer dieser Gelegenheiten, in seiner Residenz in Rom, beschrieb er mir seine erste Audienz am Hof Philipps IV.

Er hatte Madrid seit seiner frühen Jugend nicht mehr besucht, seit dem Vorfall, als sein Vater ihn in ein Bordell mitgenommen hatte, um ihn zum Mann zu machen. Nun kehrte er als Erwachsener zurück, in all seiner Pracht, mit der Gewissheit seines Erbes, als verheirateter Mann von Ansehen, und gab sein Bestes, um jeden Hinweis zu verbergen, dass er aus der Provinz stammte. Er ließ sich von Glanz und Gloria der Hauptstadt verführen und begann zu verstehen, warum sein Vater so viel Zeit an einem Ort verbracht hatte, wo die Welt einem Mann seines Standes zu Füßen lag.

Gaspar de Guzmán y Pimentel Ribera y Velasco de Tovar, Graf von Olivares und Herzog von San Lúcar la Mayor, empfing Carlos in einem der oberen Türme des Alcázarpalastes. Der Raum war kahl und hatte eine hohe

Decke. Durch schmale Fenster drang das Frühlingslicht herein. Olivares stand posierend neben einem Tisch mit einer dicken roten Samtdecke. Der Porträtmaler, gut aussehend und ein deutliches Stück kleiner, arbeitete an einer riesigen Staffelei, um das Bildnis *válido* auf die Leinwand zu bannen. Der Künstler und sein Modell waren Freunde und befanden sich, als Carlos angekündigt wurde, in einem müßigen Gespräch. Mein Onkel beschrieb Olivares als großen, korpulenten Mann mit einem kleinen Kopf. Sein Haar war kurz, sein Schnurrbart dafür umso länger. Er trug dem Anlass entsprechend Schwarz, wie es im spanischen Königshaus üblich war, wo man Kargheit schätzte und jegliche Prahlerei mied. Allerdings – vielleicht Anzeichen eines eitlen Zuges, den der Graf-Herzog nicht ganz unterdrücken konnte – zierte sein schwarzes Gewand ein großes rotes Kreuz, das ihn als Ritter des Santiagoordens auswies. In einem Ledergürtel steckte – ebenfalls deutlich sichtbar – ein großer Schlüssel, der ihn als *Sumiller de Corps*, als »Hausverwalter« des Königs, auswies.

»Don Carlos«, sagte Olivares. »Ich bitte Euch um Verzeihung. Ihr ertappt mich *in flagrante*, als Fliege im Netz unseres geschätzten Landsmannes Don Diego Velázquez.«

Velázquez richtete seinen Pinsel auf Olivares. »Nicht bewegen, mein Freund.«

»Da seht Ihr mein Dilemma«, sagte Olivares zu Carlos, ohne den Blick zu wenden.

Der Künstler trat auf meinen Onkel zu, begrüßte ihn und bot ihm einen Stuhl an, von dem er sowohl die Leinwand als auch das Modell im Blick hatte.

»Was meint Ihr?«, fragte Olivares. »Der Teufel will mich das Bild nicht sehen lassen, ehe er fertig ist.«

»Es ist ganz außergewöhnlich«, erwiderte mein Onkel und bemühte sich um eine tiefe, männliche Stimmlage. »Es sieht Euch ähnlicher als Ihr Euch selbst, mein Herr.«

Die beiden anderen lachten, und Carlos war mit sich zufrieden.

»Ich wollte gern mit Euch zusammentreffen und Euch vor Eurem Besuch bei Seiner Majestät kurz instruieren«, kam Olivares zum offiziellen Teil.

»Ich stehe Euch voll und ganz zur Verfügung«, erwiderte Carlos und fand den Satz ungemein befriedigend. Auch er hatte sich so nüchtern gekleidet, wie sein Sinn für Stil es zuließ. Als er mir von dem Tag erzählte, erinnerte er sich noch exakt: die schokoladenbraune Samthose, schwarze Stiefel, ein burgunderroter Mantel mit silbernen Knöpfen, wenn auch mit einem limonengelben Futter, von dem er hoffte, man würde es nicht bemerken.

»Habt Ihr etwas für das Militär übrig, Don Carlos?«, fragte Olivares. »Ich weiß, dass Ihr – klugerweise, wie ich finde – einen großen Teil Eurer Jugend mit Studien zugebracht habt. Aber habt Ihr darüber hinaus auch kriegerische Ambitionen?«

»Darüber habe ich kaum nachgedacht, mein Herr.«

»Wie Ihr wisst, befinden wir uns im Krieg.«

»Das weiß ich, wenn auch überwiegend wegen der Steuern, die auf meine Güter erhoben werden.«

Auch dies war in seinen Augen eine Bemerkung, die er machen musste, um seinen Selbstrespekt zu stärken und den Zuhörer zu beeindrucken.

»Ganz genau«, sagte Olivares. »Ihr habt einen Onkel, der Spanien in Flandern ehrenvoll verteidigt hat.«

»Tío Gonzalo.«

»Ebenjener. Die Belagerung von Wimpfen, die Belagerung von Höchst, die Belagerung von Heidelberg. Und all das mit beträchtlichem Erfolg.«

Dieser Gonzalo war der Bruder meines Großvaters und Statthalter des Herzogs von Mailand. Er war unverheiratet, ein Krieger und Einzelgänger, um den der schillernde Don Rodrigo einen Bogen gemacht hatte. Carlos fragte sich manchmal, ob auch Gonzalo homosexuell sein mochte.

»Ich würde Euch zu ihm schicken, aber wie Ihr sicher wisst, hat er neue Aufgaben übernommen und wurde von einem ebenso kämpferischen und patriotischen Mann abgelöst, Ambrosio Spinola, der wie ich in Italien geboren wurde. Seine Truppen versammeln sich gerade, um die Stadt Breda zu belagern.«

»Mein Herr.«

»Ich schicke Euch zu ihm, damit Ihr an seiner Seite stehen könnt, oder im Hintergrund, weiter weg von Speeren, Pfeilen und dem Kanonenfeuer, falls Ihr das wünscht. Aber ich glaube, dass ein bisschen militärischer Ruhm genau das wäre, womit Ihr den König beeindrucken könntet.«

Carlos war beunruhigt, was er allerdings zu verbergen versuchte.

»Und Ihr braucht einen Erben«, fuhr der Graf-Herzog fort. »Einen richtigen eigenen Erben. Falls Ihr in diesen beiden Punkten Erfolg habt, wird Euch die Welt hier am Hofe zu Füßen liegen. Ihr werdet mich als Sevillaner stolz machen und ein Beispiel für all jene Eures Standes liefern, die über weniger Ehrgeiz und geringere Charakterstärke verfügen.«

Mein Onkel sagte, er sei entsetzt gewesen, habe aber gewusst, dass er sich nicht verweigern konnte, weil dies seinem Ruf geschadet hätte. Und er räumte auch ein, das Abenteuer habe seinen Reiz gehabt – Soldat zu sein, bewaffnet und mit einer schneidigen Rüstung, ein Offizier, Seite an Seite mit anderen jungen Männern, die Schwerter erhoben und schreiend, irgendwo auf den weit entfernten Schlachtfeldern Flanderns.

»Es wird mir eine wahre Freude sein, mein Herr«, sagte er, ohne zu zögern.

Um zum König zu gelangen, mussten sie verschiedene Bereiche des Palastes durchqueren, einen kahlen Raum nach dem anderen. Wächter und Diener verbeugten sich vor ihnen. Als sie endlich das innerste Heiligtum erreichten, den Tabernakel des Palastes, in dem der König sie erwartete, war Carlos so eingeschüchtert, wie es Sinn und Zweck des barocken Protokolls war. Er sah zunächst das Profil des Monarchen, denn der Urenkel von Karl V. kniete betend auf einem *prie dieu*, einem Betstuhl, vor einem Holzkreuz an der ansonsten kahlen Steinwand. Er trug keine Kopfbedeckung, sodass die Aufmerksamkeit meines Onkels sofort vom wallenden roten Haar des Monarchen und dessen orangerotem Bart angezogen wurde. Dann registrierte er die markante Nase und das vorspringende Kinn. Er sagte mir, von der Seite betrachtet habe das königliche Gesicht einem Viertelmond geähnelt.

Olivares verharrte mit gebeugtem Kopf in absoluter

Stille, bis der Monarch das Kreuzzeichen machte, aufstand und sich ihnen zuwandte. In diesem Moment bemerkte Carlos, dass der Herrscher ihm altersmäßig deutlich näher war als dem älteren Grafen-Herzog. Der König ignorierte Olivares und wandte sich direkt an Carlos. Er zeigte nicht den Anflug eines Lächelns, sprach von sich selbst in der königlichen ersten Person Plural und wirkte wie eingeschlossen in eine Aura der Schwermut. Carlos ging durch den Kopf, dass der König die dreizehnjährige Tochter von Maria de Medici und König Heinrich IV. von Frankreich geheiratet hatte, und fragte sich, wie diese Ehe wohl aussehen mochte.

»Wir waren sehr bekümmert, als wir vom Tod Eures Vaters hörten.«

»Seine Ergebenheit gegenüber der Krone war so stark«, erwiderte Carlos, »dass wenig für seine Kinder übrig blieb.«

»Wie wir hörten, wolltet Ihr Priester werden.«

»Ja, Eure Majestät.«

»Höchst bewundernswert. Mit dem Tod meines Vaters hat für uns ein neues Zeitalter begonnen, in dem wir auf Euch zählen möchten. Auf Eure Unterstützung in unserem Bemühen, Würde und Etikette der Adelshäuser wiederherzustellen.«

»Ich werde mich diesem Bemühen mit Herz und Seele verschreiben, Eure Majestät.«

»Das erfreut uns sehr, so wie uns auch der Dienst erfreut, den Ihr uns in den Niederlanden leisten werdet.«

»Sehr wohl, Eure Majestät.«

Carlos war verblüfft. Ihm wurde plötzlich klar, dass sein Schicksal als Soldat der Krone längst beschlossen gewesen war, ehe Olivares mit ihm darüber gesprochen hatte. Er war gleichzeitig verärgert, beeindruckt und erleichtert, dem Ruf sogleich gefolgt zu sein. Im nächsten Moment wurde sein Erstaunen noch größer.

»Und wir freuen uns auf die Geburt Eures Erben«, fuhr der König fort. »Damit Euer Haus auch in Zukunft am Ruhm unserer Unternehmungen Anteil hat.«

Carlos fragte sich, was sie noch alles wussten. Die zudringliche Note dieser Audienz schockierte ihn, nicht zuletzt weil er sich an sein Leben im Priesterseminar erinnert fühlte. Während er eine tapfere Miene aufsetzte, beschloss er gleichzeitig, am selben Abend noch die Stadt unsicher zu machen und es sich gut gehen zu lassen, und sei es nur, um sich zu beweisen, dass die Entscheidung bei ihm lag.

Der König verließ den Raum ohne ein weiteres Wort oder ein noch so knappes Lächeln. Olivares führte Carlos schweigend auf demselben Weg zurück, bis sie schließlich die riesige Eingangshalle erreichten, die voller eilig hin und her eilender Menschen war.

»Ist er immer so?«, fragte mein Onkel.

»Er nimmt seine Berufung äußerst ernst«, erwiderte Olivares.

Carlos erzählte mir später, dass allgemein bekannt war, dass Philipp IV. von Olivares selbst angeleitet und beraten wurde. Die Szene, die mein Onkel gerade miterlebt hatte, war im Voraus festgelegt und dann wie ein Theaterstück aufgeführt worden.

Während der Belagerung von Breda verstand er sich gut mit Ambrosio Spinola. Er sah viele Menschen sterben, erlebte große Zerstörung und verliebte sich zum ersten Mal in seinem Leben. Das Objekt seiner Leidenschaft war ein junger Adliger namens Hermenegildo Van der Weyden. Er war blond wie mein Onkel, deutscher Abstammung und kam aus Granada. Angesichts all des Leides, das dieser feine Herr mir später bereitete, entschuldigte sich mein Onkel noch einmal für diese Beziehung, fügte aber hinzu: »Du magst deutlich jünger sein als ich, hast wahrscheinlich aber schon selbst die Erfahrung gemacht, dass wir in Herzensdingen keine Kontrolle über uns haben.«

Nach dem erfolgreichen Abschluss der Belagerung kehrte Carlos nach Spanien zurück, mit Orden geschmückt und begleitet von Hermenegildo. Acht Monate waren vergangen, seit er Caitríona das letzte Mal gesehen hatte. Sie nahm sofort die äußerlichen Veränderungen an ihm wahr. Seine Statur war kräftiger und sein Gesicht ansehnlicher und ernsthafter als zuvor. Sein Gang, seine Haltung und seine Mimik erinnerten nun ironischerweise ausgerechnet an seinen verstorbenen Vater. Sie zögerte nicht, diese Beobachtung laut auszusprechen, und zu ihrer Erleichterung wirkte er amüsiert und sogar ein wenig stolz.

»Der Krieg verändert einen Mann«, erwiderte er, obwohl er kein einziges Mal sein Schwert zum Kampf hatte ziehen müssen. Dann fügte er hinzu: »Und die Leidenschaft auch.«

»Die Leidenschaft?«, fragte sie mit hochgezogener Augenbraue. »Ein Er oder eine Sie?«

»Ersteres, meine Liebe, kein Grund zur Sorge.«

»Dann hat sich ja nicht alles verändert.«

»Nein.«

»Da bin ich froh«, sagte sie.

»Aber wir müssen einen Erben zeugen, Caitríona«, sagte er. »Der König hat es praktisch befohlen.«

»Ein sonderbarer Befehl für einen König«, erwiderte sie. »Vor allem angesichts der Tatsache, dass du in meinem Sohn bereits einen Erben hast.«

»Darüber habe ich gründlich nachgedacht, und ich kann dir zusichern, notfalls schriftlich, dass Patricks Glück und Zukunft in keiner Weise beeinträchtigt werden. Aber wenn du mir noch einen Jungen hervorbringen könntest, wäre das zu unser aller Vorteil.«

»Die schriftliche Zusicherung nehme ich gern«, sagte sie nur.

Erst später in ihrem Leben, als Caitríona ausreichend Abstand zu jener Zeit hatte, gestand sie mir, dass mein Vater bis dahin der einzige Mann war, mit dem sie zusammen gewesen sei. Und dass sie sich von Zeit zu Zeit fragte, ob das Vergnügen, an das sie sich erinnerte, im Geschlechtsakt selbst lag oder vom jeweiligen Partner abhing. Als der vereinbarte Abend nahte, trank sie viele Becher Wein, entschlossen, die Angelegenheit hinter sich zu bringen. Carlos hatte sie gebeten, ihn in Kerzenlicht gebadet auf dem Bauch in ihrem Bett zu erwarten und das Nachthemd bis kurz über die Hüften anzuheben. Dann erst traten Carlos und Hermenegildo hinzu, die sich so lange umarmten, bis Carlos bereit war, sie zu besteigen. Außer einem leichten Schmerz spürte sie nichts. Neun Monate später brachte sie ein kleines Mädchen zur Welt.

TEIL VIER

KAPITEL 28

Der Pazifik türmte sich hoch auf und fiel wieder ab. Kalte Winde wehten. Das Essen war scheußlich. Das Schiff war klein und primitiv, die Seeleute wortkarg. Tagelang war mir schlecht. Vater hielt meine Hand und gab sein Bestes, um mich abzulenken. Ich weinte verzweifelt, wollte nach Hause und verhielt mich ihm gegenüber boshaft, da ich ihn für unser Exil und Unglück verantwortlich machte.

Dann beruhigte sich das Meer, und mein Appetit kehrte zurück. Ich bestaunte die Walschulen und die riesigen Thunfischschwärme auf beiden Seiten des Schiffes. Nachts erschienen mir die Sterne deutlicher und näher als jemals zuvor. Die Seeleute sangen klagende Melodien und machten mich mit verschiedenen Knoten und dem Ausnehmen von Fischen vertraut. Irgendwann kam Land in Sicht, eine Kette geheimnisvoller Inseln, die von ganzen Herden von Seehunden umkreist wurden. Dann wieder war nichts als Ozean zu sehen, und die Temperaturen wurden milder. Und endlich tauchte eines Tages aus dem morgendlichen Nebel eine gewaltige Küste auf. Wir segelten an ihr entlang. Als wir schließlich den riesigen natürlichen Hafen erreichten, an dem die Kolonie der Ezochi lag, fühlte ich mich auf dem Meer bereits heimischer als an Land.

Vater ging in seinem Samurai-Gewand von Bord, und ich folgte ihm in einem mit fliegenden Kranichen verzierten blauen Seidenkimono. Wir wurden mit weit aufgerissenen Augen und offenen Mündern angestarrt. Es ließ sich schwer ausmachen, ob man uns als Götter oder Dummköpfe betrachtete. Die Costanoaneingeborenen lebten in einfachen Hütten und waren knapp bekleidet. Die Männer tanzten regelmäßig und sangen in Erdlöchern, die sie mit Ästen bedeckten, zu ihren Geistern. Die Bewohner der Ezochikolonie dagegen kleideten sich wie japanische Bauern. Sie hatten sich etwas anspruchsvollere Behausungen gebaut. Vier der Männer, die dort lebten, hatten Kinder mit eingeborenen Frauen.

Die Seeleute aus Hokkaido, die uns hergebracht hatten, blieben eine Woche lang. Nur einige wenige ließen sich in der Siedlung nieder. Ich würde lügen, wenn ich die Verzweiflung unterschlage, die ich beim Anblick des davonsegelnden Schiffes empfand. Es kehrte in das Land zurück, das meine Heimat war, ein Land voller Annehmlichkeiten, Ordnung und Zivilisation, in dem ich aufgewachsen und wie eine Prinzessin behandelt worden war. An dem primitiven Ort, an dem wir uns jetzt befanden, einem Ort, dessen bloße Existenz ich kaum fassen konnte, wirkte Vater plötzlich jünger – befreit, lebendig und neugierig, während ich mich verlassen fühlte und ringsum nur Schmutz wahrnahm.

Die Atmosphäre in der Kolonie war derart von Nachlässigkeit und Dreck geprägt, dass ich froh war, als Vater mir mitteilte, es sei Zeit zur Weiterreise. Wir ließen uns von den Ezochi eine Route erklären, verständigten uns mit den Eingeborenen mittels Zeichensprache und in den Staub gemalten Karten und brachen eines Morgens in aller Frühe auf. Zwei Wochen lang durchwanderten wir ein warmes, fruchtbares Tal Richtung Süden, das uns ins Landesinnere führte. Hin und wieder kamen wir an Eingeborenensiedlungen vorbei, wo man uns zu essen gab und uns freundlich behandelte. Die meiste Zeit allerdings gingen wir durch die Wildnis.

Wir trugen unsere Schwerter bei uns. Vater hatte sich außerdem den Bogen und einen Köcher mit Pfeilen über die Schulter gehängt. An der anderen baumelte ein Sack mit unseren Erinnerungsstücken und feinerer Kleidung. Während der ganzen Reise quer durchs Land trugen wir meist einfache Hosen und Tuniken. Als unsere Sandalen sich langsam auflösten, tauschten wir zwei Pfeile gegen Stiefel aus Hirschleder, wie sie die Eingeborenen trugen. In der Wildnis brieten wir über dem Lagerfeuer Fische und Hasen. Einmal versuchten wir, eine Schlange zu kochen, die Vater enthauptet hatte, doch davon wurde uns furchtbar schlecht. Des Anstands wegen badeten wir abwechselnd in Flüssen und Bächen. Als Vater bemerkte, wie einige der eingeborenen Männer mich anschauten, schnitt er mir die Haare ab, damit ich wie ein Junge aussah. Zuerst weinte ich, doch nach einer Weile gefiel es mir sogar.

Ich vergaß meinen Kummer. Was mich tagsüber beschäftigte, waren die Schönheit der Landschaft und die Herausforderungen, denen wir uns täglich stellen mussten, um gesund und am Leben zu bleiben. Abends unterhielten wir uns am Feuer. Er erzählte mir Geschichten von meiner Mutter und meiner Großtante in Sevilla. Ich sprach nur von dem, was ich kannte, von dem, was wir in Japan zurückgelassen hatten. An einem dieser Abende erzählte er mir, dass ich irgendwo in Europa möglicherweise einen Bruder oder eine Schwester hätte. Von nun an malten wir uns häufig aus, was mit Caitríona geschehen sein mochte, obwohl ich mich kaum noch an sie erinnern konnte. Manchmal hörte ich nachts, wie er sich selbst befriedigte, und manchmal, wenn ich wusste, dass er schlief, tat ich dasselbe.

An einem Lagerplatz am Ufer eines schmalen Flusses, wo es einen sandigen Strand, einen Wasserfall, Schatten spendende Bäume und flache Steine gab, auf denen wir schlafen konnten, wurde ich von einem großen roten Insekt gestochen. Die Schmerzen waren schrecklich, mein Bein schwoll an, und ich bekam Fieber. Vater war verzweifelt, auch wenn er sich mühte, es nicht zu zeigen. Eine Eingeborenenfamilie kam vorbei und gab mir ein Stück Baumrinde, auf dem ich kauen sollte. Binnen weniger Tage ging es mir wieder gut. Vater erzählte mir, der Platz erinnere ihn an den Ort auf der griechischen Insel, wo wir beide und Caitríona nach dem Schiffbruch einen Sommer lang gelebt hatten. Meine wenigen, kurz aufblitzenden Erinnerungen an diesen Ort bestanden aus Bildern von Meer und Licht und dem Anblick ihrer beieinanderliegenden Körper. Ich merkte, dass die Erinnerung ihn melancholisch werden ließ, und machte mir zum ersten Mal klar, wie flüchtig seine Liebesbeziehungen gewesen waren. Mit meiner Mutter hatte er bis zu ihrem Tod nur ein Jahr verbracht, mit Caitríona noch weniger Zeit. Und auch wenn er sieben Jahre lang mit Yokiko zusammengelebt hatte, war dies doch keine auf Leidenschaft basierende Verbindung gewesen.

KAPITEL 29

Wir durchquerten eine Wüste und lernten, uns von Kaktusfrüchten zu ernähren. Wir folgten dem Fluss in nördlicher Richtung und waren froh, Wasser in der Nähe zu haben. An manchen Stellen hatten sich Becken mit klarem Wasser gebildet, in denen wir badeten und schwammen. Einmal kamen wir durch eine derart riesige, tiefe und fremdartig wirkende Schlucht, dass wir fürchteten, uns dem Eingang der Hölle zu nähern. Nach drei Tagen wurde der Fluss schmaler und mündete in einen See, an dessen Ufer wir die Überreste einer Siedlung entdeckten. Hölzerne Kreuze mit gebeizten Namen steckten im Boden. Es waren ausschließlich spanische Namen. Auf dem größten Kreuz stand »Fernando de Alarcón«.

»Heißt das, wir sind schon in der Nähe von Spanien?«, fragte ich.

»Nein«, sagte Vater und lächelte über meine Unwissenheit. »Es bedeutet, dass die Spanier weit gereist sind.«

Drei breite Ruderboote, die man ans Ufer gezogen hatte, waren dem Zahn der Zeit zum Opfer gefallen. Die Rümpfe waren alt und rissig, die Ruder abgesplittert oder zerbrochen. Ich ging in einen Wald, um zusätzliches Kleinholz für das abendliche Feuer zu holen, und entdeckte eine kleine Herde Pferde. Vater vermutete, dass sie von Tieren abstammten, die die Spanier mit hierhergebracht hatten. Er suchte drei von ihnen aus und brachte mehrere Tage damit zu, sie zu zähmen. Wir benutzten alte Decken, die wir in der Siedlung fanden, als Sättel für zwei Stuten. Die dritte ließen wir unser Gepäck tragen. Dann setzten wir unseren Weg Richtung Osten fort.

Wir waren aus Japan geflohen, weil Vater mir ein besseres Leben ermöglichen wollte. Außerdem glaube ich, dass er Sehnsucht nach dem Land hatte, in dem er erwachsen geworden war, in dem er sich in eine Frau verliebt hatte, die ihm ebenso fremdartig und exotisch erschienen war wie umgekehrt, und in dem er eine Unabhängigkeit erreicht hatte, die in Sendai niemals möglich gewesen wäre. Das alles konnte ich nachvollziehen. Aber was war mit diesen Männern, den Spaniern, die so weit gereist waren, nur um sich dann am Ufer dieses völlig entlegenen Sees wiederzufinden? Was hatte sie angetrieben? Vermutlich stehen am Beginn der Geschichte aller besiedelten Länder solche Männer, aber was treibt sie so weit fort von ihrer Heimat? Armut? Das Versprechen von Ruhm und Reichtum? Eine Art innere Leere, eine als männlich erachtete Ablehnung häuslicher Behaglichkeit, hinter der in Wahrheit etwas ganz anderes steckt? Kein anderes Lebewesen, das ich kannte – auch wenn das letztlich nur wenige waren –, pflegte derartige Reisen auf sich zu nehmen. Andererseits jedoch fragte ich mich auf unserem Ritt durch dieses jungfräuliche Land voll wilder Ebenen, Berge und rotbraunem Hochland, was »zu Hause« wirklich bedeutete.

Eine Woche später ritten wir in eine große Siedlung, in der wir eine Überraschung erlebten. Die Eingeborenen, die dem Stamm der Zuñi angehörten, standen unter der Herrschaft spanischer Soldaten und Priester. Die Siedlung hatte sogar einen spanischen Statthalter. Vater erzählte dem Mann, der sich Francisco de la Mora y Ceballos nannte, unsere Geschichte. Der Statthalter war erstaunt, schien sich aber vor allem für die Lage der Bucht mit der Ezochikolonie und für die Route zu interessieren, auf der wir diese Bucht von Japan aus erreicht hatten. Jahrelang hatten die Spanier nach den mythischen »Städten von Cibola« gesucht, in denen sie unermessliche Goldschätze vermuteten, die sie plündern wollten. Den Priestern dagegen ging es ausschließlich um die Bekehrung der Eingeborenen, seien es die Eingeborenen in diesem für uns unbekannten Land oder die in Japan.

Wegen des Versprechens, das er dem Ezochiältesten gegeben hatte, log Vater, was die Lage der Kolonie betraf. Die Priester der Siedlung ließ er wissen, wir seien beide getauft, er in Mexiko und ich in Spanien. Er sagte mir, ich solle so tun, als sei ich eine gute Christin, damit sie uns in Ruhe ließen. Da ich nicht wusste, was das bedeutete, wies er mich in die Grundzüge ein.

Die Siedlung hatte vor dem Eintreffen der Spanier bereits viele Jahrhunderte existiert, in denen die Zuñi ihr den einfachen Namen *Ogapoge* gegeben hatten. Die Invasoren »tauften« sie dann auf den absurden Namen *La Villa Real de la Santa Fe de San Francisco de Asís* – Die Königliche Stadt des Heiligen Glaubens des Heiligen Franz von Assisi.

Wir blieben dort länger, als wir hätten bleiben sollen.

Vater versuchte, vom Statthalter einen Passbrief zu bekommen, mit dem wir Mexiko Richtung Süden durchqueren konnten, in der Hoffnung, in Veracruz an Bord eines Schiffes Richtung Spanien gehen zu können. Beinahe eine Woche verging, bis der Kommandeur der Garnison den Statthalter wissen ließ, er fühle sich nicht wohl bei dem Gedanken, dass Vater sein ungewöhnliches Schwert den ganzen Tag so offen mit sich herumtrage. Vor allem, da er ein Ausländer sei, der mehr nach einem Zuñi als nach einem Christen aussehe. Der Kommandeur wollte das Schwert konfiszieren, und der Statthalter stimmte ihm zu. Vater weigerte sich. Trotz seines inzwischen alten und ausgetrockneten Briefes von König Philipp III. schlug der Statthalter sich auf die Seite seiner Soldaten. Vater wurde ergriffen und in ein primitives Gefängnis zu mehreren Eingeborenen gesteckt, Angehörigen des Zuñistammes, die gegen die Steuern protestierten, die der Statthalter seit Kurzem von der Bevölkerung verlangte. Da man mich nicht als Bedrohung betrachtete, ließ man mich in Ruhe.

Verstört, argwöhnisch und allein verließ ich die Siedlung und zog mich in die Hügel zurück. Die Landschaft hier war überwiegend trocken und staubig, mit eindrucksvollen Schluchten und Felsformationen. Allerdings gab es auch Bäche und einen Fluss, an dem Gras und Bäume gediehen. Dort schlug ich mein Lager auf, fischte und jagte. Hin und wieder kamen Zuñifrauen, um ihre Wäsche im Fluss zu waschen. Ich versuchte so gut wie möglich, wenigstens Bruchstücke ihrer Sprache zu lernen. Oft badete ich am frühen Abend, wenn niemand in der Nähe war. Bei einer dieser Gelegenheiten spionierte ein Zuñi mir nach und entdeckte, dass ich ein Mädchen war. Er kam ans Ufer hinunter und näherte sich mir durchs flache Wasser. Er war ein gut aussehender junger Mann namens Lonan, und er rief nach mir. In jeder Sprache, die ich beherrschte, sagte ich ihm, er solle fortgehen. Doch er lachte nur und kam immer näher. Er versuchte, sich mir gewaltsam aufzudrängen. Da ich nackt und ohne Waffe war, setzte ich Atemi gegen ihn ein und überwältigte ihn. Vom Lärm aufgeschreckt, näherten sich weitere Krieger und Zuñifrauen, die Zeugen des Vorfalls wurden und viel Aufhebens darum machten. Lonan war wütend und fühlte sich erniedrigt. Jedes Mal, wenn ich ihn aufstehen ließ, versuchte er sofort, mich zu überwältigen. Und jedes Mal behielt ich die Oberhand. Endlich gab er auf, unfähig, sich noch einmal zu erheben. Ich zog mich an und trat dann wieder zu ihm. Inzwischen waren die anderen näher gekommen. Ich half ihm auf. Alle betrachteten mich auf ganz neue Art und Weise.

Mit Zeichensprache und dem wenigen, das ich von ihrer Sprache beherrschte, bat ich sie, mir zu helfen, Vater aus dem Gefängnis zu befreien. Wenige Tage später, am Nachmittag, ehe wir uns in die Stadt schleichen wollten, kam Lonan zu mir und reichte mir ein Armband aus Leder und Glasperlen. Es war eine Geste des Respekts, die für ihn sprach. Unsicher, ob wir den Überfall auf das Gefängnis überleben würden, entschloss ich mich, mit ihm auf seinem Pferd zum Fluss zu reiten, wo ich mich ihm hingab. Unsere Begegnung war kurz und rau und tat vor allem weh, doch ich war froh, es getan zu haben.

Kurz vor Einbruch der Dämmerung huschten wir in

die Siedlung. Ich hielt dem Wächter mein Schwert an den Hals und sagte, er solle Vater und die anderen freilassen. Als er versuchte, mich zu packen, stieß ich ihm die Klinge ins Herz, genau zwischen seinen Rippen hindurch, so wie ich es gelernt hatte. Ich sah, wie er starb. Die anderen folgten mir, und wir befreiten Vater und die Zuñi. Vater holte sich seine Waffen zurück. Dann tauchten plötzlich weitere Soldaten auf, denen wir uns stellen mussten. Rücken an Rücken töteten Vater und ich sechs von ihnen, ehe uns die Flucht gelang. Lonan wurde von einem spanischen Schwert durchbohrt und starb auf der Stelle. Ich tötete den Mann, der ihn erwischt hatte, und schlug ihm den Kopf ab. Die Spanier im Gefängnis waren die ersten Männer, die ich im Kampf getötet hatte. Die Eingeborenen, die wir befreiten, staunten darüber, wie wir ihre Unterdrücker dezimierten. Schließlich flohen wir auf Pferden der Zuñi und galoppierten weit ins Land hinein. Erst als wir in Sicherheit waren, begann ich, zu zittern. Vater tröstete mich und erklärte, er sei stolz auf mein Geschick und meinen Mut. Die Zuñi stimmten ihm zu, brachten uns zu einer großen Höhle und sangen mir etwas vor. Die Zuñi glauben, dass ihre Geister unter einem heiligen See in einem Gebiet wohnen, das sie *ko'luwala* nennen. Ich betete dafür, dass Lonan dort war und mich nicht vergessen würde.

KAPITEL 30

Da uns der Weg nach Spanien über Mexiko nun verschlossen war, machten wir uns auf eine Reise, die länger dauerte, als Vater es sich je hätte vorstellen können. Das Land, in dem wir von Japan aus gelandet waren, war riesengroß. Die Karte der Ezochi zeigte nur seine westliche Küste präzise. Der Kontinent war gewaltig und führte uns durch die Gebiete immer neuer Stämme. Die meisten begegneten uns freundlich, einzelne auch nicht. Wir durchquerten endlose Prärien, die sich teilweise über mehrere Tagesreisen erstreckten, dann brauchten wir Wochen für eine Tiefebene, die uns an einen mächtigen Fluss führte. Vater entschloss sich, den Fluss zu überqueren, anstatt ihm nach Süden zu folgen. Er fürchtete, dort könnten wir zu nahe an spanische Siedlungen herankommen.

Der Herbst begann, und als wir den Anstieg ins Hochland begannen, kam der Schnee. Den Winter über mühten wir uns durch die Berge voran. Fast wären wir ums Leben gekommen. Wir hüllten uns in die Pelze von Tieren und durchbrachen das Eis auf Weihern und Seen, um Fische zu fangen. Die Pferde magerten immer mehr ab. Ich dachte an Lonan, meinen Zuñisamurai, und fragte mich, wie mein Leben ausgesehen hätte, wenn ich bei ihm geblieben wäre. Ich träumte von ihm, betrauerte ihn und sprach darüber mit Vater kein einziges Wort.

Der Frühling bescherte uns Regen und Schlamm. Während der ganzen Zeit schnitt Vater mir immer wieder die Haare und rasierte sich. Wir badeten weiterhin und hielten unsere arg mitgenommenen Kleider sauber. Wir sorgten dafür, dass unsere Schwerter scharf und unsere Aufmerksamkeit wach blieben. Als wir in eine Küstenebene hinabstiegen, begegneten uns mehr und mehr Siedler aus Nordeuropa, die alle über unsere Geschichte staunten und von denen niemand je so weit westlich gewesen war wie wir.

Sie erzählten uns von einem großen Hafen im Norden, in dem immer wieder Schiffe von jenseits des Atlantiks einliefen. Als wir die schmale Insel New Amsterdam endlich erblickten, sahen wir aus wie Angehörige eines Eingeborenenstammes. Schließlich trugen wir auch deren Art von Kleidung – Felle und Mokassins und Umhänge aus Pelz. Das Einzige, was uns noch aus Japan geblieben war, waren unsere Waffen und der Sack, in dem sich meine Kimonos und Vaters Kleidung befanden – zusammengefaltet und beinahe vergessen.

KAPITEL 31

Wir ließen unsere Pferde auf einer Weide auf dem Festland frei. Ich weinte zum Abschied und betete darum, dass sie den Rest ihres Lebens in Frieden genießen durften. Dann setzten wir mit einem Kanu auf die Inselkolonie über. Die Holländer hatten diese Insel vor wenigen Jahren den Eingeborenen abgekauft. Ihre Siedlung war auf die Südspitze beschränkt, wo sie ein Fort errichtet hatten. Die meisten der rund dreihundert Einwohner stammten aus Antwerpen und Rotterdam. Als die Menschen, mit denen wir sprachen, bemerkten, dass wir trotz unseres Aussehens weder Eingeborene noch Pelzhändler waren, schickte man uns zu einem Gebäude, in dem die Niederländische Westindien-Kompanie untergebracht war. Von der Veranda des Hauses sah ich ein großes, imposantes Schiff, das in der Bucht vor Anker lag.

Obwohl es noch früh am Morgen war, schien der Verantwortliche, ein kleiner, rundlicher, schwarz gekleideter Mann namens Wouter van Twiller, schon betrunken zu sein. Je stärker Vater sein Interesse bekundete, eine Überfahrt auf dem schönen Schiff zu buchen, das bald nach Europa aufbrechen sollte, desto hartnäckiger bestand der Mann darauf, dass wir hierbleiben und uns niederlassen sollten. Da traf ein christlicher Prediger namens Everardus Bogardus ein und unterbrach das Gespräch. Er betrachtete uns argwöhnisch. Ich hörte das Wort »heidnisch«. Auch dieser Mann wirkte betrunken. Als Vater und ich schon verzweifeln wollten, geschah ein Wunder, das all unsere Mühsal und die Tausende von zurückgelegten Kilometern wert war.

Ein großer, gut aussehender – und stocknüchterner – Mann betrat den Raum. Er hatte breite Schultern, eine gebrochene Nase und trug die saubere marineblaue Uniform eines Schiffskapitäns. Er und Vater starrten sich an. Zum Erstaunen und Missvergnügen der beiden anderen Herren trat der Kapitän auf uns zu, legte die Arme um Vaters Schultern und sagte laut: »Ich kann es nicht glauben! Was in Teufels Namen hat Euch an diesen gottverlassenen Ort verschlagen?«

»Kapitän«, brachte Vater nur heraus.

»Du meine Güte! Wie ist das möglich?«

»Ihr kennt Euch?«, stellte van Twiller das Offensichtliche fest.

»Ob wir uns kennen?«, fragte der Kapitän. »Wir waren Reisegefährten im Indischen Ozean, Reisegefährten in Japan. Dieser Mann, Gentlemen, ist ein Samurai und ein Prinz aus einem alten Adelsgeschlecht.«

Auch wenn Vater an jenem Tag einen alles andere als vornehmen Eindruck machte, musterten ihn die beiden noch einmal. Zu jener Zeit hatte er bereits Falten im Gesicht und erste graue Haare. Er war schlanker denn je und von Kopf bis Fuß wie einer der Indianer gekleidet, die von den niederländischen Siedlern so misstrauisch beäugt wurden.

»Und wer seid Ihr, junger Mann?«, wandte der Kapitän sich nun an mich.

»Ihr hattet bereits das Vergnügen«, sagte Vater. »Der junge Mann ist in Wahrheit eine junge Dame.«

»Nein. Ist das möglich?«

»Und ob.«

Ich verbeugte mich vor ihm, wie eine anständige junge Frau in Sendai es tut.

Nach vielen Diskussionen und Unstimmigkeiten zwischen den drei Landsleuten schob Kurt Vanderhooven – »der Niederländer« – uns aus dem Gebäude und begleitete uns in einem Ruderboot direkt zu seinem Schiff.

»Wir brechen erst in vier Tagen auf, aber an Bord habt Ihr es sicherer und bequemer. Mit Einbruch der Dunkelheit herrscht auf der Insel oft ziemlicher Krawall.«

Wir wurden den Offizieren vorgestellt und in unsere Quartiere geführt, eine hübsche Kabine für Vater und eine fast so hübsche für mich. Dann gingen wir hinauf an Deck, um dem Kapitän Gesellschaft zu leisten, denn Vater brannte darauf, sich mit ihm zu unterhalten.

»Ich fürchte, ich stehe in Eurer Schuld, Kapitän«, sagte Vater. »Das Gold, das Ihr mir gegeben habt und das uns den Weg nach Sendai ermöglicht hat, werde ich Euch bei unserer Ankunft in Spanien in voller Höhe erstatten.«

»Ihr? In meiner Schuld?«, fragte der Kapitän und wirkte aufrichtig verwirrt. Vater verneigte sich.

»In Wirklichkeit stehe ich in *Eurer* Schuld, Shiro-san. Mehr als Ihr Euch vorstellen könnt. Dieses Schiff hier gehört mir, und auch fünf andere seiner Art. Ich besitze Häuser in Amsterdam und Paris. Dass wir uns überhaupt hier begegnen, verdanke ich Euch. Dank Euch konnte ich den Dienst im Orient quittieren und zu einem großen Anteilseigner werden, der selbst über seine Routen und Geschäfte bestimmt.«

Vater war überrascht.

»Der Shogun?«, fragte er.

»Der Shogun, da habt Ihr verdammt recht. Worum auch immer Ihr ihn gebeten oder was Ihr zu ihm gesagt habt – für mich hat es sich hundertfach ausgezahlt. Keinen Monat nachdem Ihr Hirado verlassen habt und ich die Hoffnung bereits aufgeben wollte, trafen Boten aus Edo ein und boten mir exklusive Handelsverträge an, die mich in der Tat zu einem sehr reichen Mann gemacht haben. Also stehe ich in Eurer Schuld. Ich habe mir geschworen, Euch für den Fall, dass wir uns jemals wiedersehen, meiner tiefsten Dankbarkeit zu versichern. Und plötzlich steht Ihr am anderen Ende der Welt vor mir, geradewegs aus dem Wald gekommen wie ein Wilder.«

Auch wenn ich es niemals aussprach, ging mir sofort ein Gedanke durch den Kopf. Falls Vaters Einfluss auf den Shogun tatsächlich so groß gewesen war, dass dieser riesenhafte Mann dadurch reich geworden war, dann hätten sich auch die Probleme mit Date Tadamune lösen lassen, wenn er sich an den Shogun gewandt hätte. Vielleicht wäre Yokiko noch am Leben. Meine Großmutter hätte ihr das Gift nicht verabreicht und sich nicht ins Kloster zurückgezogen. Ich hätte Japan niemals verlassen müssen. Vaters Sturheit, seine Diskretion und seine Weigerung, den guten Ruf von Date Masamune zu beschädigen, hatten mich aus allem herausgerissen, was ich gekannt hatte. Sie hatten mich über Ozeane und durch ein riesiges, wildes Land geführt, sodass es ein Wunder war, dass ich die Reise überlebt hatte.

Auf der anderen Seite hatte ich, ein Mädchen von sechzehn Jahren, schon mehr Orte gesehen als die meisten anderen Menschen, selbst wenn sie drei Leben zur Verfügung hätten. Ich hatte wie ein Samurai zu kämpfen gelernt. Ich hatte Männer getötet, Pferde geritten, Hirsche gehäutet, die verschiedensten Eingeborenen kennengelernt. Ich war in Seen, Flüssen und zwei Ozeanen geschwommen und mit einem Mann zusammen gewesen. Ich beherrschte vier Sprachen. Ich war die Tochter meines Vaters.

KAPITEL 32

Von dem Tag an, an dem wir an Bord dieses blank geschrubbten und polierten Schiffes kamen, legten wir unsere Felle beiseite. Nach langer Zeit zog ich erstmals meinen Kimono an und schaute dabei hinüber auf die Insel *Manna-hata* mit ihren unberührten Wäldern nördlich der Siedlung mit den betrunkenen Niederländern. Ich umwickelte den Kimono mit meinem Obi, so wie ich es von Mizuki und Yokiko gelernt hatte. Ich entschloss mich, meine Haare wieder wachsen zu lassen. Und ich gewöhnte mich wieder daran, auf einer Matratze mit richtigen Laken zu schlafen. Die meisten dieser Veränderungen waren eine willkommene Erleichterung, aber über manches ärgerte ich mich auch. Obwohl »ärgern« wahrscheinlich ein zu starker Begriff ist. Jedenfalls hatte die Erfahrung der Durchquerung eines ganzen Kontinents mich verändert. Ich war selbstbewusst geworden und hatte mir Gewohnheiten zugelegt, die mich mein Leben lang prägen würden. Ich bevorzugte seitdem möglichst einfache Kleidung und brachte nur noch wenig Geduld für formelle Umgangsformen auf.

Auch wenn sie größer und fortschrittlicher war, erinnerte mich die niederländische Siedlung New Amsterdam, die wir in Kürze verlassen sollten, in mancher Hinsicht an die Ezochikolonie in jener Bucht am weit entfernten Pazifik. Dort waren wir aus Japan eingetroffen. Von hier aus würden wir nach Europa weitersegeln. Keine der beiden Siedlungen erweckte in mir den Eindruck, dass sie für längere Zeit überdauern würde. Zu unsicher waren sie an den Rand eines weiten, dünn besiedelten Kontinents voll mit diversen Eingeborenenstämmen und wilden Tieren gebaut. Japan, China und Indien besaßen tief eingewurzelte, kultivierte Zivilisationen. Auch Spanien und Italien, England und Holland konnten Fortschrittlichkeit, ausgeprägte Umgangsformen und Wissen für sich verbuchen. Dagegen glaubte ich, dass der unzivilisierte Kontinent, den wir durchquert hatten, immer so bleiben würde: primitiv, uneinnehmbar, widerspenstig, ein Geschenk der Natur, die so viel wertvoller war als das trügerische Gold, das so viele Barbaren hierhergelockt hatte.

Die Reise über den Atlantik nach Rotterdam verlief ruhig. Unsere Mahlzeiten wurden von einem Koch zubereitet und an einem Tisch serviert. Aus Kristallkaraffen wurden französische Weine ausgeschenkt. Kurt zeigte mir, wie man Messer, Gabel und Löffel richtig handhabte. Vater sah meinen Versuchen amüsiert zu, zeigte aber keinerlei Interesse, es selbst zu lernen. Eines Tages, während eines Spaziergangs an Deck, erinnerte Kurt sich an das erste Mal, dass er mich gesehen hatte.

»Wie klein deine Hände damals waren«, sagte er.

Er nahm eine meiner Hände in seine, die groß und knochig waren. Seine Geste traf mich unerwartet.

»Wir Ihr seht, sind sie immer noch klein«, sagte ich. Teils, weil es stimmte, und teils, weil ich spürte, dass er sie so sehen wollte. Schließlich hatte er keine Ahnung von dem, was diese Hände in den letzten beiden Jahren alles getan hatten.

»Ich werde den schrecklichen Anblick beim Betreten der HMS Adamant niemals vergessen. Überall auf dem Vorderdeck abgeschlachtete Menschen, und du lagst am Ruder schlafend in den Armen deines Vaters, auf deinem kleinen Kimono überall Blut. Und jetzt gehst du als erwachsene Frau hier neben mir her, am anderen Ende der Welt.«

Wir wohnten in seinem Haus in Amsterdam. Er lebte dort, wann immer er konnte, mit seiner Frau und seinen drei Söhnen. Das vierstöckige Gebäude war aus Ziegeln erbaut und lag an einem Kanal. Das Innere des Hauses, das eng und sehr sauber war, trumpfte mit asiatischen Leinwänden und Bildteppichen auf, mit dicken Seidenvorhängen und italienischen Teppichen. Seine Frau, die ein wenig stämmig war und rote Wangen hatte, wirkte zurückhaltend und war ungefähr in seinem Alter. Auch die Jungen waren zurückhaltend, dazu blond wie ihr Vater. Sie alle waren freundlich zu mir. Seine Frau schenkte mir in Paris gefertigte Kleider, Nachthemden und verschiedene Arten von Unterwäsche, an die ich nicht gewöhnt war, außerdem Strümpfe und Schuhe. Ich war dankbar und trug alles eine Zeit lang, um ihr eine Freude zu machen, zog aber immer noch meine japanischen Gewänder und Sandalen vor. Ich hatte es nicht eilig, mich mit meiner europäischen Seite anzufreunden, von der Vater immer wieder sprach, die ich aber nicht im Geringsten in mir spürte. Es war offensichtlich, dass Kurt für mich schwärmte. Auf der Reise über den Nordatlantik hatte er es zu verbergen versucht. Eines Abends in seinem Haus in Amsterdam war ein jüngerer Freund von ihm zum Essen eingeladen, ein Maler namens Jan Asselijn, der mich offensichtlich attraktiv fand. Es fiel unserem Gastgeber schwer, seine Gereiztheit nicht zu zeigen, worüber Vater und Kurts Frau sich später prächtig amüsierten.

Trotz des großen Altersunterschiedes wuchs er mir ans Herz, dieser große, robuste Mann, der mich als kleines Mädchen sicher nach Japan geleitet hatte und mich nun als Frau zurück nach Spanien brachte. Seine Gesellschaft war mir immer angenehm und sehr lehrreich, seine Großzügigkeit aufrichtig und ohne Hintergedanken. Er hatte eine weitere Handelsreise vor sich, diesmal in die Karibik. Zur damaligen Zeit überwog sein Hunger auf gute Geschäfte noch jeglichen Genuss, den er aus sozialen Kontakten zu ziehen vermochte. Ehe er den Atlantik zu den Westindischen Inseln überqueren und dann die Häfen Südamerikas ansteuern würde, wollte er uns nach Spanien bringen. Unser letzter Tag in Amsterdam vor dem Aufbruch nach Rotterdam, wo uns das Schiff erwartete, war mein siebzehnter Geburtstag. Kurt nahm mich beiseite, fort von seiner Familie, und schenkte mir eine Halskette aus Perlen mit einer Diamantschließe.

»Du solltest sie oft tragen«, sagte er und legte sie mir um den Hals. »Je öfter du sie trägst, desto heller werden sie strahlen. Und vielleicht ist es Zeit, dass du dich von den primitiven Armbändern an deinem Handgelenk trennst.«

Die »primitiven Armbänder« waren die drei, die meine Lehrer in Sendai mir geschenkt hatten, und das Lederband mit den Glasperlen, das ich von Lonan bekommen hatte. Ich lehnte seinen Vorschlag ab. Aber das Gefühl von Kurts Fingerspitzen an meinem Hals, als er die Kette einhakte, schenkte mir einen genussvollen Schauer, den ich bei meinem Liebhaber in den Bergen von Santa Fe nicht verspürt hatte. Er fuhr mir durch den ganzen Körper, überraschte mich, schüttelte mich durch, verriet mir etwas.

Kurt mochte jünger als mein Vater sein, war aber doppelt so alt wie ich. Während der Überfahrt von New Amsterdam war es seine Zurückhaltung gewesen, die mich angesprochen hatte. Er war das genaue Gegenteil von Lonan. Er behandelte mich rücksichtsvoll, zartfühlend, ohne dabei weniger männlich zu wirken. Zwischen uns bestand eine magnetische Anziehungskraft. Oft hatte ich das Gefühl, dass er, statt auszudrücken, was er wirklich fühlte, lieber über alles Mögliche andere sprach. Ich wusste es, er wusste es, und es gefiel mir sehr. Er respektierte mich, er respektierte Vater, er respektierte seine Frau und seine Familie. Die Gefühle, die er verbarg, waren für ihn selbst eine Quelle des inneren Aufruhrs.

KAPITEL 33

Die Reise von Rotterdam nach Brest war ungemütlich. Ich wurde so seekrank, wie ich es in den ersten Wochen an Bord des Fischerbootes der Ezochi gewesen war, nach unserem Aufbruch aus Japan. Kurt hielt mich fest, während ich mich an der Reling übergab. Vater, dem die raue See nichts ausmachte, legte mir kühle feuchte Tücher auf die Stirn und sang neben meiner Koje Wiegenlieder aus Sendai. Jenseits von Brest herrschte schönes Wetter, und der Atlantik war ruhig. Tagelang hatten wir nur Sonne und eine kühle Brise. Wenn ich über mein Leben nachdachte, sah ich es als Zustand konstanter Rastlosigkeit. Wir waren inzwischen zwei Jahre unterwegs. Sendai, das meine Identität so grundlegend geprägt hatte, fühlte sich beinahe an wie ein Traum, wie eine halb vergessene Erinnerung nach dem Aufwachen. Die Welt war eine grenzenlose Kugel, auf der wir ständig unterwegs waren wie Beduinen. Da ich noch jung war, empfand ich diese Art zu leben als anregend. Vater dagegen war erschöpft und schwor, nie wieder einen Fuß auf ein Schiff zu setzen, sobald wir unser Ziel erreicht hätten.

Als Kommandant seines Schiffes, weit weg von der Familie und den Zwängen seiner Heimat, wirkte Kurt entspannter. Er verbrachte viel Zeit mit mir. Wer weiß, was geschehen wäre, wenn nicht mein Vater und die Mannschaft ständig um uns gewesen wären? Er war damals Mitte dreißig und hatte freundliche, traurige Augen, breite Schultern und eine gebrochene Nase. Wir tauschten Erinnerungen aus, und er erzählte von seinem Leben in Amsterdam und später auf der hohen See unter dem Kommando des verrückten Kapitäns Jan Pieterszoon Coen. Dieser hatte unter den Bewohnern der Bandainseln mit der Unterstützung japanischer Söldner ein Massaker angerichtet, bei dem Tausende Menschen gefoltert und enthauptet wurden. Durch das, was Kurt dort miterlebt und selbst getan hatte, war er ein anderer Mensch geworden. Es gelang ihm, selbst Kapitän eines Schiffes zu werden, und er machte es sich zum Ziel, die Beziehungen zu den von ihm befehligten Männern, aber auch zu den Inselbewohnern, mit denen sie Handel trieben, zu verbessern. Diese Haltung machte ihn zum Außenseiter und Objekt des Spottes zahlreicher wichtiger Mitglieder der Niederländischen Ostindien-Kompanie. Nur seine natürliche Begabung für den Handel und die Loyalität seiner Mannschaften bewahrten ihn vor dem Ausschluss.

Ich erzählte ihm von Mizuki und Yokiko und Nobuko, von Date Masamune und Date Tadamune. Auch meine Ausbildung schilderte ich ihm. Und ich versuchte mein Bestes, ihm Nordamerika zu beschreiben, wobei ich allerdings das eine oder andere ausließ.

Nach dem Abendessen schlenderten wir häufig über das Deck. Vater begleitete uns. Die Spannung zwischen uns war spürbar und gleichermaßen frustrierend wie erregend.

Kurt zeigte uns verschiedene Sternbilder und brachte sie mit der griechischen Mythologie in Verbindung. Vater und ich erklärten, welche Bedeutungen man dem Himmel in Japan beimaß. Manchmal versuchte Kurt, Japanisch zu sprechen, und Vater tadelte mich, wenn ich darüber lachte. Allein im Bett, wenn ich dem Knarren der Takelage lauschte und die sanften Wogen der See spürte, stellte ich mir vor, dass er mich mitten in der Nacht besuchte. Dann rollte ich die Perlen der Halskette, die er mir geschenkt hatte, zwischen den Fingern und fragte mich, wie unsere Beziehung sich entwickeln würde – wenn überhaupt. Und ich versuchte, mir unser Ziel vorzustellen, das Land meiner Mutter, die ich nie kennengelernt hatte.

An unserem letzten Abend, irgendwo zwischen Lissabon und der spanischen Küste, tat Vater zum Abschluss unseres Bordspaziergangs etwas Ungewöhnliches. Er verabschiedete sich und ließ Kurt und mich allein an Deck zurück, abgesehen vom Steuermann und von ein oder zwei Seeleuten. Wir fanden eine Stelle, an der uns niemand sehen konnte. Ich umarmte ihn heftig, womit er nicht gerechnet hatte, und vergrub mein Gesicht an seiner Brust. Ich atmete seinen Geruch ein, in dem ich Wein, Tabak und das Salz des Meeres wahrnahm, das im Gewebe seines feuchten Mantels steckte. Ich spürte seine kraftvolle Umarmung, so anders als die meines Vaters, und fühlte seine Finger durch den dünnen Stoff meines Kimonos.

»Wie schlank du bist«, flüsterte er.

Ich schaute zu ihm hoch und konnte im Dunkeln kaum seine Augen erkennen.

Und dann küsste er mich.

Mein erster Kuss.

Lonan hatte mich nicht geküsst. Welch eine intime Erfahrung.

»Bedeute ich dir etwas, Masako?«, fragte er.

»Ja«, antwortete ich.

»Ich schäme mich«, sagte er. »Ich schäme mich, weil ich in dich verliebt bin.«

»Warum schämst du dich?«, fragte ich.

»Ich schäme mich und bin unglücklich. Ich bin so viel älter als du. Ich bin verheiratet und habe Kinder. Ich verdiene meinen Lebensunterhalt, indem ich übers Meer fahre. Morgen werde ich dich an Land absetzen und vielleicht nie wiedersehen.«

Schweigend und uns aneinander festhaltend standen wir an der Reling und ließen uns durch den Kopf gehen, was er gesagt hatte. Auch ich hatte Nacht für Nacht über diese Wahrheiten nachgedacht.

»Du bist mir wichtig, und dafür schäme ich mich nicht«, sagte ich schließlich. »Du hast mir vor langer Zeit das Leben gerettet. Du musst einen Weg finden, zu mir zurückzukehren.«

KAPITEL 34

Früh am folgenden Tag kam Sanlúcar de Barrameda in Sicht. Sanftes Morgenlicht umhüllte das Schiff, Vater, mich und Kurt. Wir standen am Bug und betrachteten die flachen Dünen an der Küste, die stille Flussmündung, die Blauelstern über unseren Köpfen.

»Als ich zum ersten Mal hierherkam, war ich ein Jahr älter als du jetzt«, sagte Vater auf Japanisch zu mir. »Das Schiff legte an, und die Samurai folgten Hasekura Tsunenaga von Bord. Es gab einen großen Empfang mit Trompeten und Priestern, und eine Reihe bunt bemalter Kutschen wartete, um unsere Delegation zu einer Begrüßungsfeier zu bringen.«

Als Kurt hörte, dass Vater sich in unserer Sprache mit mir unterhielt, trat er respektvoll ein Stück zur Seite. Ich warf ihm einen dankbaren Blick zu. Er lächelte, verneigte sich und drehte sich um.

Vater sprach weiter. »Der Herzog von Medina-Sidonia kümmerte sich um unser Wohl. Er wurde an jenem Tag von einem Mann vertreten, den ich zwei Jahre später in Gegenwart des spanischen Königs tötete. Aber an jenem ersten Abend blieb ich hier zurück und ging nicht von Bord. Mein Verhältnis zu Hasekura Tsunenaga war zu jener Zeit nicht gut, und ich suchte einfach meine Ruhe. Eine weitere Nacht an Bord, wo ich so viele Nächte auf engstem Raum mit anderen Männern verbracht hatte, schien mir ein geringer Preis für etwas Frieden und Ungestörtheit. Ich hatte das Schiff ganz für mich allein. Ich kletterte ins Krähennest und hörte den festlichen Lärm in der Stadt. Am Morgen sprang ich ins Wasser und schwamm. Ich war so zufrieden und fühlte mich auf seltsame Weise zu Hause. Später wurde ich ausgewählt, um zum Landsitz des Herzogs zu reiten, tief im Landesinneren, und ihm ein Dankesgeschenk von Hasekura Tsunenaga zu überbringen. Wäre ich nicht losgeschickt worden, und hätte ich den Herzog nicht kennengelernt, dann wäre ich auch nie deiner Mutter begegnet, die zu der Zeit bei ihm zu Gast war. Du wärst nicht geboren worden, und wir stünden jetzt nicht hier.«

Er zitterte. Ich nahm seine Hand.

»Vor fünfzehn Jahren«, fuhr Vater fort, »verließen du und ich von hier aus Spanien. Ich hielt dich in den Armen, in ein Tuch gewickelt, das deiner Mutter gehört hatte. Und jetzt bringe ich dich zurück. Ich bringe dich zurück, so wie ich es versprochen habe.«

Als ich Vaters Hand nahm, begriff ich mit meinem ganzen Körper, dass wir am Endpunkt unserer Reise angelangt waren. Wir waren so lange unterwegs gewesen, dass ich diese letzte Etappe locker hinter mich gebracht hatte – als eine von vielen in scheinbar unendlicher Folge. Nach Vaters Worten wurde mir klar, dass es sich bei der Flussmündung, in die wir gerade segelten, bei den Dünen zu beiden Seiten, bei dem dahinterliegenden Land, das sich sanft in die grünen Hügel und grauen Berge erhob, um Andalusien handelte, das Land meiner Mutter. Es war ein Teil von mir, und doch sah ich es zum ersten Mal.

Vater war als junger Samurai den ganzen Weg von Japan hierhergekommen. Später hatte er große Widerstände überwunden, um mich nach Sendai zu bringen und mich meine Kindheit in Japan verbringen zu lassen. Nun brachte er mich zurück, zurück dorthin, von wo ich stammte. Mir kamen die Tränen. Wie sehr musste er sie geliebt haben, dachte ich, dass er sich so um mich kümmerte.

KAPITEL 35

Spanien und die Niederlande befanden sich offiziell im Kriegszustand, sodass Kurt nur so lange blieb, bis er uns abgesetzt hatte. Vater umarmte ihn zum Abschied, was ich ihn nie zuvor bei jemandem hatte tun sehen. Ich blieb zurück, um noch einen Moment mit ihm allein zu haben. Dann hob ich den linken Arm.

»An diesem Handgelenk trage ich die Armbänder, die meine Lehrer und ein guter Freund mir geschenkt haben. Ich werde mich nie von ihnen trennen, weil sie mir sagen, wer ich bin.«

Dann berührte ich die Perlen an meinem Hals.

»Egal was passiert, du wirst der Einzige sein, der mir diese Kette abnehmen darf.«

Er nahm meine Hand, verneigte sich und küsste sie. Einmal mehr lief es mir kalt den Rücken hinunter, als seine Finger meine Haut berührten.

Vom Kai aus winkten wir zum Abschied, bis das Schiff gewendet hatte und Vater und mich allein zurückließ. Wir standen dort mit unseren Schwertern und in unserer traditionellen Kleidung. Die Sonne schien. Die Luft war frisch und klar. Wir warteten neben meinem Reisekoffer mit den Kleidern, die ich geschenkt bekommen hatte, und hofften, dass jemand – irgendjemand – auftauchen würde. Da ich diese kleine Stadt am Meer fälschlicherweise für unser endgültiges Ziel hielt, war ich enttäuscht. Vater, der es besser wusste und mich hätte beruhigen können, wenn ich gefragt hätte, wirkte gelassen und erleichtert.

Durch die Straßen wehte der Duft von frisch gebackenem Brot zum Kai. Dort mischte es sich mit dem schwereren, aber angenehmen Geruch eines geräumigen Lagerhauses uns gegenüber, in dem Eichenfässer mit Manzillawein darauf warteten, exportiert zu werden. Vater klopfte an eine oder zwei Türen, bis schließlich eine alte Frau auftauchte, die sich an die Ankunft der Samurai vor achtzehn Jahren erinnerte und ein angeregtes Gespräch mit ihm begann. Sie trug ein schwarzes Tuch, mit dem sie scheinbar schamhaft ihren Mund bedeckte, eine Haltung, die in deutlichem Gegensatz zu ihrer Gesprächigkeit stand. Sie schickte einen jungen Neffen in die Stadt, der uns eine Transportmöglichkeit organisieren sollte, und bat uns in ihr bescheidenes Haus. Es war weißgetüncht und feucht, doch dank eines kleinen Hofes auf der Rückseite, in dem Blumen wuchsen und zwei Hennen herumpickten, drang genügend Licht ins Innere.

Die gute Laune der Frau – ich glaube, sie hieß Dolores – wurde nur durch den Schatz an Fehlinformationen übertroffen, mit denen sie uns überschüttete. Sie bot uns kaltes Wasser aus einem tönernen *botijo* an, dazu Kekse mit Anissamen und einen dickflüssigen Wein, der kaum zu genießen war, den wir aber unmöglich ablehnen konnten. Vater kam schnell zu dem Schluss, dass die beste Taktik im Umgang mit einer solchen Frau darin bestand, möglichst wenige Informationen über uns und unsere Reise preiszugeben und stattdessen den Hauptteil der Unterhaltung ihr zu überlassen – eine Rolle, die sie hingebungsvoll ausfüllte. Ich wunderte mich, dass sie es für selbstverständlich zu halten schien, dass wir ihre Sprache beherrschten. Und angesichts der Tatsache, dass der japanischen Delegation im Jahr 1614 keine einzige Frau angehört hatte, erschien mir auch ihr Desinteresse an mir und meiner Kleidung kurios. Ich schreibe dies, nachdem ich mehrere Jahre in Europa gelebt habe, doch damals hatte ich Aussehen und Benehmen einer siebzehnjährigen Japanerin aus Sendai, auch wenn es wenige Männer und Frauen gegeben haben dürfte, die vergleichbare Abenteuer hinter sich hatten. Tatsächlich war ich, soweit ich wusste, die erste erwachsene Japanerin, die europäischen Boden betreten hatte.

Was Dolores über den örtlichen Klatsch, mörderische Rivalitäten, Landstreitigkeiten, Eifersüchteleien, Ernteausfälle und Weinpanschereien zu berichten hatte, entsprach möglicherweise den Tatsachen. Allerdings schien sie sich verpflichtet zu fühlen, uns ausländischen Besuchern auch über entlegenere Themen zu berichten. Dabei verwechselte sie Norden und Süden, Osten und Westen, Könige mit Herzögen und Grafen. Sie sprach von den Berbern, die längst aus Spanien vertrieben worden waren, als existierten die Kalifate von Córdoba und Granada noch immer und als drohten diese Berber bis in die Gegenwart, jeden Christen zu enthaupten. Ihre Antwort auf die einzige wichtige Frage, die Vater ihr stellte, hätte uns fast bewogen, unsere Pläne zu ändern.

»Ich meine, mich zu erinnern, dass der verstorbene

Herzog von Medina-Sidonia in dieser Gegend ein paar vornehme Häuser besitzt«, sagte Vater, nachdem er einen winzigen Schluck von ihrem Wein gekostet hatte.

»Sie sind schon seit Jahren verlassen und verrammelt«, erklärte sie mit einem merkwürdigen Funkeln in den Augen. »Der Geist des Herzogs spukt durch die Hallen und Salons und jault vor Zorn. Niemand ertrug es, noch dort zu wohnen.«

»Warum ist er wütend?« Ich konnte mir die Frage nicht verkneifen.

»Weil sein ältester Sohn alles an sich gerissen und seine Geschwister und Verwandten übergangen hat. Sie sind jetzt arm wie wir anderen auch. Manche sind Schäfer geworden, andere sind Klöstern oder Priesterseminaren beigetreten.«

Vater spielte mit dem Gedanken, direkt nach Sevilla aufzubrechen – eine weitere Reise. Dann aber tauchte ein Fuhrwerk auf, gezogen von einem hübschen Maultier und geführt von einem dünnen alten Mann mit geflochtenen Schuhsohlen. Wir verabschiedeten uns von Dolores, und Vater bestand darauf, mir das Landgut trotz allem zu zeigen. Dort hatte er sich vor vielen Jahren von schweren Verletzungen erholt, nachdem er in Sevilla von Mutters Ehemann und dessen Wächtern übel zugerichtet und halb tot zurückgelassen worden war. Das riesige Haus war ihm damals zur Zufluchtsstätte geworden.

Während das Fuhrwerk langsam durch die schmalen Straßen des Ortes vorankam, waren kaum Menschen zu sehen, denn es war die Zeit der Siesta. Auf diese Weise erweckten wir nur wenig Aufmerksamkeit. Vater baute darauf, dass wir uns das Haus zumindest von außen anschauen und Sanlúcar dann verlassen konnten, ehe die übersprudelnde Dolores Zeit hatte, die Nachricht von neuen Besuchern aus dem Orient zu verbreiten.

Die Residenz, der wir uns näherten, war nicht der eigentliche Palast der Familie Medina-Sidonia, sondern ein bescheideneres Anwesen gleich außerhalb der Stadt, majestätisch und trügerisch schlicht. Es erlaubte den Blick auf die Dünen und das Meer und war von hohen, weiß getünchten Mauern und einer wunderschönen maurischen Gartenanlage umgeben. Ich erinnerte mich an Dolores' Worte und fragte Vater, ob er an Geister glaube.

»Nein«, erwiderte er.

»Aber alle in Japan glauben an die *Yūrei*«, wandte ich ein. »An die Seelen der Toten, die Rache nehmen wollen.«

»Ich gehöre nicht zu diesen Menschen«, sagte er und bat den Kutscher, zu halten.

»Aber Yokiko und Nobuko haben an sie geglaubt, sogar Großmutter.«

»Und die Hälfte der Samurai, mit denen ich zusammen war«, sagte er. Er schaute mich an, nahm meine Hand und half mir von dem Fuhrwerk herunter. »Glaubst du, dass Mäuse Geister haben, oder Hunde oder Affen und Spinnen?«

»Vielleicht«, antwortete ich.

»Denk darüber nach«, sagte er. »Wie wahrscheinlich ist das?«

»Vielleicht nicht sehr wahrscheinlich«, räumte ich ein.

»Genau. Wenn du auf eine Spinne trittst oder eine Maus im Fluss ertrinkt oder ein Affe vom Baum fällt, dann sterben sie. Sie verrotten wie Früchte, die vom Baum gefallen sind. Sie werden wieder zu Erde, das ist alles. Und ich fürchte, uns wird es nicht anders ergehen.«

»Aber vielleicht irrst du dich«, wandte ich ein, weil seine zur Schau gestellte Sicherheit mich reizte.

»Das könnte sein«, erwiderte er. »Aber ich bezweifle es.«

Ich wechselte ins Spanische und fragte den Kutscher: »Sagt mir, mein Herr, glaubt Ihr an Geister?«

Er machte ein Kreuzzeichen und antwortete: »Das tue ich allerdings.«

Zufrieden mit seiner Antwort fuhr ich fort: »Wir haben gehört, dass dieses Haus von einem Geist bewohnt wird.«

»Davon weiß ich nichts, Señorita«, sagte er. »Aber wenn es stimmt, muss es ein Geist von hohem Stand sein.«

Seine Antwort amüsierte mich. Vater ignorierte unseren Wortwechsel und klopfte an die Eingangstür. Gerade als er es ein zweites Mal versuchen wollte, öffnete eine korpulente und wenig geisterhafte Frau, die wie eine Dienstmagd gekleidet war.

»Guten Tag«, sagte Vater. »Ist vielleicht ein Mitglied der Familie zu Hause?«

»Wen darf ich melden?«, fragte die Frau, die sich die Hände an der Schürze abtrocknete und Vater, mich und das Fuhrwerk argwöhnisch musterte.

»Sagt bitte, dass Shiro aus Sendai vor der Tür steht und die Großnichte von Doña Soledad Medina.«

Die ebenso rundliche wie hochgewachsene Frau zeigte keinerlei Reaktion, als sie unsere Namen hörte. Sie sagte nur: »Wartet bitte hier.« Dann schloss sie leise die Tür.

In diesem Moment wurde mir klar, wie belanglos meine Stimmung und meine Gedanken im Vergleich zu dem waren, wie Vater sich fühlen musste. Für mich war es ein reizvolles Abenteuer, wieder auf festem Boden zu stehen und ein neues Land zu entdecken, in dem die Sonne nicht allzu gnadenlos brannte. Für ihn war es anders, und vermutlich spürte ich das und redete in meiner Nervosität lieber über Geister statt über reale Dinge aus seiner Vergangenheit, die irgendwie mit mir zu tun haben konnten.

Während mich dieser Gedanke langsam zur Besinnung brachte, während der Kutscher mit der Gelassenheit eines japanischen Mönches eine Pfeife anzündete, während Vater geduldig an der Tür wartete, während ich die breite Stirn des Maultiers streichelte, tauchte plötzlich ein Reiter auf, der nur wenig älter zu sein schien als ich. Er sah gut aus, war vornehm gekleidet und ritt einen reinrassigen arabischen Schimmel, dessen Mähne und Schwanz perfekt geflochten waren. In einer einzigen eleganten Bewegung stieg er ab und betrachtete uns mit wohlwollender Neugier.

Doch ehe er auch nur ein einziges Wort sagen konnte, wurde die Tür des Hauses abermals geöffnet, diesmal von einer schönen und eleganten Dame Mitte dreißig. Sie trug ein langes weißes Kleid, das mit ihrem üppigen, rabenschwarzen Haar kontrastierte. Es war Rosario. Sie und Vater standen einander einfach gegenüber und starrten sich an. Der junge Mann, der Kutscher und ich betrachteten die beiden gebannt. Schließlich schaute sie zu mir herüber und begann, zu weinen.

TEIL FÜNF

KAPITEL 36

Ich hatte kaum Erinnerungen an den Palazzo in Venedig, in den ich als Kind verschleppt worden war. Die japanische Burg meiner späteren Kindheit war herrlich, aber karg gewesen. Und die kurzen Eindrücke von Kurts Zuhause in Amsterdam waren mit den dort aufgeblühten romantischen Gefühlen durchmischt. Auf Rosarios Haus in Sanlúcar jedenfalls war ich nicht vorbereitet. Auf dessen Mischung aus Einfachheit und Kultiviertheit, auf das allgegenwärtige Weiß und das dunkle Mobiliar, auf die Blumen und Gemälde. Auf das Gefühl, dass, egal wo im Haus man sich befand, man stets auch die äußere Umgebung im Blick hatte.

Zarte Ranken von weißem Jasmin krochen durch die Fenster herein. Topfreihen mit dichten grünen Farnen säumten die Flure im Obergeschoss. Ein blaugelber Vogel flog aus einem der Gärten ins Haus und flatterte ungestört herum. In der großen Eingangshalle sah ich zum ersten Mal ein Porträt des Herzogs von Medina-Sidonia, der Vaters Gönner, Rosarios Ehemann und der leibliche Vater des jungen Reiters gewesen war. Die Feierlichkeit und Würde des Gemäldes und die Pracht seines vergoldeten Rahmens harmonierten auf unerwartete Weise mit den hohen geweißten Wänden ringsum. Hier und dort war die weiße Tünche abgeplatzt, und um die Deckenbalken mit maurischen Intarsienarbeiten herum zeigten sich einzelne Schimmelflecken. Die ganze Zeit über spürte ich die Nähe des Meeres, des Ufers, der Dünen, der Flussmündung und des Golfs von Cádiz, sah ich das Sonnenlicht in den Palmen und in den Schlafzimmern, wo es durch die Lamellen der dunkelgrünen Läden drang.

Rosario war von unserer Ankunft derart schockiert und ergriffen, dass Francisco und ich sie bald mit Vater allein ließen. Der zurückhaltende und wohlerzogene junge Mann zeigte mir das Haus und das Gelände. Obwohl er ebenfalls überrascht war, schien unser plötzliches Auftauchen ihn nicht so zu erschüttern wie seine Mutter. Schließlich waren wir bloß zwei Figuren aus einer Geschichte, die ihm häufig erzählt worden war. Zwei Geister, die plötzlich in Fleisch und Blut vor ihm standen. Nachdem er sich höflich nach unserer Reise erkundigt hatte, für deren heroische Ausmaße er, wie ich hinzufügen sollte, wenig Interesse aufbrachte, beschwerte er sich den größten Teil unserer gemeinsam verbrachten Zeit über sein provinzielles Leben, in das nur gelegentliche Besucher aus Sevilla ein wenig Abwechslung brächten, wo es in seinen Augen allerdings kaum anders zuginge.

Angesichts der Reaktion seiner Mutter fragte ich mich, wie nahe sie und Vater sich während seiner Rekonvaleszenz in diesem Haus gekommen waren. Damals war sie frisch verwitwet gewesen und hatte den selbstbezogenen jungen Mann an meiner Seite in ihrem Schoß getragen. Sie war verführerisch. Vom ersten Moment an fühlte ich mich gleichermaßen zu ihr hingezogen wie eifersüchtig, ein Gefühl, das ganz neu für mich war.

Nach dem Ende der Führung setzten Francisco und ich uns in den Schatten eines mit Früchten überladenen Quittenbaums und schauten in den Garten. Inzwischen war ihm der Gesprächsstoff ausgegangen, was ihn offensichtlich unruhig machte. Ich dagegen war zufrieden, einfach schweigend dazusitzen und endlich wieder festen Boden unter den Füßen zu spüren. Dann bemerkte er die Tasche, die Vater neben dem Reisekoffer abgestellt hatte. Ehe wir vor Dolores' Haus in das Fuhrwerk gestiegen waren, hatte er unsere Schwerter dort hineingesteckt. Die Griffe schauten nun aus der Tasche heraus.

»Was sind das für Schwerter, die dein Vater trägt?«, wollte er wissen.

»Samuraischwerter«, erwiderte ich.

»Und was um alles in der Welt sind Samurai?« Er schlug seine verzierten Ärmelaufschläge auf eine Art und Weise um, als hätte er sich die Geste irgendwo abgeschaut.

»Samurai sind japanische Edelmänner und Krieger«, sagte ich. »Und eines der Schwerter gehört mir.«

Er wirkte schockiert und irgendwie eingeschüchtert, was ich genoss. In diesem Augenblick tauchte Vater auf und bat mich, ihn in den Salon zu begleiten.

Rosario saß in der Ecke eines langen Sofas mit einem Bezug aus dickem burgunderrotem Samt. Mit beiden Händen hielt sie ein seidenes Taschentuch, und das Weiß ihrer wunderschönen dunklen Augen war vom Weinen immer noch gerötet. Ansonsten wirkte sie gefasst und strahlte

Hoffnung und Neugier aus. An der Wand hinter ihr hingen der Kopf eines Stieres und zwei Geweihe. Vor ihr auf dem Boden, zwischen Sofa und zwei Plüschsesseln, in denen Vater und ich Platz nahmen, lag ein Perserteppich. Ich erinnerte mich, dass ich einmal gelernt hatte, dass die Weber dieser reich und komplex verzierten Teppiche immer an einer Stelle einen losen Faden ließen, um nicht die Sünde des Hochmuts zu begehen. Denn Perfektion konnte es nur bei Allah geben. Ich hielt es für einen Aberglauben, der Unglück abwehren sollte.

»Rosario hat mir eine Menge berichtet«, sagte Vater. »Manches davon ist traurig, anderes erstaunlich. Aber es gibt eine Sache, die unseren sofortigen Aufbruch nach Sevilla erfordert.«

»Aber ihr könnt sicher noch hier übernachten«, wandte Rosario ein. »Ihr beide müsst furchtbar erschöpft sein. Wir können uns morgen alle zusammen bei Tagesanbruch in unserer Kutsche auf den Weg machen.«

Vater überlegte einen Moment und stimmte ihr dann zu.

»Gut«, sagte er. »Das wäre sehr liebenswürdig.«

Dann schaute er mich an und sprach weiter.

»Dein spanischer Großvater und dein Halbbruder, der ebenfalls Rodrigo hieß, sind vor einiger Zeit ums Leben gekommen.«

Ich betrachtete ihn, dann Rosario und schließlich wieder Vater. Ehrlich gesagt, bewegten mich diese Neuigkeiten kaum.

»Caitríona ist noch am Leben und wohnt in Sevilla«, fuhr er fort. »Sie hat einen Sohn namens Patrick geboren.

Später heiratete sie Carlos, den Bruder deiner Mutter, mit dem sie eine Tochter hat.«

»Dann ist er mein Halbbruder«, stellte ich fest.

»Ja.«

»Und du hast einen Sohn«, sagte ich.

»Ja«, erwiderte er. »Einen Sohn, der nur wenige Jahre jünger ist als du.«

Ich war mir in jenem Moment nicht sicher, was diese Offenbarung in mir auslöste. Wahrscheinlich fürchtete ich das Auftauchen von Rivalen um die Zuneigung meines Vaters, die ich immer für selbstverständlich genommen und mit niemandem hatte teilen müssen. Rivalen in Gestalt eines Halbbruders, dessen Mutter und der Frau, die uns gegenübersaß.

»Ich dachte, der Bruder meiner Mutter wäre ein Priester«, sagte ich, um das Gespräch auf ein anderes Thema zu lenken.

»Das war er auch«, sagte Rosario. »Oder jedenfalls beinahe. Dann hat er seine Meinung geändert.«

Ich schaute sie an und rang mir ein Lächeln ab. »Ist da noch etwas anderes?«, fragte ich, weil mir der Grund für unsere überstürzte Weiterreise noch nicht klar geworden war.

»Ja«, sagte Vater.

Ich musterte ihn und machte mich auf schlechte Nachrichten gefasst.

»Deine spanische Großmutter, Inmaculada, ist noch am Leben, und offenbar auch Doña Soledad Medina, deine Großtante.«

Mir wurde leicht schwindlig, und ich war den Tränen nahe. Auch wenn ich nicht wusste, warum.

»Sie ist sehr alt«, sagte Rosario in sanftem Ton. »Und bettlägerig. Seit mehr als zwei Jahren hat sie mit niemandem mehr gesprochen.«

»Wie alt ist sie?«, wollte ich wissen.

»Fast neunzig.«

Ich schaute auf den Teppich und suchte den losen Faden.

»Sie wartet noch immer auf uns«, sagte ich dann.

KAPITEL 37

Diese erste Reise nach Sevilla, in Rosarios eleganter, von Termiten übel zugerichteter Kutsche. Die Hitze. Hügel in den Farben von Löwen. Unbeugsame, dunkle *alcornoque*-Bäume. Schmale Flüsschen. Rosafarbener und weißer Oleander an den Ufern. Die pfeilschnellen Schwalben am Himmel, als wir den Río Guadalquivir durchquerten – den Fluss, in dem meine Mutter und ich getauft worden waren.

Wir fuhren auf direktem Weg zur Casa de Pilatos, wo ich meine Großmutter Inmaculada kennenlernte – so anders als Mizuki und in ihrem Verhalten doch manchmal auch so ähnlich. Als wir uns gegenseitig betrachteten, entdeckte ich Teile meiner Gesichtszüge in ihr wieder. Schließlich ergriff sie mich und begann zu weinen. Zum ersten Mal in ihrem Leben umarmte sie Vater. Und ich sah Caitríona wieder, die auf der Stelle in Ohnmacht fiel und sich möglicherweise auf dem Marmorboden den Schädel gebrochen hätte, wenn Vater sie nicht reaktionsschnell aufgefangen hätte. Sie war wunderschön mit ihren Sommersprossen und dem dichten rotbraunen Haar. Die Atmosphäre schien von der Intensität der Gefühle zu vibrieren. Fast war es zu viel für mich und für alle anderen.

Caitríona kam wieder zu sich und erholte sich vom ersten Schock. Trotzdem war sie kaum in der Lage, den Blick von Vater und mir abzuwenden. Die Frauen beratschlagten ausführlich, wie sie Doña Soledad auf unsere Anwesenheit vorbereiten sollten. Meine Großmutter fürchtete, der Schock könne sie umbringen. Caitríona zweifelte, ob sie uns überhaupt erkennen würde, da sie der Welt schon eine ganze Weile entrückt war. Doch Vater wischte alle Bedenken der Frauen beiseite, nahm mich am Handgelenk und führte mich direkt eine breite, an beiden Seiten mit Gemälden verzierte Treppe hinauf. Dann betraten wir die Schlafräume der Hausherrin.

Im Vorraum saß eine Dienstmagd, die mit einer Stickarbeit beschäftigt war. Sie reagierte überrascht und verlegen auf unser plötzliches Erscheinen. Unter wiederholten Entschuldigungen versuchte sie ungeschickt, ihre Nadeln und Fäden zu verbergen. Ich lächelte sie an, während Vater sie einfach ignorierte und geradezu in Doña Soledads Boudoir stürmte.

Dort lag sie, im Licht dicker Kerzen, von breiten Kissen gestützt. Sie trug ein Nachthemd, und ihre beinahe durchsichtigen Hände ruhten auf einer frischen Bettdecke. Auf mich wirkte sie wie tot. Sie erinnerte mich an die Leiche einer alten Frau, die ich einst in Sendai gesehen hatte. Dann aber blinzelte sie, und ich hörte ihren geräuschvollen, mühsamen Atem. Klugerweise – und für mich überraschend – sagte Vater kein Wort. Er setzte sich neben sie auf die Bettkante und klopfte auf eine Stelle auf der anderen Seite, um mir zu zeigen, wo ich Platz nehmen sollte.

Zuerst ließ ihr wässriger, zur Decke gerichteter Blick

keine Reaktion erkennen. Ich schaute hoch und sah eine Reihe dunkler Balken, in die kleine Stücke aus Elfenbein eingearbeitet waren und ein aufwendiges Muster bildeten, vermutlich einen islamischen Text. Eine Minute oder zwei saßen wir einfach schweigend da. In dieser Zeit betraten auch meine Großmutter Inmaculada, Caitríona und Rosario das Zimmer, hielten sich aber im Hintergrund. Vater zeigte sich geduldig. Es schien, als wisse er genau, was geschehen würde, während wir anderen, einschließlich der Magd, die sich hinter den anderen Damen verkrochen hatte, unsicher abwarteten.

Dann, ganz plötzlich, löste sie den Blick von der Decke und starrte Vater an. Ich sah, dass sie ihn gründlich musterte. Schließlich nahm sie seine Hand und fragte mit sehr leiser Stimme: »Träume ich?«

Ich spürte die Verblüffung und Rührung der Frauen an der Tür, als sie ihre Stimme hörten. Auch ich wurde von diesen Gefühlen ergriffen.

»Nein, Señora«, sagte Vater. »Wir sind hier, bei Euch.«

Dann betrachtete sie mich und schnappte nach Luft. Ihr ganzer zerbrechlicher Körper zitterte, und sie begann zu weinen. Sie versuchte, sich vorzubeugen. Dann ließ sie Vaters Hand los und nahm meine Hände. Ihr Griff war erstaunlich kräftig.

»Bist du das, meine Liebe?«, fragte sie. »*Solete*?«

»Ja, Tante«, erwiderte ich, nun ebenfalls weinend. »Ich bin es.«

Vater half ihr, sich aufzusetzen. Sie war leicht wie ein Vogel. Sie konnte den Blick nicht von mir abwenden, aber das galt auch umgekehrt. Kurz ließ sie eine meiner Hände los und berührte meine Haare, die mir knapp bis zu den Schultern reichten. Sie tastete nach meiner Stirn, meinen Wangen, meinem Hals. Meinen Brüsten. Vater schob sie vorsichtig ein Stück in meine Richtung, und ich nahm sie in den Arm, fast als wäre sie ein Kind. Sie schluchzte, und alle anderen auch. Ich hielt sie fest und wiegte sie ganz vorsichtig hin und her, denn ich hatte Angst, ihr einen Knochen zu brechen.

»Du lebst«, sagte sie durch ihre Tränen hindurch. »Du bist nach Hause gekommen.«

Vater zog sich zurück, und die Frauen des Hauses versammelten sich um das Bett und nahmen am Gespräch teil. In ihrem Umgang zeigte sich eine Solidarität, die sich, allen gelegentlichen Spannungen zum Trotz, über die Monate hinweg gehalten hatte. Die Magd servierte Suppe, und wir blieben bei meiner Großtante, bis sie einschlief. Die anderen Frauen forderten mich auf, mich über Nacht zu ihr zu legen. Sie brachten mein Nachthemd und eine zusätzliche Decke. Ich pustete alle Kerzen bis auf eine aus und legte mich in der Dunkelheit nieder. Dann lauschte ich den Atemzügen dieser Frau, die mir so nah und gleichzeitig so fremd war. Schließlich schlummerte auch ich ein.

Mitten in der Nacht wachte ich auf und bemerkte einmal mehr, wie selbstsüchtig ich gewesen war. Vater kannte diese Frau gut, hatte mit ihr und meiner Mutter während einer der glücklichsten Zeiten seines Lebens zusammengelebt. Es hatte ihn viel gekostet, sie zu verlassen, und – wie ich zu beschreiben versucht habe – noch mehr, wieder hierher zurückzukehren. Wie ich, vielleicht noch mehr als ich, war sie lebendiger Bestandteil einer

Vergangenheit, die ihm viel bedeutete. Über seine Gefühle hatte ich mir keine Gedanken gemacht und ihn nicht danach gefragt. Und auch seinen Sohn hatte er noch nicht kennengelernt.

Während mir all diese Gedanken durch den Kopf gingen, drehte meine Großtante sich um und entdeckte mich. Im gedämpften Licht wirkte sie weniger zerbrechlich.

»Wie schön, dass du bei mir geblieben bist«, sagte sie mit einem ausgeprägteren Sevillanoakzent als dem, den ich gelernt hatte.

»Vater wollte nicht, dass Ihr aufwacht und euch womöglich sorgt, alles nur geträumt zu haben.«

»Und du?«

»Mir geht es gut. Es ist so schön hier.«

»Als wir uns zuletzt gesehen haben, warst du nicht mal zwei Jahre alt. Du konntest kaum gehen. Jetzt bist du eine schöne junge Frau. Ich habe geglaubt, ich würde dich nie mehr wiedersehen.«

»Es ist vieles dazwischengekommen.«

»Aber es geht dir gut.«

»Oh ja.«

»Und du bist eine Japanerin geworden.«

»Ja.«

»Aber du riechst wie deine Mutter.«

»Ist es ein angenehmer Geruch?«

»Meine Liebe, es ist der schönste Duft der Welt.«

»Wonach riecht er denn?«, fragte ich und drehte mich auf den Bauch, damit ich sie besser sehen konnte. Ich fühlte mich wieder wie ein Kind.

»Vamos a ver«, sagte sie und dachte über meine Frage

nach. »Es ist eine Mischung aus verschiedenen Gerüchen. Orangenblüte. Buchsbaum. Und eine Spur von der Rinde des Grapefruitbaums. Feuchter Hund?«

»Feuchter Hund?«

»Es gibt kaum etwas, das besser riecht als ein Hund, der aus dem Regen hereinkommt und sich schüttelt.«

»Ihr wart dabei, als ich geboren wurde, nicht wahr, Tante? Als Mutter starb.«

»Es war der traurigste Tag meines Lebens. Und einer der Gründe, weshalb ich dich so sehr liebe.«

Vorsichtig drückte ich ihre Hand.

»Wie könnt Ihr mich lieben, wenn Ihr mich nicht kennt?«

»Bist du ein freches Mädchen?«

»Manchmal.«

»Liebst du deinen Vater?«

»Ja.«

»Das – und wer deine Mutter war – ist alles, was ich wissen muss. Darf ich mich um dich kümmern, in der kurzen Zeit, die ich noch da sein werde?«

»Ihr dürft mich jetzt nicht verlassen, wo ich doch gerade erst gekommen bin.«

»Ich versuche mein Bestes.«

Das Haus war so groß und der ummauerte Garten ringsum so weitläufig, man konnte kaum glauben, dass wir mitten in der Stadt waren.

»Wie hat man dich in Japan genannt?«, fragte sie.

»Masako.«

»Masako. Bedeutet der Name irgendetwas?«

»Er bedeutet so etwas wie ... ein anständiges Kind.«

»Na also. Siehst du? Mit solch einem Namen kannst du nicht allzu schlimm sein. Soll ich dich so nennen?«

»Mein erster Name war Soledad María. Vater sagt immer, ich sei nach Euch benannt worden.«

»Das stimmt. Weißt du, was Soledad bedeutet?«

»Einsam oder Einsamkeit.«

»Sí. Vielleicht ist der Name zu traurig für dich.«

»Solange ich zurückdenken kann, war ich immer nur Masako.«

»Dann werde ich dich auch so nennen.«

Ich dachte darüber nach und versuchte, mir vorzustellen, was all das für sie bedeutete.

»Ihr könnt mich nennen, wie Ihr wollt.«

»Ich werde dich Solete nennen«, sagte sie. »Das ist so etwas wie … eine kleine Sonne, ein kleiner Stern am Himmel.«

KAPITEL 38

Am folgenden Morgen wurden die Fugger-Bankiers meiner Großtante und ein Notar bestellt und direkt in ihr Schlafzimmer geführt. Ihre Körpersprache – nervöse Tics, das Zupfen an Mänteln, Gürteln und Bärten – verriet mir, dass die Einladung sie gleichzeitig erfreute und einschüchterte. Was wahrscheinlich als gewöhnlicher Tag in den vertrauten Geschäftsräumen begonnen hatte, schien nun ein Ereignis zu werden, mit dem sie ihre Kollegen noch für lange Zeit beeindrucken konnten.

Verschiedene Dokumente mein Erbe betreffend wurden herausgesucht, überreicht, durchgelesen und in Anwesenheit der Zeugen, die sie ebenfalls lasen und unterschrieben, noch einmal förmlich unterzeichnet. Meine Großmutter Inmaculada und Rosario hielten sich wie Schutzengel stets in der Nähe. Die ganze Zeremonie löste Unbehagen in mir aus, doch während des Wartens auf die drei rundlichen Männer hatte meine Tante mir erklärt, dass sie bewusst vor Zeugen noch einmal bekräftigen wolle, was sie niedergeschrieben hatte, als ich zwei Jahre alt gewesen war. »Die einzige Sünde, die man in Sevilla noch häufiger antrifft als Neid, ist die Gier«, hatte sie erklärt. »Wenn ich nicht mehr da bin, werde ich dich auch nicht mehr beschützen können. Daher möchte ich meine Absichten noch einmal allen unmissverständlich deutlich machen.«

Da ich inzwischen das Erwachsenenalter erreicht hatte, wurde Vater nicht mehr als Erbe eingetragen. Doch ich übergab alles in seine Hände. Er war der einzige Mensch auf der Welt, dem ich vertraute. An jenem Morgen war er nicht dabei, weil er etwas Dringenderes zu tun hatte. Zum ersten Mal würde er seinem Sohn begegnen – meinem Halbbruder Patrick. Onkel Carlos war, wie so oft, nach Granada unterwegs, um zu jagen und Zeit mit seinem Gefährten Hermenegildo und dessen streitbarer Ehefrau Ana María Angustias zu verbringen.

Caitríona und mein Bruder erzählten mir später vom Verlauf des Treffens. Patrick, ein gut aussehender, aber zurückhaltender Junge, starrte während jener ersten Begegnung überwiegend auf den Fußboden. Wie ich hatte er asiatische Augen, außerdem zeigte seine glatte Haut einen leichten Ockerton. Auf der Nase und den Wangen hatte er Sommersprossen wie seine Mutter. Er war groß und stark. Als spanischer Edelmann aufgezogen, fand er die Ausstrahlung meines Vaters verwirrend und einschüchternd. Als Kind hatte Caitríona ihm immer wieder von den Heldentaten meines Vaters erzählt, von den Männern, die er getötet hatte, von seinen Freunden in höchsten Kreisen – Königen, Herzögen und dem Papst. Und sie hatte immer wieder betont, wie viel er auf seinen Reisen von der Welt gesehen hatte.

Mein Onkel Carlos hatte alles getan, damit sein Stiefsohn sich seiner asiatischen Abkunft wegen schämte; sie als Makel zu sehen, den er nach Kräften zu verbergen suchen sollte. Seine spanischen Vettern und Schulkameraden machten sich über ihn lustig, und viele Ältere äußerten sich herablassend über ihn. Und jetzt, ganz plötzlich an diesem frühen Morgen, stand ihm der Mann gegenüber, den er zeitlebens für tot gehalten hatte, der Krieger mit seinen merkwürdigen Gewändern und dem Schwert, das pechschwarze Haar zu einem engen, aufwärtsgerichteten Zopf gebunden. Wenn ihm je ein Ausländer begegnet war, dann dieser Vater, der zudem kein Christ war. Der Bastard, der ihn selbst zum Bastard gemacht hatte.

»Ich freue mich so, dich kennenzulernen«, sagte Vater steif und verbeugte sich knapp, ganz wie ein Samurai, auch wenn seine Augen feucht waren.

»Die Freude liegt ganz bei mir, mein Herr«, erwiderte mein Bruder.

»Du bist zu einem eindrucksvollen jungen Mann herangewachsen«, sagte Vater und klopfte meinem Bruder dreimal auf die Schulter. Dann merkte er, dass die Berührung Patrick Unbehagen bereitete, und zog sich wieder in sein Schneckenhaus zurück. Ein peinliches Schweigen entstand, und beide richteten ihre Blicke Hilfe suchend auf Caitríona.

»Es wird ein bisschen dauern«, wandte sie sich an beide, »bis ihr euch besser kennengelernt habt.«

Vater schnaubte zustimmend, so wie japanische Männer es gern tun.

»Er ist hier in Sevilla aufgewachsen«, fuhr Caitríona fort. »Genau wie ich hat er geglaubt, dass du nicht mehr lebst.«

»Es ist nicht so leicht, mich zu töten«, sagte Vater, was teils Prahlerei, teils aber auch die simple Wahrheit war.

»Und ich bin Christ, mein Herr«, erklärte mein Bruder dann.

Vater erwiderte seinen Blick.

»Das bist du«, sagte Vater. »Was auch einleuchtet. Wenn du hier unter Christen wohnst, ist das nur vernünftig. Aber jetzt, wo ich wieder hier bin, werde ich dir die japanische Sprache beibringen und dich mit der anderen Seite deiner Seele bekannt machen.«

»Ich glaube nicht, dass mir das gestattet wird«, sagte mein Bruder.

»Wer«, fragte Vater, »sollte dich davon abhalten, etwas so Interessantes zu lernen?«

»Mein Vater«, sagte Patrick. Die Worte kamen ihm unwillkürlich über die Lippen. Er begriff sofort, wie seltsam sie geklungen haben mussten.

»Dein Vater bin ich.«

»Ja«, erwiderte mein Bruder. »Ich weiß. Es tut mir leid. Ich meinte Don Carlos.«

»Don Carlos und ich werden uns darüber unterhalten.«

Wieder schauten beide auf Caitríona. Sie aber war vom Anblick der beiden zusammen so bewegt, dass ihr die Worte fehlten.

»Wo wurde er geboren?«, fragte Vater sie mit sanfter Stimme.

»In Sizilien«, erwiderte Caitríona.

Dann wandte Vater sich wieder an meinen Bruder.

»Deine Mutter und ich müssen über so vieles reden.« Damit verbeugte er sich erneut.

Mein Bruder erwiderte die Verbeugung nicht. Er wusste nicht, was er tun sollte, und wollte das Gespräch so schnell wie möglich beenden. Dann allerdings fiel ihm etwas ein.

»Stimmt es«, fragte er, »dass Ihr mit diesem Messer viele Männer getötet habt?«

Ehe er antwortete, betrachtete Vater ihn einige Sekunden lang. Später sagte er, er habe in diesem Augenblick sein eigenes Fleisch und Blut in dem Jungen gesehen und sei davon überwältigt gewesen.

»Ich habe getan, was ich tun musste«, erwiderte er. »Würdest du gerne lernen, wie man dieses Schwert benutzt? Ich habe es deiner Schwester schon beigebracht.«

Vater zog sein Katana und zeigte es dem Jungen. Dann nahm er ein Taschentuch aus seinem Kimono und warf es in die Luft. Mit dem Schwert teilte er es in drei Stücke. Mein Bruder fing einen der Streifen auf, ehe dieser zu Boden fiel.

An jenem Tag galt Caitríonas und Vaters Aufmerksamkeit ganz ihrem Sohn. Es verging noch einige Zeit, ehe ich sie fragen konnte, wie es für sie gewesen war, wieder neben ihm zu stehen. Erinnerten sie sich, während sie dort mit dem verlegenen Jüngling im Aufzug eines eitlen Sevillaners standen, an Ort und Zeit seiner Zeugung? Vater erzählte mir später, wie wunderschön sie ihm erschienen sei, noch schöner als in seiner Erinnerung. Dass die inzwischen verstrichenen Jahre ihre mädchenhafte Ausstrahlung in etwas noch Verlockenderes verwandelt hätten.

Nachdem alles Nötige wegen meiner Erbschaft geregelt worden war und Doña Soledad sich wieder schlafen gelegt hatte, ging ich mit meiner Großmutter zu Caitríonas

Haus, um Patrick auch selbst kennenzulernen. Rosario und Francisco blieben in der Casa de Pilatos. Im Gespräch mit mir tat mein Bruder sich leichter, und dass er Großmutter nahestand, erleichterte die Sache erst recht. Auf diese Weise konnten auch Vater und Caitríona ungestört miteinander reden. Endlich konnten sie sich erzählen, was alles seit ihrer Trennung geschehen war. Sie weinte, als sie von ihrem Entschluss zur Heirat mit Carlos berichtete. Vater hörte ruhig zu, als sie die Situation und ihr Arrangement beschrieb. Sie erzählte, dass Carlos konservativer und strenger geworden sei, seit sein Vater gestorben und er selbst zum spanischen Granden aufgestiegen sei, der am Hof in Madrid respektiert und geschätzt wurde. Sie sagte, er wolle noch immer einen männlichen Erben mit ihr zeugen. Sie selbst allerdings habe nicht die Absicht, noch einmal mit ihm auf diese Art und Weise zusammen zu sein. Sie erzählte auch von Hermenegildo, und dass auch der Adlige aus Granada eine Frau geheiratet habe, die mit der Natur ihres Ehemanns umgehen könne.

Dann ließ sie das Kindermädchen ihre Tochter Carlota holen, eine dünne Achtjährige mit kastanienbraunem Haar. Vater hob sie hoch und machte Späße mit ihr, was Caitríona ebenfalls zum Weinen brachte. Ich beobachtete die beiden aus dem Augenwinkel und sah wieder das schöne Paar vor mir, das sie einst abgegeben hatten. Ich rief mir mühevoll die Bilder aus unseren Tagen zu dritt in Venedig, Griechenland, Ägypten und Indien in Erinnerung. Und ich fragte mich, wie es nun weitergehen würde. Nach so vielen Jahren, in denen er ohne eine romantische Liebe gelebt und sich auf Frauen in Bordellen beschränkt hatte, war er nun plötzlich mit zwei äußerst schönen und bezaubernden Frauen konfrontiert, mit denen er enge Beziehungen gehabt hatte, die eher abgerissen als wirklich beendet worden waren.

Gemeinsam aßen wir in der Casa de Pilatos zu Mittag: Vater und ich, Caitríona und Patrick und die kleine Çarlota, Rosario und Francisco und meine Großmutter, die den Platz eingenommen hatte, an dem sonst Doña Soledad gesessen hätte. Das Gespräch verlief anfangs schleppend, bis Francisco Vater fragte, wie er den Herzog von Medina-Sidonia erlebt habe.

»Deine Mutter hat dir doch sicher von ihm erzählt«, erwiderte Vater.

»Sie hat mir erzählt, was sie erzählen wollte. Aber ich würde von Euch gern mehr hören, weil Ihr ihm doch so nahestandet«, beharrte Francisco, der an diesem Tag besonders gut aussah. Ich merkte sofort, dass Patrick zu ihm aufschaute. Ich hoffte, der Umstand, dass Francisco seinerseits zu Vater aufschaute, würde vielleicht dazu beitragen, sein Herz ein wenig zu öffnen. Vielleicht war dieser Gedanke auch Vater gekommen, denn er fing an, uns alle mit amüsanten und bewegenden Anekdoten über den Herzog zu unterhalten. Ich habe den Verdacht, dass es für ihn auch ein Weg war, sich in die Realität seiner Rückkehr nach Spanien hineinzufinden. Nachdem wir zum Nachtisch frisches Obst gegessen hatten, ging die ganze Gruppe in den Garten, um Kräuteraufgüsse zu trinken. Ich blieb mit meiner Großmutter zurück. Es war das erste Mal, dass wir allein zusammen waren.

KAPITEL 39

Dich hier vor mir zu sehen«, sagte sie, »fühlt sich an, als wärest du geradewegs aus dem Himmel gekommen. Ich habe dich nach deiner Geburt nicht sehen wollen.«

»Warum?«, fragte ich und hoffte, sie würde an meinem Ton erkennen, dass ich sie nicht anklagen wollte.

»Wir waren nicht einverstanden«, sagte sie und zögerte dann. »Vor allem mein Mann, hätte ich beinahe gesagt. Aber das ist nicht die Wahrheit. Wir beide schämten uns wegen deiner Mutter und wegen dir. Sie hatte schon ein Kind, einen Sohn, einen Erben, von dem Mann, den sie geheiratet hatte.«

»Von dem Mann, der sie mit Gewalt geschwängert hatte«, sagte ich. »Der Vater den Finger abgetrennt und seine Hände gebrochen hatte. Den sie nie geliebt hatte.«

Natürlich enthielten diese Worte eine Anklage. Doch ich sprach sie leise aus, als simple Feststellung von Tatsachen.

»Von dem Mann, den dein Vater getötet hat«, stimmte sie mir in einem ähnlichen Ton zu. »Sie liebte Julián, jedenfalls eine Zeit lang, ganz am Anfang, als sie noch sehr jung war und ihn unbedingt heiraten wollte.«

»Trotzdem«, sagte ich, ihren Einwand ignorierend, »bin ich froh, dass er tot ist.«

Sie schaute zu Boden.

»Ich auch«, sagte sie.

»Ihr habt Euch geschämt, weil Eure Tochter sich in einen Japaner verliebte und ein uneheliches Kind von ihm bekam.«

»Es war ein schrecklicher Skandal«, erklärte sie. »Du musst versuchen, es dir vorzustellen. Ich weiß nicht, wie man in Japan mit solchen Dingen umgeht, aber hier gelten sie als Todsünden. Weder mein Mann noch ich wurden dazu erzogen, so etwas zu billigen.«

»Und doch konnte Eure Tante es billigen – oder jedenfalls akzeptieren«, sagte ich. »Die Frau, nach der ich benannt wurde, eine Frau von hoher sozialer Stellung.«

»Ja«, sagte sie. »Und ich bedaure, was ich getan habe. Ich möchte, dass du das weißt. Ich bereue es. Das war anfangs anders. Ich habe lange an meinem Groll und meinen Vorurteilen festgehalten, viel zu lange. Um wirklich ehrlich zu sein, habe ich nicht begriffen, wie schrecklich ich mich versündigt hatte, bis mein Ehemann und mein Enkel starben und ich ganz allein auf der Welt war. Erst dann vermisste ich meine Tochter. Dann erst begriff ich, wie schrecklich ich mich ihr gegenüber verhalten hatte, und dass ich ihr damals gewünscht hatte, in ihrer Ehe genauso unglücklich zu sein wie ich in meiner. Ich begriff, wie eifersüchtig und geringschätzig ich gewesen war, als ich sie so glücklich mit deinem Vater erlebt hatte. Als sie nach deiner Geburt starb, redete ich mir ein, es wäre Gottes Strafe gewesen. Im Laufe der Zeit hasste ich mich dann selbst für diese Einstellung.«

Nach längerem Schweigen fügte sie noch hinzu: »Du siehst ihr sehr ähnlich.«

»Wem?«

»Deiner Mutter.«

»Aber ich sehe auch meinem Vater ähnlich«, sagte ich.

»Du bist sehr schön«, erwiderte sie. »Das musst du wissen.«

»Ich bin ein Mischling«, sagte ich, »und ein Bastard.«

»Du bist meine Enkelin. Du bist mein Fleisch und Blut. Du bist alles, was mir von der Tochter noch geblieben ist, die ich in die Welt gesetzt und so selbstsüchtig behandelt habe, bevor ich sie verlor. Und jetzt bist du hier. Ich kann die Hand ausstrecken und dich berühren. Ich wünsche mir so, dass wir gut miteinander zurechtkommen. Ich will dich nicht verlieren. Ich will versuchen, dich so zu behandeln, wie ich sie hätte behandeln sollen.«

Ich nahm ihre Hand. Es erschien mir ganz natürlich. Doch sie überraschte es. Ich begriff, dass sie es nicht gewohnt war, berührt zu werden.

»Andererseits«, wandte ich ein, »hätte sie vielleicht einen ganz anderen geheiratet, wenn Ihr sie besser behandelt hättet. Dann wäre sie meinem Vater vielleicht nie begegnet oder hätte sich nicht in ihn verliebt. Auf gewisse Weise verdanke ich Euch also meine Existenz.«

Ich bemerkte, dass es sie eine gewisse Anstrengung kostete, doch sie legte ihre andere Hand auf unsere beiden Hände.

»Was für eine seltsame Art, das Leben zu betrachten«, sagte sie, wahrscheinlich, um überhaupt etwas zu sagen. Was sie in diesem Augenblick am meisten beschäftigt haben dürfte, war das Gefühl meiner Hand zwischen ihren.

»Ich komme nicht aus dem Himmel«, sagte ich. »Ich habe eine ganz und gar einzigartige Reise aus Japan hinter mir, wo ich eine andere Großmutter zurücklassen musste.«

»Ich weiß«, sagte sie. »Es ist ein Wunder, für das ich Gott danke.«

Es war schwer, zu unterscheiden, ob sie mir diese Dinge sagte, damit ich mich besser fühlte, oder ob sie mich für sich einnehmen wollte.

»Ich bin bereits von einer Großmutter schwer enttäuscht worden«, sagte ich. »Ich würde mich freuen, wenn wir es besser machen.«

»Das werden wir, meine Liebe. Ich werde dafür sorgen. Was ist mit der Mutter deines Vaters in Japan geschehen?«

Ich erzählte ihr die Geschichte, wo und wie wir gelebt hatten. Vor allem betonte ich die Pracht von Date Masamunes Burg, damit sie nicht glaubte, mein neu erworbener Reichtum in Sevilla würde mich einschüchtern. Ich beschrieb ihr, wie sich mein Verhältnis zu Mizuki entwickelt hatte, wie viel sie mir in meiner Kindheit bedeutet hatte, wie sicher und geliebt ich mich gefühlt hatte, wie gut sie mich in die Umgangsformen am Hof des Herrschers eingeweiht hatte. Und wie sie sich dann, als ich älter wurde, verändert hatte, bis hin zu ihrer schrecklichen Verstrickung in Yokikos Tod.

Doña Inmaculada hörte aufmerksam und geduldig zu. Dann sagte sie: »Vielleicht siehst du es aus der falschen Perspektive, Soledad.« Sie hätte mich niemals Masako genannt. »Für mich klingt es so, als hätte deine japanische

Großmutter dir das Leben gerettet, und das mit voller Absicht.«

»Wie meint Ihr das?«, fragte ich.

»Hätte sie diese andere Frau nicht vergiftet, wäre dein Vater nicht fortgegangen. Sie wusste, dass ihr Handeln das Verhältnis zu der Person zerstören würde, die ihr auf der Welt am meisten bedeutete, zu deinem Vater. Sie wusste, dass es dazu führen würde, dass er dich von ihr fortbrachte. Es befreite dich und befreite deinen Vater. Es lieferte ihm den Anstoß, dich rechtzeitig hierher zurückzubringen, ehe dein Leben dort sich unwiderruflich geändert hätte. Ich denke, sie handelte aus Liebe zu dir. Und es muss ein enormes Opfer für sie gewesen sein.«

Ich hatte die Ereignisse nie in diesem Licht betrachtet. Auch Vater hatte das nicht. Bei dem Gedanken, dass sie recht haben könnte, kamen mir die Tränen. Vielleicht hatte Mizuki tatsächlich, in streng buddhistischer Weise, das losgelassen, das sie am meisten liebte, und dadurch mich und meinen Vater befreit, ehe sie selbst kurz vor Ende ihres Lebens ins Kloster gegangen war. Sie, die einst die größte Schönheit von Sendai gewesen war. Ich wollte ihr unbedingt mitteilen, dass ich sie verstanden hatte, dass ihre List aufgegangen war, dass wir unsere Reise überlebt hatten. Ich musste einräumen, diese Zusammenhänge nicht selbst gesehen zu haben, bis die Mutter meiner Mutter sie mir verdeutlicht hatte. Auch wenn ich ihr Yokikos Tod niemals verzeihen würde, musste ich ihr doch danken, dass sie so gut für mich gesorgt hatte. Ich beschloss, einen Brief zu schreiben und Kurt Vanderhooven bei unserer nächsten Begegnung zu bitten, dafür zu sorgen, dass sie ihn noch vor ihrem Tod zu sehen bekäme.

KAPITEL 40

Doña Soledad wollte unbedingt, dass ich das Grab meiner Mutter besuchte. Vater war noch nicht darauf vorbereitet, dorthin zurückzukehren, meinte aber, ich solle schon gehen, falls mir danach sei. Er sagte mir, er fühle sich gut bei dem Gedanken, dass ich an den Ort meiner Geburt zurückgekehrt sei, auf ein Landgut, das eines Tages mir gehören würde. Als Caitríona anbot, mich zu begleiten, schien er in seiner Entschlossenheit zu schwanken. Doch als er sich bewusst machte, dass sie immerhin verheiratet war – dazu noch mit meinem Onkel –, kehrte er mit Rosario und Francisco stattdessen nach Sanlúcar zurück. Doña Inmaculada blieb bei Doña Soledad in Sevilla. In einem Versuch, meiner Großtante zu gefallen, zog ich mir eines der feineren Kleider an, die ich in Amsterdam geschenkt bekommen hatte, ehe ich mich von ihr verabschiedete. Es war aus dicker Seide geschneidert und auberginefarben. Als ich in Doña Soledads Zimmer trat, legte meine Großmutter Inmaculada schockiert eine Hand auf den Mund und sagte: »Wie schön du aussiehst. Für einen Moment glaubte ich, du wärest Guada.«

Doña Soledad streckte mir die Hand entgegen.

»Wirklich sehr schön«, sagte sie. »Aber es ist nicht nötig, dass du dich meinetwegen so kleidest.«

»Ich dachte, es würde Euch gefallen«, erwiderte ich.

»Du bist es, die mir gefällt«, sagte sie. »Egal, wie du dich anziehst oder nennen lässt.«

Ich bemerkte, dass ihr Kommentar meine Großmutter ein wenig ärgerte. Vermutlich hatte Doña Soledad absichtlich in ihrer Gegenwart so gesprochen. Ich küsste ihre Hand.

»Danke«, sagte ich. Dann verneigte ich mich und fügte hinzu: »*Arigato.*«

Sie bestand darauf, dass Caitríona und ich ihre beste Kutsche benutzten. Sie war geräumig und himmelblau mit goldenen Verzierungen. Die Sitze waren mit marineblauem Samt bezogen, und die runde Decke zierte eine mit Cheruben geschmückte Szene von der Himmelfahrt der Jungfrau Maria. Vier temperamentvolle Pferde zogen sie, und ein livrierter Diener ritt dahinter. Der betagte Kutscher, Narciso, stand bereits seit Kindertagen in Diensten von Doña Soledad. Er trug eine Hose aus dickem Kordsamt und einen braunen Überrock.

Die Reise war sehr schön und verlief problemlos. Mehrere Regengüsse hatten die Flüsse und Bäche wieder gefüllt. Nasses Laub lag an den Straßenrändern, und einige Bäume waren kahl. Doch es gab weite Strecken mit Olivenhainen, und das Gras auf den brachliegenden Äckern war von einem kräftigen Grün. Während des ersten Teils der Reise saßen Caitríona und ich nebeneinander, mit Carlota zwischen uns. Uns gegenüber hatten mein Bruder Patrick und Carlotas Kindermädchen Platz genommen. Er tat, als studierte er die Landschaft, schaute aber immer wieder zu mir herüber, wenn er glaubte, ich wäre abgelenkt. Seine Anwesenheit hielt seine Mutter und mich davon ab, über bestimmte Themen zu reden, die uns unter den Nägeln brannten. Er war mürrisch und zweifellos weiterhin verwirrt von unserem plötzlichen Eindringen in seine Welt. Seine Unzufriedenheit äußerte sich in Beschwerden darüber, dass es für ihn in La Moratalla nichts zu tun gebe.

»Unsinn«, sagte Caitríona, die verärgert und enttäuscht war, weil er sich mir gegenüber nicht von seiner besten Seite zeigte. »Du bist sehr oft dort gewesen und hast es immer genossen.«

»Das stimmt nicht«, sagte er, schaute dabei aber beschämt zu Boden, weil er selbst wusste, dass seine Worte nicht der Wahrheit entsprachen.

»Warum bist du so schwierig?«, fragte ihn Caitríona frustriert. »Was soll deine Schwester von dir denken?«

»Meine Halbschwester«, sagte er böse und gab wieder vor, aus dem Fenster zu schauen.

Nachdem wir angehalten und ein mitgebrachtes leichtes Essen zu uns genommen hatten, ließ ich sie allein, um ihren Streit auszutragen, und setzte mich zum Kutscher. Er reagierte zunächst verwirrt, doch nach einer Weile gelang es mir, ihn zu beruhigen. Ich fragte ihn, ob er meine Mutter gekannt hatte.

»Oh ja, meine Dame«, sagte er. »Mit genau dieser Kutsche habe ich sie, Doña Soledad, einen Priester und Eure Großeltern zu ihrer Taufe ans Flussufer von Sevilla gefahren. Später in ihrer Jugend ist Eure Mutter häufiger mit mir gefahren. Auch sie hat ein- oder zweimal bei mir hier oben gesessen. Und an ihrem Hochzeitstag habe ich sie genau auf dieser Strecke gefahren, von Sevilla nach La Moratalla.«

All das beeindruckte mich sehr.

»Verbrachte sie ihre Hochzeitsnacht in La Moratalla?«, fragte ich.

»Ja, meine Dame. Ich brachte sie auch hierher, als sie mit Euch schwanger war. Euer Vater und Doña Soledad begleiteten sie.«

Diese letzte Information lieferte er blitzschnell, als wolle er von der davor ablenken.

»Was haben die Leute damals über meinen Vater gedacht, und über mich?«

»Das kann ich nicht sagen, meine Dame.«

»Was dachtet Ihr denn selbst?«

»Ich mochte Don Julián nie. Kaum jemand mochte ihn. Mit Eurem Vater habe ich nie ein Wort gesprochen. Aber er kam mir immer wie ein echter *caballero* vor, obwohl ...«

Er schien zu glauben, dass das, was er gerade sagen wollte, mich kränken könnte. Deshalb ließ er seinen Gedanken unvollendet.

»Obwohl er ein Heide war«, sagte ich lächelnd.

Er bemerkte mein Lächeln und war offensichtlich dankbar dafür.

»*Eso*«, sagte er. »Ich kann nicht für die reichen und vornehmen Familien sprechen, aber Leute wie ich haben ihn wegen seines Verhaltens respektiert.«

»Und was ist mit mir?«, fragte ich. »Ein heidnisches, uneheliches Mädchen?«

»Doña Soledad hat Euch zu ihrer Erbin gemacht. Das weiß jeder. Und es wird das Denken von allen beeinflussen, außer den Priestern. Ob die Eltern eines Menschen verheiratet sind oder nicht, spielt für mich keine große Rolle. Außerdem lieben die Leute Skandale, egal was sie in der Öffentlichkeit sagen.«

»Ihr seid ein weiser Mann, Narciso«, sagte ich.

Unten hörte ich Mutter und Sohn streiten, und ich dachte darüber nach, wie merkwürdig das Leben war. Wie Caitríona und mein Vater sich kennengelernt hatten, wie meine Existenz die beiden zusammengebracht hatte, wie verliebt sie auf dieser griechischen Insel gewesen waren, wo der Junge, mein Bruder, gezeugt worden war – und dann die traumatischen Ereignisse, die sie zusammen erlebt hatten. Jetzt war der Junge fast erwachsen und sprach zu ihr voller Verbitterung. Und wir näherten uns dem andalusischen Landgut, auf dem mein Vater und meine Mutter eine glückliche, verliebte Zeit miteinander verbracht hatten.

»Wie alt ist diese Kutsche, Narciso?«, fragte ich.

»Zahlen sind nicht meine Stärke«, erwiderte er. »Aber sie war ein Hochzeitsgeschenk, das Doña Soledad von ihren Eltern bekommen hat. Sie fuhr damit zur Kathedrale. Damals war mein Vater der Kutscher. Er fuhr sie, bis er zu alt war. Dann übernahm ich diese Aufgabe, ungefähr zu der Zeit, als ihre beiden Söhne geboren wurden.«

Nach dem Abendessen, als mein Bruder sich schmollend ins Bett zurückzog und Caitríona in der Küche mit den

Bediensteten über die Mahlzeiten und alles sprach, was während unseres Aufenthaltes sonst noch wichtig war, schlenderte ich durch die eindrucksvollen Salons – und konnte kaum glauben, dass sie tatsächlich mir gehören würden. Ich dachte an die Kutsche. Sie stand draußen im Dunkeln. Die Pferde waren in den Ställen. Narciso und die anderen Männer waren in einem Teil des riesigen Hauses verschwunden, den ich noch nicht kannte.

In dieser Kutsche also war meine Großtante zu ihrer Hochzeit gefahren, meine Mutter zu ihrer Taufe. Und sie hatte Mutter und Vater aus Sevilla nach La Moratalla gebracht, als ich noch im Mutterleib war und sie vom Leben nichts anderes als Glück erwarteten. Wenn sie nicht benutzt wurde, stand sie meistens auf einer mit Feldsteinen gepflasterten Auffahrt neben der Casa de Pilatos, inmitten des wirbelnden Stadtlebens. Mit ihren wunderschön geformten Türen und den goldenen Angeln, den gepolsterten Sitzen und hohen Speichenrädern war sie mein ganzes Leben lang da gewesen, das ganze Leben meiner Mutter lang und einen Großteil von Doña Soledads Leben. Die Beständigkeit mancher Dinge, unbelebter Objekte, faszinierte mich ungemein.

Als ich hier in diesem Haus tief in der andalusischen Provinz stand, in dem meine Mutter und ihre Großtante aufgewachsen waren, wurde mir plötzlich bewusst, dass im gleichen Augenblick am anderen Ende der Welt auch mein Schlafzimmer in der Burg von Sendai existierte. Seine nach Zedern riechenden Schiebetüren, die Matten auf dem Fußboden. Die Geräusche des Brunnens und der Grillen im Garten waren so real wie das, was ich hier und jetzt hörte. Die zurückgelassenen Flusskähne in Nordamerika, die wir am Grab von Fernando de Alarcón entdeckt hatten, befanden sich höchstwahrscheinlich noch immer am selben Fleck, dort auf diesem riesigen, wilden Kontinent, wo Vater mich das Überleben gelehrt hatte. Die sterblichen Überreste Lonans existierten mit derselben Wirklichkeit wie die draußen geparkte Kutsche. Kurt war irgendwo auf den Westindischen Inseln. Menschen in ihren zerbrechlichen Körpern voller Blut, Knochen, Organe und flüchtiger Gefühle huschten vom Zeitpunkt ihrer Geburt bis zum Tod durchs Leben, umgeben von Dingen und Orten, die fest an ihrem Platz blieben. Vertraut, ergreifend und gleichgültig. Mizuki befand sich in einem Kloster irgendwo bei Kyoto. Doña Inmaculada saß am Bett von Doña Soledad. Mutter lag hier ganz in der Nähe begraben.

Ich war erleichtert, als Caitríona mir wieder Gesellschaft leistete und mich von meinen sentimentalen Gedanken ablenkte. Es war schön, mit einem lebendigen jungen Menschen zusammen zu sein. Wir gingen in die Bibliothek und nahmen in Sesseln vor einem Balkon Platz, von dem wir den – in dieser Nacht in Mondlicht getauchten – großen zentralen Springbrunnen im Blick hatten. Ich rechnete damit, dass sie etwas über meinen Bruder erzählen, sein Verhalten zu erklären versuchen oder mich nach meinen ersten Eindrücken von Spanien fragen würde. Doch Caitríona war Caitríona. Erst sagte sie gar nichts, und dann sprach sie auf Englisch mit ihrem typisch irischen Akzent. Sie nahm meine Hand, wie Inmaculada es getan hatte, nur dass die Geste hier tausendmal natürlicher wirkte.

»Ich frage mich, ob meine Mutter noch lebt«, begann sie.

Ich konnte nur ihre Hand drücken.

»Manchmal hoffe ich, dass sie tot ist, und dass es schnell ging«, fuhr sie fort.

Wir beide wussten, wie unwahrscheinlich das war.

»Wir könnten versuchen, sie zu finden«, sagte ich. »Vielleicht könnte Vater sie mit Gold freikaufen.«

»Nein«, sagte sie. »Wenn sie nicht tot ist, wird sie sich irgendwie in ihr Schicksal ergeben haben. Und wenn das so ist, würde sie aus Scham darüber sterben. Dein Vater hat genug getan, als er dich und mich und all die anderen gerettet hat. Er verdient ein bisschen Ruhe und Frieden.«

»Und er braucht jemanden an seiner Seite«, sagte ich. »Es ist zu lange her, dass er wirklich mit einer Frau zusammen war. Du kannst von Glück sagen, dass du verheiratet bist.«

Sie warf mir einen ungläubigen Blick zu.

»Könnte es sein, dass du tatsächlich nicht über deinen Onkel Carlos Bescheid weißt?«

»In welcher Hinsicht?«, fragte ich.

»Er mag keine Frauen, sondern Männer. Wir führen eine Zweckehe. Er brauchte sie für den äußeren Schein – und ein Kind –, während es mir um Sicherheit für Patrick und mich ging.«

»Das wusste ich nicht«, antwortete ich. »Vater hat nie darüber gesprochen, und er ist eigentlich nicht prüde. Du solltest Carlos verlassen, wenn du nicht glücklich bist. Ich werde mich um dich, meinen Bruder und Carlota kümmern. Es wäre mir wirklich eine Freude.«

»Und was wird dein zukünftiger Ehemann dazu sagen?«, fragte sie lächelnd.

»Es geht ihn nichts an«, erwiderte ich. »Außerdem würde ich niemals jemanden heiraten, der mich davon abzubringen versucht. Ich bin nicht dem Schicksal eines Lebens als Gemahlin eines japanischen Monsters entronnen, um dann jemanden zu heiraten, der sich in meine Angelegenheiten einmischt.«

Ich redete mir ein, dass ich es genauso meinte. Ich versuchte, mich an meine neue Rolle zu gewöhnen: als Frau, die – vielleicht als eine von wenigen auf der Welt – finanzielle Unabhängigkeit genoss.

»Aber warum solltest du das für mich tun?«, fragte sie.

»Weil du dich um mich gekümmert hast, Caitríona. Weil du die Mutter meines Bruders bist. Ohne dich wäre ich verloren gewesen, am Ende.«

»Du Wahrheit ist, dass du *mir* geholfen hast«, sagte sie. »Du wärst auch ohne mich zurechtgekommen. Dieser Rohling von Pirat hätte dir kein Haar gekrümmt. Dafür warst du ihm zu wertvoll. Und seine arme Geliebte hat dich angebetet. Ich muss oft an sie denken. Sie war kein schlechter Mensch. Du hast mir das Leben gerettet.«

»Wie auch immer«, sagte ich. »Von dem Moment an, als sie Vater damals vom Schiff brachten, bis zu jenem schrecklichen Tag, als wir mitten im Meer getrennt wurden, hast du dich um mich gekümmert, über Tausende von Stunden und Kilometern hinweg.«

Wir tranken unseren Wein aus, öffneten die Balkontüren und traten nach draußen. Es war kalt und, vom Plätschern des Springbrunnens abgesehen, still. Die Zitronenbäume waren kahl, die Platanen hatten sich geschält, an den Quittensträuchern hingen dicke Früchte. Es roch nach

Buchsbaum und Feuchtigkeit und dem Rauch der Feuer in den verschiedenen Herden des Hauses.

»Ich glaube, es wird mir hier gefallen«, sagte ich.

»Ja. Das wird es.«

»Du musst immer hier bei uns bleiben«, drängte ich sie.

Sie legte den Arm um meine Schultern und zog mich an sich.

»Wir werden sehen«, sagte sie.

Am folgenden Morgen zog ich mir einen Kimono an. Caitríona führte mich durch die formalen Gärten hinauf in den unberührten Wald, wo das Grab lag. Es befand sich am hinteren Ende einer Lichtung zwischen zwei Säulen, den Überresten eines kleinen römischen Tempels. Das Gras war lang und feucht und leuchtend grün. Ich las den Namen meiner Mutter auf dem Grabstein, neben dem ein Biwabaum wuchs. Wenige Meter dahinter endete die Lichtung, und das Buschwerk ragte wie eine Wand empor. Caitríona begleitete mich dorthin und deutete durch eine Lücke hindurch auf den friedlich vorbeifließenden Guadalquivir und die wogenden grünen Felder, die sich bis weit in die Ferne zogen, nach Süden und westlich bis nach Palma del Río. Dort, wo die Felder im morgendlichen Dunst verschwanden, erhob sich die dunkle Nordseite der Berge der Sierra Morena. Caitríona blieb eine Weile dort stehen, während ich zum Grab zurückkehrte. Ich starrte es eine Weile an und versuchte, irgendetwas zu empfinden. Natürlich war ich traurig, aber mehr noch als Traurigkeit spürte ich eine tiefe Verwunderung. Zum ersten Mal seit unserer Ankunft fühlte ich mich zu Hause.

KAPITEL 41

Wir brachten den Rest des Morgens damit zu, mit Carlota und ihrem Kindermädchen durch die Gärten zu schlendern. Die Kleine bestand darauf, dass ich ihr von allem, woran wir vorbeikamen, den japanischen Namen sagte. Caitríona stellte mich den restlichen Bediensteten und den Gärtnern vor. Nach dem Mittagessen wollte Patrick ausreiten, und seine Mutter erhob zunächst Einwände, bis ich anbot, ihn zu begleiten. Damit hatte er nicht gerechnet, doch er war froh, seinen Willen zu bekommen. Ich zog meinen *umanori hakama* an, eine Art Hosenrock der Samurai, der ideal zum Reiten war. Caitríona, Patrick und die Stallburschen reagierten schockiert, als ich einen von Doña Soledads Damensätteln ablehnte. Ich packte mein Pferd an der Mähne und schwang mich rittlings hinauf. Ich erklärte ihnen, dass japanische Sättel genauso reich verziert und sperrig seien wie die spanische Variante – schließlich sollten sie nicht glauben, dass ich aus einer primitiven Kultur käme –, dass ich aber im Jahr zuvor mehrere Monate auf ungesattelten Pferden zugebracht hätte. Caitríona reagierte amüsiert.

Ich ließ Patrick voranreiten. Nachdem er zuerst langsam und zunehmend schneller galoppiert war und sich wahrscheinlich so präsentiert hatte, wie sein Vater es ihm beigebracht hatte, entspannte er sich spürbar, als wir die Pferde am Ufer ausruhen ließen. Ich erzählte ihm von unserer Reise durch Japan und unseren Abenteuern in Santa Fe auf dem neuen Kontinent, von unseren Schlachten, unseren Fluchten, den Soldaten, die wir hatten töten müssen, unseren Begegnungen mit den verschiedensten Stämmen. Und ich erzählte, dass ich mich in einen Zuñi verliebt hatte, der im Kampf gefallen war. Hingerissen folgte er meinem Bericht und stellte viele Fragen. Genau wie ich fragte er sich, was aus den Pferden geworden sein mochte, die wir freigelassen hatten, bevor wir hinüber nach New Amsterdam gepaddelt waren. Manchmal sah ich Vater vor mir, wenn er sprach, und auch mich selbst, was mich erschauern ließ. Mir kam der Gedanke, dass ein Teil meiner Aufgabe in Spanien darin bestand, seine Sitten zu lernen und mich ihnen anzupassen – und dass Patrick etwas Vergleichbares bevorstand. Als wir schließlich zum Haus zurückkehrten, waren wir Freunde geworden.

»Jetzt hast du zwei Halbschwestern«, sagte ich, als wir die Pferde zu den Ställen führten.

Er lächelte und fragte mich, ob ich ihm beibringen könne, wie man das japanische Schwert benutzte.

»Da musst du Vater fragen«, sagte ich. »Er ist viel geduldiger als ich.«

Am Abend hatte ich Schmerzen von dem langen Ausritt, was ich aber nicht zugeben wollte. Nach dem Essen setzten wir uns vor eine der hohen, mit grünem italienischem Marmor eingefassten Feuerstellen, in der Olivenholz brannte.

Carlota schlief in meinen Armen ein, und Patrick, der seine Zurückhaltung aufgegeben hatte, saß auf einem Teppich in der Nähe und malte Bilder von blutigen Schlachten. Nach einer Weile schlief auch er ein, denn wir hatten ihm erlaubt, zum Essen Wein zu trinken. Caitríona und ich unterhielten uns über Männer. Ich erzählte ihr von Lonan und Kurt. Aus offensichtlichen Gründen blieb sie diskreter, doch ihre Beschreibung der Umstände von Carlotas Zeugung ließen uns so laut lachen, dass das kleine Mädchen aufwachte. Bei Caitríona fühlte ich mich aufgehoben und glücklich, ohne den instinktiven Anflug von Eifersucht, der mich in Rosarios Gegenwart überkommen hatte.

Ich versuchte, mich zu erinnern, wie sie und Vater auf Paxos ausgesehen hatten, als ich so klein gewesen war und sie aufeinanderliegend und beim Schwimmen beobachtet hatte. Dann rief ich mir das Bild vor Augen, wie sie Seite an Seite in Sevilla gestanden hatten, und es gefiel mir. Ich fühlte mich ein wenig schuldig und verspürte Mitleid mit Rosario, die alles in allem in Sanlúcar ein viel einsameres Leben führte als Caitríona in La Moratalla, Carmona und Sevilla. Caitríona hatte Vater einen Sohn und mir einen Bruder geboren. Sie war jünger, eine Ausländerin wie ich und trug ein Feuer in sich. An jenem Abend erschien ihre Liebesgeschichte mit Vater mir zu romantisch, um anders zu enden, als dass sie wieder zusammenfanden. Caitríona und ich legten uns ins selbe Bett und schliefen im Dunkeln redend ein, so wie ich es oft von Schwestern gehört hatte.

Am nächsten Morgen traf ein Bote aus der Casa de Pilatos ein. Er brachte einen Brief meiner Großmutter, die uns aufforderte, unverzüglich nach Sevilla zurückzukommen.

KAPITEL 42

Schon als junge Frau habe ich mich oft gefragt, wann dieser Tag kommen würde.«

Sie sprach nur flüsternd. Ihre Haut war wächsern, ihr Haar bestand nur noch aus einzelnen weißen Strähnen, die Doña Inmaculada auf möglichst würdevolle Weise arrangiert hatte. Ich saß dicht neben ihr auf dem Bett, so wie am ersten Tag, meine Großmutter saß auf der anderen Seite. Der Erzbischof von Sevilla hatte Doña Soledad gerade das Sakrament der Krankensalbung gespendet. Der große, ehrwürdige Geistliche stand – nach Knoblauch riechend und leise Gebete murmelnd – am Rand des Zimmers zwischen Caitríona und meinem Onkel Carlos, der eben eingetroffen war. Mein Onkel sah gut aus und trug luxuriöse Kleidung aus Samt, Seide und Pelz. Er grüßte mich ernst und ohne jeden Anflug eines Lächelns. Es war schwer, zu beurteilen, ob der Mangel an Freundlichkeit auf den traurigen Anlass zurückging, der uns hier zusammengeführt hatte, oder auf seine generelle Einstellung mir gegenüber. Mir war es egal. Ich war vor allem dankbar, dass Vater und ich Sevilla nach unserer langen Reise so rechtzeitig erreicht hatten, dass Doña Soledad mich noch hatte wiedersehen dürfen.

Fast eine Stunde verging, ehe sie wieder etwas sagte. Zwei Sätze, deren Bedeutung schwer zu entschlüsseln war. Einer lautete: »Sei vorsichtig auf dem Weideland.« Der andere: »Pass auf den Fluss auf, er ist dort tief.« Ihre allerletzten Worte waren dann deutlich zu verstehen und schockierten alle außer Caitríona und mir. »Zieh dich aus und nimm mich hart«, befahl sie mit schwacher Stimme, aber sehnsuchtsvoll. Dann drang Speichel zwischen ihren Lippen hervor, und sie musste husten. Das Husten weitete sich zu einem Anfall aus, der ihren ausgemergelten Körper durchschüttelte. Ich vermute, es war die Anstrengung, die ihr Herz zum Stoppen brachte. Als sie dann still vor uns lag, wischte Großmutter ihr den Mund ab und schloss ihr sanft die Augen. Der Erzbischof trat wieder ans Bett. Ich spürte einen Anflug von Ärger, als er sich über sie beugte und auf unangenehm theatralische Weise das Kreuzzeichen machte.

Vater, Rosario und Francisco trafen rechtzeitig zum Begräbnis ein. Doña Soledads Ruhestätte befand sich in einem großen Mausoleum, zusammen mit den Gräbern ihrer Eltern und ihrer Söhne. Die Zeremonie erschien mir weniger wie ein Tag der Trauer, sondern vielmehr als gesellschaftliches Ereignis. Von einem gewissen Maß an Ernsthaftigkeit während des Gottesdienstes abgesehen, nutzten die fein herausgeputzten Freunde und entfernteren Verwandten die Gelegenheit zur angeregten Unterhaltung. Die Frauen waren mit Fächern ausstaffiert, obwohl es kühl und bewölkt war. Alles unterschied sich komplett von den Begräbnisriten in Japan oder denen der Zuñi. Ironischerweise standen mein Onkel Carlos und Doña Inmaculada im Zentrum der allgemeinen Aufmerksamkeit. Auch Hermenegildo und seine Frau, die meinen Onkel aus Granada hierher begleitet hatten, waren unter den Gästen.

Ohne um meine Erlaubnis zu bitten oder sich mit mir zu besprechen, begab sich die ganze Gesellschaft nach der Zeremonie in die Casa de Pilatos. Meine Großmutter behandelte mich auf ihre beherrschte Weise mit Zuneigung und Respekt, unternahm aber kaum Anstrengungen, mich als ihre Enkelin vorzustellen. Onkel Carlos gab sich erst gar keine Mühe, seine Geringschätzung und seinen Unmut über meine Anwesenheit zu verbergen.

Caitríona hatte mich auf der Reise zurück aus La Moratalla vorgewarnt. »Er hatte sich, wie wir alle, an die Vorstellung gewöhnt, dass du und dein Vater gestorben wäret. Für mich waren die Erinnerungen dadurch leichter zu ertragen, für ihn dagegen war es vor allem praktisch. Der einzige Mensch, der wirklich noch Hoffnung auf ein Wiedersehen mit euch hatte, war Doña Soledad. Ich weiß sicher, dass er auf seinen neu gewonnenen Einfluss bei Hofe zählte und hoffte, dein Erbe nach ihrem Tod für sich zu beanspruchen.«

»Aber er hat doch vermutlich ausgesorgt«, wandte ich ein.

»Allerdings«, erwiderte sie. »Uns, oder besser gesagt *ihm* gehört mehr Landbesitz und mehr Vermögen, als er jemals ausgeben kann. Aber die Häuser und Landgüter, die du erbst, bedeuten ihm am allermeisten. Schließlich sind sie die größten und schönsten von allen.«

Patrick hörte unser Gespräch mit und sagte, offenbar hin- und hergerissen, kein Wort.

Die Spannung, die sich vom Morgen des Begräbnisses an aufgebaut hatte, entlud sich mit aller Macht, sobald die letzten Gäste das Haus verlassen hatten. Da wir wenig Lust verspürten, uns von Menschen zu verabschieden, die uns bis dahin allenfalls angestiert hatten, hatten Vater, Rosario, Caitríona, die kleine Carlota und ich uns in eine ruhige Ecke des großen Gartens zurückgezogen. Patrick war zusammen mit Francisco verschwunden.

Onkel Carlos trat aus dem Haus und kam auf uns zu. Ich entdeckte Hermenegildo und seine Frau, die wie Raubvögel im Hintergrund lauerten. Und ich sah, wie Doña Inmaculada sich von ihrem Sohn entfernte und zurück ins Haus trat. Ihr Gang und ihre vorgebeugte Haltung verrieten ihren Unmut. Wahrscheinlich hatte sie ihren Erstgeborenen gedrängt, sich zu beruhigen, noch einmal nachzudenken, besonnen zu handeln oder wenigstens einen angemessenen Zeitpunkt abzuwarten – vergeblich. Carlos wandte sich zunächst an Vater.

»Ich würde gern mit Euch allein sprechen«, sagte er.

»Falls Ihr etwas Unangenehmes loswerden möchtet«, erwiderte Vater, »sollte auch meine Tochter es hören.«

Sie starrten sich an. Nachdem sie sich am Morgen zum ersten Mal begegnet waren, fühlten sich beide durch die Anwesenheit des jeweils anderen provoziert. Ich glaube, Vater suchte in seinen Gesichtszügen nach Ähnlichkeiten mit meiner Mutter. Und Onkel Carlos versuchte, den Mann abzuschätzen, der zu einer Familienlegende geworden war. Den Mann, den seine Schwester geliebt hatte und für den sie gestorben war, den seine Eltern herabgewürdigt hatten, an den seine Frau ihre Jungfräulichkeit verloren hatte, einen alles in allem viel zu fremdartigen Mann in unpassender Kleidung. Schließlich schaute er zu Caitríona.

»Würdest du und Rosario uns bitte entschuldigen?«

Caitríona nahm Carlotas Hand, schob sie aber sanft zu Rosario hinüber. »Könntest du dich kurz um sie kümmern? Ich möchte das Gespräch gern mit anhören.«

Rosario, die mein Onkel ihrer einfachen Herkunft wegen ebenfalls ablehnte, lächelte und sagte: »Aber gern.« Dann ging sie mit dem kleinen Mädchen davon.

Carlos warf seiner Frau einen finsteren Blick zu und wandte sich an mich.

»Ich erkenne Euch als meine Nichte an«, sagte er, als wäre er der König persönlich. »Die Tochter meiner geliebten Schwester. Ich erkenne an, dass unsere liebe verstorbene Tante Euch zur Erbin ihres Vermögens eingesetzt hat, eine Entscheidung, die an Irrsinn grenzt. Ich werde diese Entscheidung nicht anfechten – mit einer Ausnahme. Ich kann es nicht zulassen, dass Ihr dieses Haus besitzt und hier wohnt.«

Zum ersten Mal seit langer Zeit nahm ich aus dem Augenwinkel wahr, wie Vater beide Hände an den Griff seines Schwertes legte.

»Aus welchem Grund?«, fragte ich meinen Onkel.

»Ich bin ein spanischer Grande«, sagte er. »Meine Familie …«

»Unsere Familie«, unterbrach ich ihn.

»Meine Familie«, beharrte er, »genießt seit der Vertreibung der Mauren hier in Sevilla großes Ansehen. Sie hat dieses Haus erbaut. In dieser Stadt betrachtet man es als

Palast, den stets nur Personen von höchstem gesellschaftlichem Rang bewohnt haben.«

Ich sollte hier anmerken – denn es gehört zu den Dingen, für die ich Vater sehr dankbar bin –, dass jemand meines Alters und meines Geschlechts normalerweise überhaupt keine derartige Unterhaltung mit jemandem wie meinem Onkel hätte führen dürfen. Normalerweise hätte mein Vater mich einfach ignorieren und an meiner Stelle antworten können. Aber so etwas tat er – meistens – nicht.

»Wie viel wäret Ihr dafür zu zahlen bereit?«, fragte ich meinen Onkel.

Offenbar hatte ich ihn auf dem falschen Fuß erwischt.

»Dafür zu zahlen«, wiederholte er.

»Ja«, sagte ich. »Da Ihr es so dringend haben wollt und ich die rechtmäßige Besitzerin bin, vermute ich doch, dass Ihr das Haus kaufen wollt. Vielleicht könnten wir uns aber auch auf einen Tausch einigen. Gegen das Haus Eurer Eltern und das, das Doña Soledad Euch und Caitríona zur Hochzeit geschenkt hat. Zusammen dürften sie schätzungsweise ungefähr so groß sein wie dieses hier.«

»Seid Ihr wahnsinnig?«, fragte er in ziemlich aggressivem Ton.

»Das reicht jetzt«, sagte Vater ruhig, aber mit unüberhörbarer Entschiedenheit. Mein Onkel sah ihn an und erbleichte.

»Onkel«, sagte ich. »Ihr habt mich beleidigt, auf vielfältige Weise und ohne allzu viele Worte. Und das alles am Tag der Trauer. Ich muss mich wundern.«

Da Caitríona ihn zum Ehemann genommen hatte und er der einzige Bruder der Frau war, die Vater so sehr geliebt hatte, war ich davon ausgegangen, dass er auch eine sanftmütige Seite besaß. Offensichtlich hatte er unter seiner Familie schwer gelitten, was ihn mit tiefem Zorn erfüllt hatte.

»Woher kommen diese Gier und diese Wut?«, fragte ich ihn. »Welche Verletzung und welcher Groll haben Euch zu einem solchen Anfall von Respektlosigkeit gegenüber Eurer einzigen Nichte veranlasst?«

»Eure Anwesenheit hier bringt mich in Verlegenheit«, erwiderte er und goss noch mehr Öl ins Feuer. »Ihr seid ein unübersehbarer Hinweis auf die sündhafte Torheit meiner Schwester. Die Gegenwart Eures Vaters bedroht den guten Ruf meiner Frau und meines Stiefsohnes. Ich bin sicher, die Leute zerreißen sich bereits die Mäuler über den Skandal. Dass Ihr in diesem Haus, in dieser Stadt wohnt, ist einfach zu viel. Ich werde alles tun, um es Euch wegzunehmen.«

Vater war außer sich vor Wut. Ich konnte es spüren. Mein Onkel wandte sich zum Gehen.

»Komm, Caitríona«, sagte er.

»Nein«, erwiderte sie.

»Komm, sage ich.«

»Nein«, wiederholte sie.

Entgeistert starrte er sie an. Dass er es nun auch geschafft hatte, es sich mit denen zu verscherzen, die ihm Trost hätten spenden können, erfüllte mich beinahe mit Mitleid.

»Von diesem Moment an«, sagte Caitríona, »werde ich nur noch dem Namen nach deine Frau sein.«

»Du wirst auf jede Weise meine Frau sein, die ich für richtig halte«, sagte Carlos. »Ob es dir gefällt oder nicht.«

»Nein«, sagte sie. »Das werde ich nicht. Meinen Teil der Vereinbarung habe ich erfüllt, Carlos. Ich habe dich vor den Augen deiner provinziellen Welt geheiratet. Ich habe dir sogar ein Kind geschenkt. Aber zu mehr bin ich nicht bereit. Ich werde kein Aufhebens darum machen, aber ich, mein Sohn und unsere Tochter werden ab sofort nicht mehr bei dir wohnen. Und wenn du dir so sehnsüchtig einen männlichen Erben wünschst, dann nimm dir eine Geliebte.«

»Es ist seinetwegen, nicht wahr?«, fragte mein Onkel, wobei er auf Vater deutete, ohne den Blick von ihr abzuwenden.

»Nein«, erwiderte sie. »Es ist deinetwegen. Dein Verhalten hier und heute ist einfach unverzeihlich. Es hat meine schlimmsten Befürchtungen bestätigt und mir die Augen geöffnet. Offenbar hat die viele Zeit, die du in Granada oder am Hof in Madrid verbringst und uns hier allein lässt – wofür ich stets dankbar war –, dein Herz verdorben. Als du dich aus dem Seminar befreit hast, als du dich um den Besitz deiner Mutter in Carmona gekümmert hast, als du nach La Moratalla kamst, wo wir uns kennenlernten, als du mir auf deine eigene Weise und aus den bekannten Gründen den Hof gemacht hast, warst du ein besserer Mensch als heute. Jedenfalls hatte ich den Eindruck.«

KAPITEL 43

Ich blieb in Sevilla, bis Carlos wieder nach Madrid abreiste. Ich achtete darauf, häufiger Kleider zu tragen. Und ich machte es mir zur Aufgabe, mit der Casa de Pilatos vertraut zu werden und die Sympathien der Bediensteten zu gewinnen. Der Kutscher Narciso war in dieser Hinsicht sehr hilfreich. Wir schmiedeten Pläne für Besuche im Pazo de Oca in Galizien und den zahlreichen anderen Gütern in Soria und León und Santander, die mir jetzt ebenfalls gehörten. Caitríona offenbarte mir später, dass Vater und sie irgendwann in den zehn Tagen nach Doña Soledads Begräbnis Zeit gefunden hatten, eine Reihe von »Zusammentreffen« zu arrangieren, die bei beiden tiefe Spuren hinterlassen hatten.

Als Carlos fort war, reisten Rosario, Francisco, Vater und ich nach Sanlúcar. Obwohl Vater alles andere als begeistert von der Idee war, bettelte ich ihn an, einen Halt in Coria del Río einzulegen. Ich wollte die Samurai kennenlernen, die sich entschieden hatten, in Spanien zu bleiben, statt mit Hasekura Tsunenaga nach Japan zurückzukehren. Vater und Francisco reisten zu Pferde. Rosario und ich fuhren in einer kleinen, offenen Kutsche, die von einem Neffen Narcisos gelenkt wurde. Wir folgten der Straße am

Fluss entlang und erreichten Coria am frühen Abend. Die Nachricht von unserer Ankunft verbreitete sich, sobald Vater vom Pferd stieg, denn mit seinen Schwertern und der traditionellen Kleidung sah er so aus wie die dort lebenden Samurai, als sie zum ersten Mal hier aufgetaucht waren.

Seitdem hatten alle sechs spanische Frauen geheiratet und sich nach und nach angepasst. Keines ihrer Kinder sprach Japanisch, und fast alle früheren Samurai trugen spanische Kleidung, wenn auch von einfacher Art, wie sie bei Bauern und Fischern üblich war. Nur einer der Männer legte Wert auf den Erhalt seiner ursprünglichen Identität, ein gar nicht schlecht aussehender Mann namens Akira, der aus der Präfektur Edo stammte. Wir trafen ihn am folgenden Morgen wieder, als er in Kimono und Kamishimo unsere Herberge aufsuchte. Beide Kleidungsstücke waren abgenutzt, aber sauber, und er trug sie mit leicht übertriebener Würde. Breit und stämmig gebaut, hatte er eine Schäferstochter geheiratet, die später kinderlos starb. Wie die anderen Samurai fischte er Störe und sammelte den Rogen, der in Sevilla exorbitante Preise erzielte.

Obwohl er älter war, behandelte er Vater mit Ehrerbietung. Viele von Vaters Erlebnissen – seine Verbindung zum Herzog von Medina-Sidonia, seine Freundschaft zum früheren König und seine Leidenschaft für meine Mutter – waren auch hier bekannt. Dass er als Günstling von Date Masamune und Prinz von Sendai galt, beeindruckte sie allerdings weit mehr. Zudem beneideten und respektierten sie ihn wegen seiner Weigerung, zum Christentum zu konvertieren. Entscheidend aber war der Umstand, dass er es gewesen war, der sie auf dieses Dorf aufmerksam gemacht und ihnen die Aufnahme durch die Einheimischen erleichtert hatte.

Akira, der offenbar als angemessenster Repräsentant angesehen wurde, tauchte also in unserer Herberge auf, um Vater seinen Respekt zu bekunden. Vater war freundlich zu ihm, aber nicht mehr. Ich spürte die Enttäuschung des Mannes. Er wollte Neues aus Japan erfahren, sich mit einem wichtigen Mann in seiner Muttersprache unterhalten, doch Vater war nicht bereit, ihm den Gefallen zu tun. Ich schon. Für mich waren dieser Mann und seine Gefährten lebende Legenden, Mitglieder der ursprünglichen Keichodelegation. Abgesehen davon, war Vater der einzige Japaner gewesen, mit dem ich zu tun gehabt hatte, seit wir die Ezochikolonie an der Westküste Nordamerikas verlassen hatten. Diese Männer hier waren in Treue zum Shogun aufgewachsen und dem Weg des Kriegers gefolgt. Auch wenn sie all das aufgegeben hatten, fühlte ich mich ihnen irgendwie näher als Männern wie meinem Onkel Carlos.

Der Dorfpriester tauchte auf, und diesem Mann in seiner staubigen schwarzen Soutane gegenüber verhielt Vater sich wärmer als gegenüber seinen ehemaligen Landsleuten. Nachdem ich vorgestellt worden war, gingen die beiden zusammen Richtung Dorfzentrum. Ich blieb bei Akira zurück und erzählte ihm so viel wie möglich über seine Heimat. Dann fragte ich ihn nach seinem Leben und dem der anderen Samurai hier in diesem winzigen Dorf. Eine gute Stunde lang unterhielten wir uns auf Japanisch.

Am Nachmittag ging ich mit Vater zu der Stelle, an der er vor vielen Jahren gerettet worden war – beide Hände zu einer blutigen Masse zerquetscht. Er war dort kurz vor

Anbruch des Morgens an Land gespült worden, nachdem er die Nacht über den Guadalquivir flussabwärts getrieben war. Der Fischer, der ihm geholfen und ihm ein Dach über dem Kopf gegeben hatte, war inzwischen gestorben, doch seine Tochter, Piedad, lebte immer noch dort. Sie hatte einen Spanier aus dem Dorf geheiratet und begrüßte uns in Begleitung zweier Kinder und einer Schwägerin. An der Art, wie Vater und sie miteinander sprachen, merkte ich, dass Vater und sie sich einmal sehr nahegestanden hatten. Als junge Frau musste sie eine Schönheit gewesen sein, aber nun sah sie aus wie jemand, bei dem Jahre der Kindererziehung und der harten Arbeit ihre Spuren hinterlassen haben. Ich gab mir Mühe, ein Gespräch mit den Kindern und der anderen Frau in Gang zu setzen, damit Vater und sie allein miteinander sprechen konnten, und sei es nur für eine Minute. Ich sah sie zum Flussufer gehen und versuchte, sie mir so vorzustellen, wie sie einmal gewesen waren. Sie trug Schwarz, Vater einen weißen Kimono mit einem Muster aus dunkelblauen Kranichen.

Mich derart von Vaters früheren Geliebten umgeben zu sehen – Rosario, Piedad, Caitríona –, erweckte auch in mir romantische Sehnsüchte. An jenem Abend besuchte ich Akira und unternahm einen langen Spaziergang mit ihm. Auch wenn nichts Erwähnenswertes geschah, fühlte ich mich bei der Rückkehr ins Dorf von ihm verzaubert. Einfach mit ihm am Fluss entlangzugehen erfüllte mich angesichts der Art und Weise, wie unsere Geschichten miteinander verschränkt waren, mit Zärtlichkeit. Als ich gute Nacht gesagt hatte und das Gasthaus betrat, reagierte Vater aufgebracht. Er betrachtete Akira als gesellschaftlich unter mir stehend und beschuldigte seinen früheren Gefährten, mich ausnutzen und an meinen Reichtum gelangen zu wollen. Das fand ich sehr ungerecht und sagte es ihm auch. Daraufhin stritten wir uns mit einer Heftigkeit, die uns beide verblüffte. Auch Francisco war beunruhigt wegen meines unbegleiteten Ausfluges und äußerte sich abschätzig über den älteren Mann. Seine und Vaters Haltung enttäuschten mich.

Francisco und Vater teilten sich einen Raum. Ich hörte, wie sie ihr Gespräch in der Nacht fortsetzten, wie beide ihre Kritik an dem armen, verwitweten Akira noch einmal wiederholten. Rosario und ich schliefen im Zimmer nebenan. Zu meiner Erleichterung verstand sie mich.

»Du bist zu sehr in seiner Nähe«, sagte sie, womit sie Vater meinte. »Ihr beide habt monatelang, letztlich jahrelang dieselbe Luft geatmet. Ohne es zu wollen, seid ihr fast wie ein Paar geworden. Du musst auch begreifen, dass du für ihn eine Art magische Reinkarnation deiner Mutter darstellst. Da liegt es doch nahe, dass er gekränkt und eifersüchtig bei dem Gedanken reagiert, dass jemand dich ihm wegnehmen könnte. Und irgendwie ergibt es auch Sinn, dass du dich zu einem älteren Samurai hingezogen fühlst, einem Mann, der ihm wenigstens auf den ersten Blick so stark ähnelt.«

»Aber einem Samurai von niedrigerem Rang«, sagte ich. »Nachdem Vater so viel auf sich genommen hat, um mich in Sendai den Klauen eines anderen, sehr hochgestellten Samurai zu entreißen, stört es ihn wahrscheinlich ungemein, wenn er sieht, dass ich jemanden wie Akira mag, der in den Augen meines Vaters das große Verbrechen begangen hat, sich zum Katholizismus bekehren zu lassen. Trotz Vaters Bewunderung für die Spanier und Europäer, die ihm begegnet sind – allesamt mehr oder weniger eifrig praktizierende Katholiken –, ist er nie von seinem Standpunkt abgewichen, dass sich in ihren Dogmen bloß moralische Schwäche und intellektuelle Dürftigkeit äußern.«

Sie antwortete nicht. Ich bedauerte meine kleine Rede, weil ich sie vermutlich beleidigt hatte. Eine Weile lagen wir schweigend im Dunkeln. Irgendein Tier, ein Eichhörnchen oder eine Katze, lief über das strohgedeckte Dach.

»Die Menschen brauchen etwas, woran sie glauben können«, sagte sie schließlich. »Ansonsten wäre das Leben zu hart.«

»Ich weiß«, sagte ich. »Das verstehe ich.«

KAPITEL 44

Ich erwachte im Dunkeln, desorientiert und von einem unangenehmen Traum verstört. Wieder hörte ich das kleine Tier auf dem Dach an irgendetwas nagen. Das Geräusch erinnerte mich daran, wo ich war. Ich schaute auf und entdeckte die Umrisse Rosarios.

»Bist du wach?«, fragte ich sie.

»Ja«, sagte sie.

»Kann ich rüberkommen und mich zu dir legen?«

»Natürlich«, sagte sie.

Ich ging hinüber, und sie legte den Arm um mich. Es war nicht so, wie es mit Caitríona in La Moratalla gewesen war. Es fühlte sich nicht schwesterlich an.

»Wie hast du Vater kennengelernt?«, fragte ich.

»Ich war die Geliebte des Herzogs von Medina-Sidonia«, sagte sie. »Genau wie lange zuvor meine Mutter. Er war viel älter als ich, viel älter als dein Akira. Er wollte mich von meinem Ehemann weg und in sein Haus holen. Als deine Mutter und ihr Mann zu Besuch kamen, machte der Herzog mich zu ihrem Dienstmädchen. Nicht lange danach traf dein Vater ein. Der Herzog mochte ihn sofort. Ich glaube, dein Vater hat sich auf den allerersten Blick in deine Mutter verliebt. Nachdem Julián, ihr Mann, nach Sanlúcar aufgebrochen war, machten wir einen Ausflug zu einem alten römischen Dorf am Meer und blieben dort für ein paar Tage. Eines Abends lud dein Vater deine Mutter auf einen Spaziergang ein – so wie du Akira eingeladen hast. Wir alle waren von ihm fasziniert. Eines Morgens am Strand schloss er sich einer Gruppe Fischer an und sprang praktisch nackt ins Wasser. Deine Mutter gab sich unnahbar und wies seine Avancen zurück. Es war ihr auch nicht recht, dass ich unser gemeinsames Zelt verließ, um Zeit mit dem Herzog zu verbringen. In einer dieser Nächte machte der Herzog mir einen Heiratsantrag und versprach, dafür zu sorgen, dass meine Ehe annulliert würde. Das war das Letzte, womit ich gerechnet hätte. Auf dem Rückweg nach Medina-Sidonia beleidigte mich einer seiner Wächter, der in mir immer noch die Dienerin sah, ein starker, ruppiger Mann, der an vielen Schlachten teilgenommen hatte. Der Herzog wurde wütend und forderte den Kerl mit gezogenem Schwert zum Kampf heraus. Ich hatte solche Angst, ihn zu verlieren. Deine Mutter brachte deinen Vater mit einem einzigen Blick zum Eingreifen. Niemand von uns hatte je etwas Derartiges gesehen. Wir waren fasziniert und gleichzeitig abgestoßen. Überall war Blut. Doch er hat dem Herzog das Leben gerettet. Seltsamerweise glaube ich, dass deine Mutter sich in diesem Augenblick in ihn verliebt hat.«

Dies war eine Geschichte, die ich nie zuvor gehört hatte und für die ich ihr dankbar war.

»Aber was war mit dir?«, fragte ich.

»In welcher Hinsicht?«

»Wann hast du dich in ihn verliebt?«

Sie lachte.

»Wie kommst du darauf, dass ich das je getan hätte?«

»Wegen deiner Blicke, als wir in deinem Haus eintrafen«, sagte ich.

»Wir hatten alle gehört, er wäre tot. Und du auch. Ich war einfach überwältigt, ihn wiederzusehen.«

»Ja«, sagte ich. »Das weiß ich. Aber ich habe noch andere Blicke zwischen euch beobachtet.«

»Wir haben uns vor langer Zeit gegenseitig getröstet«, sagte sie. »Das ist nicht dasselbe, wie sich zu verlieben.«

»Und jetzt?«, blieb ich hartnäckig. »Bist du jetzt in ihn verliebt?«

»Jetzt ist es Zeit zum Schlafen«, sagte sie.

Doch kaum hatte sie diese Worte ausgesprochen, da griff sie nach meiner Hand und küsste sie. Ich hielt sie in dieser Nacht so fest, dass die Welt um uns herum einmal mehr verschwand.

Kurz vor Morgengrauen wachte ich auf. Ich lauschte Rosarios sanften Atemzügen. Sie roch gut. Durchs Fenster sah ich den abnehmenden Mond. Er schien ein trauriges Gesicht zu machen. Ich musste mich daran erinnern, dass er kein Lebewesen oder Geist war, sondern eine Kugel, ein Himmelskörper, der die Erde umkreiste. Die Erde, die ihrerseits eine größere Kugel war. Auf ihr spielte sich alles ab, was wir taten. Und währenddessen wirbelte sie durch den Weltraum und trug die Ozeane und das Land mit sich.

KAPITEL 45

Als wir zurück im Haus der Familie Medina-Sidonia in Sanlúcar waren, führte eins zum anderen, und ich fing an, mit Francisco zu schlafen. Er bestand darauf, dass unsere Stelldicheins ein Eheversprechen bedeuteten. Ich nahm an, dass er diese Abmachung brauchte, um seinem Körper zu gestatten, wonach er sich sehnte. Also willigte ich ein, obwohl mir nichts hätte ferner liegen können. Ich war verwirrt und brauchte körperliche Zuwendung. Der Mann, zu dem ich mich am stärksten hingezogen fühlte, war verheiratet, doppelt so alt wie ich und ständig auf hoher See. Für Akira, den älteren Samurai, empfand ich Sympathie, aber nicht mehr. Vater und Rosario nahmen ihre Beziehung wieder auf und trösteten sich, wie sie es genannt hatte. Er schlief nicht mehr im Gästezimmer, das man ihm zugewiesen hatte, sondern schlich sich jede Nacht ins große Schlafzimmer, in dem sein verehrter Herzog geliebt hatte und gestorben war. Ich hielt meine Aktivitäten vor ihm geheim und umgekehrt.

Francisco war jung und makellos, und es war eine Freude, ihn nackt zu sehen. Als Liebhaber war er übermütig und ungeschickt, egoistisch und ungeduldig. Nach unseren Begegnungen fühlte er sich je nach Stimmung schuldig oder poetisch. Da ich die Einfachheit japanischer Liebesgedichte gewohnt war, fiel es mir schwer, seinen barocken spanischen Schwärmereien zu lauschen, in denen die Wörter nur so sprudelten und übereinander zu stolpern schienen.

Doch wir kamen miteinander zurecht. Es war angenehm und neu, meinen Körper mit jemandem meines Alters zu teilen, jemandem, der – wie die Spanier sagen – *simpatico* war. Trotz seines gelegentlichen Aufbrausens war er in diesen frühen Jahren zu keinerlei Bosheit fähig. Auch wenn ich mich nie wirklich verliebte, entwickelte ich im Laufe der Zeit eine tiefe Zuneigung zu ihm. Ich bezweifle nicht, dass die Bediensteten und viele Dorfbewohner bald wussten, was vor sich ging, und dass auf den Straßen ausführlich und hemmungslos geklatscht wurde. Allerdings gaben wir vier in der Öffentlichkeit unser Bestes, um den äußeren Anschein zu wahren. Und niemand war dumm oder dreist genug, uns irgendetwas ins Gesicht zu sagen.

Zu den Dingen, die ich mit Francisco am liebsten tat, gehörte es, zu einer Bucht am Strand zu reiten, die er kannte. Dort konnten wir ohne jede Kleidung schwimmen. Dieses Vergnügen des Schwimmens ist meine liebste Erinnerung an jenen Monat in Sanlúcar. Es scheint mir wie der Inbegriff von Glück, nackt mit den Fischen schwimmen zu können – hoch oben die Vögel auf dem Weg zur Doñana – und sich dabei selbst wie ein Tier zu fühlen. Und dann am Abend in eine gemütliche Behausung zurückzukehren und sich umgezogen, erfrischt und satt gegessen mit einem Buch in der Hand an einem Kamin niederzulassen. Jedes Mal, wenn wir in die Bucht ritten, malte ich mir aus, wie idyllisch es für meinen Vater und Caitríona in ihrem gemeinsamen Sommer auf Paxos gewesen sein musste. Ich hoffte noch immer, dass Vater am Ende mit Caitríona zusammenkäme, denn auch wenn ich Rosario zu schätzen und zu respektieren gelernt hatte, besaß die rebellische, unberechenbare Caitríona einen festen Platz in meinem Herzen. Rosario war für mich zu einer Ersatzmutter oder Tante geworden, während Caitríona meine Schwester und Freundin war.

Nach ungefähr drei Wochen am Meer kündigte Francisco plötzlich an, er wolle eine Gruppe von Freunden auf einen Jagdausflug begleiten. Ich versuchte zwar nicht, ihn zurückzuhalten, brachte aber mein Befremden darüber zum Ausdruck, dass er eine solche Gesellschaft und ein derartiges Vorhaben anregender zu finden schien als meine Gesellschaft. Er gestand ein, dass er fürchtete, vor seinen Kameraden das Gesicht zu verlieren, die ihrerseits keine Sekunde zögern würden, wenn sie die Reize der Jagd gegen jegliche weibliche Gesellschaft abzuwägen hätten. Ich erklärte, ich würde seine Entscheidung bedauern. Wenn er allerdings darauf bestünde, würde ich die Zeit zu einem Besuch bei Akira in Coria del Río nutzen. Auch wenn es nicht meine Absicht gewesen war, beschwor ich auf diese Weise eine Auseinandersetzung herauf, die ich sehr bedauerte.

Eines Nachmittags trafen Caitríona, Carlota und Inmaculada in einer Kutsche ein. Sie brachten uns Neuigkeiten. Mein Onkel Carlos hatte in Madrid den Grafen-Herzog Olivares förmlich um Hilfe in seinem Bemühen ersucht, die Casa de Pilatos in seinen Besitz zu bringen. Olivares kannte das Haus gut und hegte anfangs Sympathien für Carlos' Standpunkt, eine derart illustre Residenz dürfe sich nur im Besitz eines Repräsentanten der allerhöchsten Familien befinden. Nach gründlicherem Nachdenken, und vielleicht nach einer Besprechung mit dem König selbst, hatte er Carlos allerdings erklärt, die verstorbene Soledad Medina habe bei der königlichen Familie höchstes Ansehen genossen. Ihr letzter Wille sei eindeutig formuliert und vor Zeugen festgehalten worden. Außerdem handele es sich bei der jungen Dame, der sie das Haus hinterlassen habe, um das einzig lebende Kind von Carlos' verstorbener Schwester, die ein Liebling des früheren Königs und der Königin gewesen sei. Wutentbrannt kehrte Carlos nach Sevilla zurück. Er machte eine solche Szene, dass Inmaculada mit dem Gedanken spielte, der Welt den Rücken zu kehren und sich ins Kloster von Santa Paula zurückzuziehen. Ich fand es seltsam, dass meine beiden Großmütter, trotz der riesigen räumlichen und kulturellen Entfernung zwischen ihnen, im Alter ein solches Leben in Betracht zogen. Jedenfalls hatte Carlos Patrick mitgenommen und war einmal mehr nach Granada aufgebrochen. Er hatte geschworen, den Jungen niemals seiner Mutter zu überlassen. Stattdessen wollte er dafür sorgen, dass Patrick so schnell wie möglich in die Armee des Königs aufgenommen würde. Sobald Vater davon erfuhr, nahm er sich ein Pferd und brach auf der Stelle nach Granada auf.

KAPITEL 46

Wie ich von Patrick erfuhr, traf Vater an einem Wintertag kurz vor Einbruch der Nacht in Granada ein. Hermenegildo und seine Frau besaßen eine prächtige Villa nahe der Alhambra und dem Palast von Karl V. Mein Onkel bewohnte mehrere Zimmer in ihrem Haus. Die Ankunft eines Samuraikriegers in voller Montur, der dazu noch Spanisch mit sevillanischem Akzent sprach, sorgte unten im Ort für so viel Aufregung, dass eine Prozession Neugieriger ihm die Cuesta de Gomerez hinauf folgte.

Man ließ Vater draußen in der Kälte warten, während das Trio sich drinnen beriet. Als man ihn einließ, bestand er darauf, mit Carlos allein zu sprechen. Sie ließen sich in Carlos' Wohnraum nieder. Patrick gelang es, sich nach draußen zu schleichen und sich neben ein Fenster zu stellen, durch das er beobachten und hören konnte, was sich zwischen dem Mann, der ihn gezeugt, und dem, der ihn aufgezogen hatte, abspielte.

»Ich komme, um Anspruch auf meinen Sohn zu erheben«, erklärte Vater mit gewohnter Direktheit.

»Dann kommt ihr viele Jahre zu spät«, erwiderte Carlos.

»Aus einer gewissen Perspektive mag das zutreffen«,

räumte Vater ein. »Aber man kann es auch so sehen, dass ich gerade noch rechtzeitig komme. Ich habe gehört, Ihr wolltet den Jungen ›niemals seiner Mutter überlassen‹ und ihn als Soldaten nach Flandern schicken.«

Mein Onkel trat gegen ein im Kamin schwelendes Holzscheit, um es zum Brennen zu bringen.

»Meine Mutter übertreibt«, sagte er. »Wie es für Frauen typisch ist.«

»Es erleichtert mich, das zu hören«, sagte Vater und lehnte das Schwert mitsamt der Scheide gegen eine Wand. »In diesem Fall werdet Ihr nichts gegen meinen Wunsch einzuwenden haben, den Jungen für eine Zeit zu mir zu holen. Das wird ihm guttun und seinen Horizont erweitern.«

»Eine Erweiterung des Horizonts ist in Spanien nicht üblich«, sagte mein Onkel. »Und auch nicht nötig. Der Horizont, mit dem wir geboren werden und aufwachsen, verbunden mit dem Heiligen Römisch-Apostolischen Glauben, ist mehr als ausreichend. Der Rest der Welt sollte ihn sich besser ebenfalls zu eigen machen. Und Patrick ist ein glühender Anhänger dieses Horizonts.«

Wie mein Bruder berichtete, äußerte Onkel Carlos diese Worte teilnahmslos, mehr melancholisch als überzeugt. Vater ignorierte die kurze Ansprache komplett.

»Also habt Ihr nichts dagegen, dass ich ihn für eine Weile zu mir hole.«

»Mir wäre lieber, Ihr tätet das nicht«, erwiderte mein Onkel.

»Und Ihr habt keine Pläne, ihn zum Militär zu schicken«, fügte Vater hinzu.

»Doch, tatsächlich«, sagte Carlos. »Der Militärdienst war das Beste, das mir je passiert ist. Wenn ein junger Mann in dieser Welt, die von unserem König regiert wird, vorankommen will, ist das ein notwendiger Schritt ins Erwachsenenleben.«

»Dann sagt mir«, forderte Vater ihn auf, »an welchem Punkt Eure Mutter übertrieben hat.«

Von der Logik dieser Frage verwirrt, reagierte Carlos gereizt, aber wiederum auf eher traurige, mürrische Weise anstatt in seinem üblichen Zorn.

»Sagt mir, Shiro, oder wie immer Ihr Euch nennt, was wollt Ihr wirklich?«

»Mein Fleisch und Blut«, erwiderte Vater. »Während all dieser Jahre wurde mir aus Gründen, die ich nicht in der Hand hatte, verwehrt, ihm ein Vater zu sein. Jetzt aber ist es möglich. Ich bin Euch zu Dank verpflichtet, zu Dank für das, was Ihr für ihn und seine Mutter getan habt. Ich rechne es Euch hoch an. Eure Schwester wäre glücklich, wenn sie es wüsste. Aber jetzt ist das Beste, was Ihr tun könnt, die Dinge klar zu sehen. Ich bin der Vater des Jungen. Ich will für ihn sorgen und ihn in dem Umfang, wie er es wünscht, mit meiner Lebensweise vertraut machen. Ich will für sein Wohlergehen sorgen. Und ich habe nicht vor, seinen Glauben zu ändern oder zu verwässern. Ich habe auch nicht vor, schlecht über Euch zu sprechen oder ihn in irgendeiner Weise gegen Euch aufzubringen. Denn Ihr wart bisher gut zu ihm und seid eine wichtige Person, ein spanischer Grande, ein Mann mit Einfluss in dem Land, in das er hineingeboren wurde. Ich flehe Euch an, ihn nicht zu benutzen – um Euch an mir zu rächen, um Euch an der einzigen Tochter Eurer Schwester zu rächen, weil sie beansprucht, was ihr rechtmäßig gehört, um Euch an Caitríona zu rächen. Ich flehe Euch an.«

Damit hatte mein Onkel nicht gerechnet. Und angesichts des Umstandes, dass sein Zorn bereits größtenteils verraucht war, rührten Vaters Worte ihn an. Im Kamin prasselte das Feuer. Patrick erzählte mir, mein Onkel habe mehrere Minuten lang schweigend und nachdenklich verharrt, ehe er schließlich geantwortet habe. »Als meine Schwester und ich noch jung waren, praktisch Kinder, standen wir uns wirklich nahe. Die Jugend war dann für uns beide eine schwierige Zeit. Sie trieb uns in verschiedene Richtungen. Mich gegen meinen Willen ins Priesterseminar und sie in die Ehe mit einem Subjekt, über das am besten kein Wort mehr verloren wird. Ich überlebte das Seminar, aber sie fand einen frühen Tod. Nach allem, was ich gehört habe, verdankte sie die einzige glückliche Zeit in ihrem Erwachsenenleben Euch. Und trotzdem habe ich Euch schlecht behandelt.«

»Das Leben ist voller Geheimnisse«, sagte Vater mit sanfter Stimme. »Oft ist es brutal und kurz. Keiner von uns hat darum gebeten, auf diese Welt zu kommen. Aber da wir nun mal hier sind, muss jeder das Beste daraus machen.«

»Redet mit Patrick«, sagte mein Onkel. »Fragt ihn, was ihm am liebsten ist. Oder nein, noch besser: Nehmt ihn mit Euch. Eine Zeit lang, wie Ihr eben sagtet. Er sollte die Wahl nicht treffen müssen. Er sollte nicht das Gefühl haben, sich zwischen uns entscheiden zu müssen.«

»Danke.« Mehr sagte Vater nicht.

In diesem Augenblick entdeckte er an der Wand, so nahe am Fenster, dass Patrick einen Moment lang fürchtete, entdeckt worden zu sein, den roten Lederköcher mit den königlichen Pfeilen.

»Dieser Köcher dort«, sagte Vater, »gehört mir. Er war ein Geschenk des früheren Königs. Ich ließ ihn in La Moratalla zurück.«

»Ich fürchte, ich habe ihn mitgenommen«, entgegnete Carlos. »Zur sicheren Verwahrung und als Glücksbringer. Selbstverständlich sollt Ihr ihn mitnehmen.«

Vater ging hinüber und nahm ihn vom Haken. Er roch das Leder. Später erzählte er mir, dass viele Erinnerungen plötzlich zurückkehrten, als er ihn berührte und sich über die Schulter hängte. Ehe sie den Raum verließen, um Patrick zu suchen, sprach mein Onkel ein Thema an, das sich als verhängnisvoll erweisen würde.

»Ich muss Euch warnen. Mein Gefährte und Gastgeber, Don Hermenegildo, ist in mancher Hinsicht deutlich konservativer als ich. Er kann auf eine Weise rachsüchtig und unversöhnlich sein, an die ich bei Weitem nicht heranreiche. Er hat es auf Euch abgesehen, auf Euch und meine Nichte, und wenn er erfährt, dass ich vor Eurer Bitte kapituliert habe, wird es noch schlimmer werden. Offen gesagt war er es, der darauf bestand, Patrick zur Armee zu schicken. Die Idee kam ihm, nachdem Patrick mit einer Heldentat geprahlt hatte, die Ihr in den Amerikas begangen habt, in der Siedlung Santa Fe. Dabei ging es unter anderem um den Tod einiger spanischer Soldaten. Er hat nachgeforscht und entdeckt, dass der damals verantwortliche Statthalter, ein charakterlich fragwürdiger Mann namens

Francisco de la Mora y Caballos, inzwischen nach Spanien zurückgekehrt ist. Ich werde versuchen, ihn von seinen Plänen abzubringen, aber ich kann für nichts garantieren. Denn seine Frau ist noch weitaus verbohrter, und ihr Einfluss auf ihn ist gewaltig.«

»Wie kommt es, dass Ihr einem solchen Mann so nahesteht?«, fragte Vater.

»Das frage ich mich inzwischen auch«, war alles, was mein Onkel sagte.

All dies hinterließ bei meinem Bruder einen starken Eindruck. Vater und Carlos suchten ihn und sprachen mit ihm. Die Nacht verbrachte Vater in einer Posada, um zu vermeiden, mit Hermenegildo und dessen Frau sprechen zu müssen. Am nächsten Morgen verabschiedete Patrick sich von meinem Onkel und bestand darauf, Vater die Alhambra zu zeigen, ehe sie sich auf den Weg Richtung Westen machten. Vater hatte sie neunzehn Jahre zuvor bereits besucht, ließ sich aber nichts anmerken.

KAPITEL 47

Während Vater und Francisco unterwegs waren, wurde das Haus in Sanlúcar nur von Frauen bewohnt. Ich war neugierig darauf, wie Caitríona und Rosario miteinander zurechtkommen würden. Überraschenderweise sehr gut. Und es war auch angenehm, einige Tage mit Doña Inmaculada und der kleinen Carlota zu verbringen. Doch irgendwie lastete die Mixtur aus so viel Weiblichkeit schwer auf mir. Sie erinnerte mich in mancherlei Weise an bestimmte Zeiten in Japan, ich denen ich kaum jemandem begegnet war als verbitterten, von Bedauern gezeichneten Frauen. Als Doña Inmaculada den Wunsch äußerte, nach Sevilla zurückzukehren, begleitete ich sie.

Einige Tage später tauchte Francisco in der Casa de Pilatos auf und entschuldigte sich bei mir für die Umstände seiner plötzlichen Abreise. Ich beschloss, ihn mit einer Einladung nach La Moratalla zu belohnen, wo ich gebraucht wurde, um einige Verschönerungsmaßnahmen zu begutachten. Er hatte schon viel von dem Landgut gehört, es aber noch nie besucht. Ich bat Narciso, vier seiner besten Pferde vor die wunderbare Kutsche zu spannen. Als wir Sevilla früh an einem Wintermorgen verließen, lag Nebel über den Feldern. Bis zum Mittag hatte die Sonne ihn aufgelöst, und wir fuhren an Feldern mit grünem Gras und an Orangenhainen entlang, aus denen hier und da Palmen oder die Rauchsäulen von Feuern emporragten, wenn die Bauern Kleinholz verbrannten.

Ich dachte an die Geschichte von Vaters erster Kutschfahrt mit meiner Mutter, als sie von Medina-Sidonia nach Sevilla gereist waren. Das war ganz am Anfang seines Werbens gewesen, als sie noch Widerstand leistete und sich sogar einredete, ihn nicht zu mögen. Sie hatten einander gegenübergesessen, und wegen der holprigen Straßen hatten sich ihre Knie hin und wieder berührt. Monate später gestanden sie sich gegenseitig, dass es ihnen dabei eiskalt den Rücken hinuntergelaufen sei. So wie ich es erlebt hatte, als Kurt Vanderhooven meine Haut berührt hatte. Genau aus diesem Grund hatte ich Francisco gegenüber Platz genommen.

Doch die Straße, über die wir fuhren, war eben, und die Kutsche riesig. Jede Möglichkeit eines körperlichen Kontaktes – versehentlich oder nicht – wurde außerdem durch Franciscos zunehmend schlechte Laune verunmöglicht. Er fing an, mich nach meinem Liebesleben auszufragen. Ich erwähnte ausschließlich Lonan und erzählte ihm so wenig wie möglich. Zunächst hörte er interessiert zu, doch je weiter wir fuhren und je prächtiger die draußen vorbeiziehende Landschaft wurde, desto übellauniger zeigte er sich. Er stellte immer detailliertere und unangemessenere Fragen und kochte vor Eifersucht, als ich sie nicht beantworten wollte. All meine Erklärungen und Versuche, die Dinge in die richtige Perspektive zu rücken, änderten nichts an seinem Verhalten. Schließlich verlor ich die Geduld und sagte Dinge, die ihn verletzen und in seinem Selbstwertgefühl treffen sollten. Wir zogen uns in eine Höhle aus düsterem Schweigen zurück, und was als herrlicher Tag mit einem verlockenden Ziel begonnen hatte, war komplett ruiniert.

Während wir noch vor uns hinbrüteten, holte uns ein Reiter ein, ein Bote von der Casa de Pilatos. Er überreichte mir einen Brief von Vater, den dieser in Sanlúcar geschrieben hatte. Er forderte mich auf, mich so schnell wie möglich auf den Weg zu Rosarios Haus zu machen. In knappen Worten und auf Japanisch erklärte er mir, es gebe gute Nachrichten, nämlich dass Kurt zu einem Besuch eingetroffen sei. Die schlechten Nachrichten wolle er mir mündlich mitteilen, sobald ich da sei. Im ersten Moment spürte ich vor allem eine große Erleichterung darüber, dass ich die Reise nach La Moratalla absagen konnte. Narciso machte sich daran, die Kutsche zu wenden, um nach Sevilla zurückzukehren und von dort eine viel befahrene Route nach Sanlúcar zu benutzen. Francisco allerdings stolzierte umher wie ein eitler Pfau und bestand darauf, eine Strecke durch die Berge zu nehmen, die er angeblich von seinen Jagdausflügen her kannte.

Narciso sorgte sich, dass die Kutsche, die inzwischen schon als Antiquität durchgehen konnte, einer solchen Reise nicht gewachsen sein würde. Doch schließlich überließen wir uns Franciscos vermeintlich hervorragender Kenntnis der Gegend, was ich sicher auch tat, um ihn ein Stück zu besänftigen. Statt mich ihm erneut gegenüberzusetzen, nahm ich diesmal neben ihm Platz, genoss die Aussicht und verlor mich in Gedanken an das bevorstehende

Wiedersehen mit Kurt. Der Brief, den ich in der Hoffnung geschrieben hatte, dass er ihn irgendwie zu Mizuki bringen könnte, lag in Sevilla, doch natürlich konnte ich einen neuen schreiben.

Die matschige, aber flache Straße durch die Flussebenen stieg allmählich hinauf in die Hügel, wo Hirten ihre Schafe hüteten. Bis zum Einbruch der Dunkelheit waren die Hügel immer steiler, die Straße schmaler und tückischer geworden. Als die ersten Sterne am Himmel auftauchten und Narciso auf der Suche nach einem geeigneten Platz zum Übernachten seinen Blick in die Wälder schweifen ließ, stießen wir gegen einen großen Stein, und eines der Räder brach. Die Kutsche schlingerte seitwärts. Narciso fiel vom Bock. Mit einem Ruck kamen wir zum Stehen. In den Schock des plötzlichen Stillstandes mischten sich das Wiehern der Pferde und die lauten Flüche, die Narciso in die Dunkelheit schickte, einige davon erstaunlich erfinderisch und bizarr. Als Francisco und ich aus der Kutsche stiegen, hörten wir ihn rufen: »*Me cago en dios!*«

Im Licht der Laterne erkannten wir schnell, dass das Rad nicht mehr zu reparieren war. Francisco gab dem alten Fahrzeug die Schuld. Ich ihm. Narciso mühte sich auf heroische Weise, niemanden außer Gott persönlich verantwortlich zu machen. Nach unruhigem Schlaf trug ich Narciso im Morgengrauen auf, sich ein Pferd zum Reiten und ein weiteres als Ersatz zu nehmen, damit nach Sevilla oder in eine näher gelegene Stadt zu reiten und Hilfe für die Reparatur zu holen. Da Francisco weiterhin darauf beharrte, den Weg zu kennen, beschloss ich, dass er und ich die beiden übrigen Pferde nehmen und den Weg durch die Berge fortsetzen würden. Wir packten das Allernotwendigste zusammen, und ich zog eine seiner Hosen an. Er war nie zuvor ohne Sattel geritten, doch ich versicherte ihm, er werde sich daran gewöhnen. Dann machten wir uns auf den Weg. Die bedenklich schräg stehende Kutsche glitzerte im Morgennebel wie ein am Ende der Welt zurückgelassener Edelstein.

Trotz seiner ehelichen Geburt und der Stellung als legitimer Sohn des siebten Herzogs von Medina-Sidonia, trotz seiner Jugend, seines guten Aussehens, eines stattlichen Erbes und eines Titels – El Conde de Bolonia – lebte Francisco in ständiger Enttäuschung. Natürlich hatte nicht er, sondern der älteste, einer früheren Verbindung entstammende Sohn des Herzogs den Großteil der Titel und Besitztümer geerbt. Und dennoch: Wo Menschen wie ich Möglichkeiten und Herausforderungen entdeckten, gehörte er zu den Leuten, die überall nur Probleme sahen.

Der Ritt war berauschend, an jenem ersten Tag aber auch beschwerlich. Der Weg führte über geröllbedeckte Hänge hinauf in den Wald von Grazalema. Francisco und ich hatten die Rollen getauscht. Jetzt war ich es, die sich über ihn ärgerte, und er tat nichts, um die Stimmung zwischen uns zu verbessern. Er entschuldigte sich nicht. Wir hatten nur genug Essen für einen Tag dabei. Am späten Nachmittag entdeckte ich einen Hasen. Die einzige Waffe, die ich dabeihatte, war mein Tanto, doch nun zahlten sich meine Ausbildung und die Übung aus, die ich auf dem Weg quer durch Nordamerika erworben hatte. Ich tötete den Hasen aus einer Entfernung von rund zwanzig Metern. Ich häutete ihn, nahm ihn aus und briet ihn über einem Feuer zum Abendessen. Francisco, der sich selbst als exzellenten Jäger betrachtete, reagierte eher gereizt als dankbar und bezeichnete meinen Messerwurf als »Glückstreffer«. Trotzdem aß er genussvoll und wollte anschließend mit mir schlafen, was ich nicht zuließ. Dies führte zu einem weiteren Streit und einem kühlen Schlaf.

Ich erwachte durch die Berührung eines Schwertes an meinem Hals und das Geräusch der Schläge, als Francisco verprügelt wurde. Fünf schmutzige Banditen hatten sich über uns hergemacht. Das Gefühl der Übermacht verleitete sie dazu, Francisco nur zum Vergnügen zu schlagen. Mit mir hatten sie offenbar dasselbe vor, um uns dann anschließend zu töten. Nun erst bemerkte der Trottel, der neben mir stand, dass er es mit einer Frau zu tun hatte. Sein Schwert schob den Kragen meines Mantels beiseite, sodass meine Perlenkette zum Vorschein kam. Die Entdeckung ließ seine vier Kumpane innehalten. Die sofort entfachte Begierde der Männer äußerte sich in Rufen, Grunzlauten und vulgären Kommentaren. Sie überboten sich gegenseitig in möglichst lauten und widerwärtigen Beschreibungen dessen, was sie mir antun würden.

Dem auf diese Weise abgelenkten Mann neben mir stieß ich mein Tanto in die Leiste, tief in seinen Unterleib hinein. Als er schreiend zu Boden fiel, entriss ich ihm seine Waffe. Ich stand auf, packte mein Katana und ging auf die vier übrigen los, einen nach dem anderen, bis alle tot waren außer dem Anführer, der in Todesqualen vor mir auf dem Boden lag. Dann versorgte ich Franciscos Wunden. Eines seiner Augen war zugeschwollen. Er krümmte sich vor Schmerzen, hatte aber keine Knochenbrüche davongetragen. Ich nahm den Männern unsere Habseligkeiten wieder ab, warf ihre Waffen fort und verjagte ihre Pferde. Von einem nahm ich den Sattel ab und legte ihn Franciscos Pferd an. Ehe wir aufbrachen, erlöste ich den Sterbenden von seinen Qualen.

An jenem Tag sprachen Francisco und ich kaum miteinander. Wir kamen gut voran, verzichteten auf eine Essenspause und ritten hinab zum Meer, das wir nahe dem Dorf Barbate erreichten. Die von Francisco gewählte Strecke hatte mich ziemlich weit von meinem Ziel abgebracht. Trotzdem ruhten wir uns zwei Tage aus, badeten und aßen frischen Thunfisch, damit Francisco wieder zu Kräften kam. Dann ritten wir langsam die Küste hinauf nach Sanlúcar. In unserer letzten gemeinsamen Nacht schlief ich mit ihm als eine Art Abschiedsgeste. Er verhielt sich grob, was er wahrscheinlich für männlich hielt, und war wie immer schnell fertig. Ich ließ es einfach geschehen in dem Wissen, dass es das letzte Mal sein würde. Als wir das Haus erreichten und von unseren Abenteuern erzählten, behauptete ich, wir hätten die Banditen gemeinsam bezwungen. Francisco war dankbar für die Lüge, verzieh mir aber nie, dass ich ihn nicht gebraucht hatte.

Es war ein gutes Gefühl, wieder mit Vater zusammen zu sein, mit meinem Bruder, mit Rosario, Caitríona und der kleinen Carlota. Als ich Kurt begrüßte, merkte ich, dass es mit den Wellen mädchenhafter Schwärmerei, die ich seit meiner Ankunft in Spanien diesem oder jenem entgegengebracht hatte, endgültig vorbei war. An ihre Stelle würde etwas Neues treten, etwas, das so solide und fest war wie Kurts Blick. Als er meine Hand nahm und sie küsste, wurde ich von Verlangen erfüllt und betete darum, dass ich dank der Lösung, mit der ich mich nach jedem körperlichen Kontakt mit Francisco gewaschen hatte – wie Yokiko es mir einst beigebracht hatte –, nicht schwanger geworden war.

Dann nahm Vater mich beiseite und erzählte mir von den Anklagepunkten, die gegen ihn vorgebracht wurden.

KAPITEL 48

Vier Jahre später erhielt ich von Patrick den folgenden Brief. Die Königin, auf die er sich im ersten Satz bezieht, ist die Frau des Königs von Frankreich und die Schwester des spanischen Königs Philipp IV.

Liebste Soledad-Masako,

dank der Königin Anne – oder besser gesagt dank dir – habe ich mir ein kleines, aber prächtig aussehendes Haus fast an der westlichen Spitze der Île Saint-Louis eingerichtet. Der sperrige Hintern von Notre-Dame beherrscht den Blick von all meinen Balkonen. Meine Arbeit in der Botschaft ist anstrengend und manchmal auch langweilig, doch nach dem Mittagessen darf ich tun und lassen, was ich will. Und das soziale Leben hier ist ziemlich amüsant.

Mir ist klar geworden, dass ich nach dem Drama an jenem schicksalhaften Tag, so kurz nach Vaters und meiner Ankunft in Sanlúcar, gar nicht die Möglichkeit hatte, dir von unserer Reise zu erzählen. Einer Reise, die ich angesichts dessen, was geschehen ist, niemals vergessen werde.

Vor der Abreise aus Granada führte ich ihn durch die romantischen Ruinen der Alhambra und den Generalife, zwei einzigartige Gebäude. Das eine ist eine massive Festung – äußerlich brutal wirkend, innen aber skurril und filigran –, das andere ein magischer Sommerpalast. Beide wurden von den Berbern erbaut, die Spanien über acht Jahrhunderte hinweg beherrschten. Die Gärten waren zugewuchert, und in vielen der verlassenen Zimmer lebten Zigeuner. Alle, denen wir an jenem kalten, klaren Morgen begegneten, reagierten beeindruckt und eingeschüchtert auf Vaters äußeres Erscheinungsbild und Auftreten, auf seine Gewänder und Schwerter. Von einem der dornigen Büsche schnitt er eine Rose ab, deren Blütenblätter er dir, wenn ich mich recht erinnere, später schenkte.

Dann folgten wir dem schmalen Fluss Darro in die Stadt hinein, und ich führte ihn zur Kathedrale, um die Grabkapelle der katholischen Könige zu besuchen. Als ich ihm erzählte, dass diese Könige im nahe gelegenen Dorf Santa Fe dem Entdecker Cristoforo Colombo die Erlaubnis für dessen erste Reise erteilt hatten, während sie gerade die Belagerung und Rückeroberung Granadas vorbereiteten, begriff er sofort die Ironie. Die Stadt Santa Fe, die ihr beide in jener von Colombo entdeckten Neuen Welt betreten habt, war nach dem Dorf hier benannt, nur ein paar Kilometer von der Stelle entfernt, an der Vater und ich an jenem Tag standen.

Wir verließen die Stadt und ritten durch die

flache, fruchtbare Flussebene. In einem Gasthaus beim Dorf Pinos Puente hielten wir an und nahmen ein paar Scheiben Jamón de Rute, Brot, Öl und ein Glas Wein zu uns. Über Nacht schliefen wir in einer posada in der Stadt Loja. Auch dort sorgte Vaters Auftauchen für viel Aufregung. Mir kam der Gedanke, dass er es vielleicht genoss, derart im Zentrum der Aufmerksamkeit zu stehen und dabei oftmals den Argwohn und die Ablehnung der Einheimischen zu wecken, die nur mit dem zurechtkamen, was ihnen vertraut war. Die Stimmung zwischen uns war noch angespannt, aber an jenem Abend fragte ich ihn einfach direkt.

»Wäre es nicht leichter, wenn Ihr Euch hier in Spanien wie ein Spanier kleidet?«

»Leichter für wen?«, fragte er.

»Für alle«, erwiderte ich. »Auch wenn ich vor allem an mich selbst denke.«

»Ich bringe dich in Verlegenheit«, sagte er.

»Ja. Ihr bringt mich in Verlegenheit. Meine Schwester trägt keine japanischen Gewänder mehr.«

»Deine Schwester ist in einer anderen Situation. Ich bin ein Samurai«, erklärte er. »Ganz egal, wo ich mich zufällig aufhalte.«

»Aber hier hat das nichts zu bedeuten«, hielt ich ihm entgegen. »Diesen einfachen Leuten bedeutet es gar nichts. Und mir auch nicht.«

Dieser letzte Satz war flegelhaft und unnötig gewesen, aber zu jenem Zeitpunkt wollte ich es ihm nicht zu leicht machen.

»Eines Tages wird es das«, erwiderte er nur. Dann rollte er sich zur Seite und tat so, als schliefe er.

Daraufhin sprach ich meine Gebete, lauter als gewöhnlich. Ich wollte ihm zeigen, dass ich mich der Kirche immer noch verbunden fühlte – und vermutlich auch meinem Stiefvater.

Im Morgengrauen lag er auf dem Rücken und starrte zur Decke. Plötzlich hielt er mir ohne jede Einleitung einen kleinen Vortrag.

»Ich nenne dir noch andere Gründe, warum ich mich weiterhin so kleide. Vor kurzer Zeit habe ich andere Samurai gesehen, die hier in Spanien leben. Sie sind damals hiergeblieben. Mit wenigen Ausnahmen haben sie das getan, worum du mich bittest. Aber sie sind verlorene Seelen, keine Samurai, keine Japaner, keine Spanier. Sie haben ihre Identität verloren, und damit einen Teil ihrer Würde. Ich habe mich entschieden, Samurai zu bleiben. Ich bin Japaner. Das macht mich aus. Und du bist, wer du bist. Die Könige, deren Grab du mir in Granada gezeigt hast, haben denselben Fehler gemacht wie der Shogun in Japan. Indem sie versucht haben, gewaltsam die Reinheit ihrer Rasse zu bewahren, haben sie sich gegen die Zivilisation und gegen die Natur gestellt. Jeder von uns hat seine eigene Persönlichkeit, die respektiert und verstanden werden will.«

Angesichts der Uhrzeit, meines schlaftrunkenen Zustandes und der Stichhaltigkeit dessen, was er gesagt hatte, erhob ich keine Einwände.

»Ich nenne dir noch einen Grund«, fuhr er fort,

»einen persönlichen. Jeden Erfolg, den ich in diesem Land hier hatte, beim Herzog von Medina-Sidonia, beim Herzog von Lerma, beim König, selbst bei der Mutter deiner Schwester, verdanke ich meinem Aussehen und Verhalten als Samurai. Hätte ich versucht, wie sie zu sein, mich anzupassen, ihre Kleidung oder gar ihre Religion anzunehmen, dann wäre mir kein bleibendes Interesse entgegengekommen.«

Als er sich im Licht des frühen Morgens erhob, sah ich zum ersten Mal seine Narben, zwei an seiner rechten Schulter und eine furchterregende Menge an seinem Rücken. Nach einem aus Brot, Manteca und einem starken Tee bestehenden Frühstück sattelten wir unsere Pferde.

»Ich werde meine Reise damals nie vergessen, meine erste Erkundung Andalusiens«, sagte er. »Ich ritt durch wunderschönes, freies, unbewohntes Land, von Sanlúcar nach Medina-Sidonia, um dem Herzog ein Geschenk zu überreichen. Drei Tage lang war ich zusammen mit einem spanischen Freund unterwegs. Wir jagten uns unsere Mahlzeiten, badeten in Flüssen, im Frieden mit der Natur. Ich war dankbar, nach so vielen Monaten auf See wieder festen Boden unter den Füßen zu haben, und dankbar, meine Gefährten für eine Weile los zu sein. So etwas möchte ich mit dir nun auch erleben.«

Und so fing es an, fünf Tage Leben in der Wildnis. Bei den wenigen Gelegenheiten, wenn ich mit meinem Stiefvater und Hermenegildo auf Jagdausflügen war, waren immer Zelte und Diener, Köche und Stallburschen dabei gewesen. Mit Vater betrat ich weder ein Dorf noch kamen wir an einem Bauernhof vorbei. Wir blieben in der Sierra Morena. Mal sahen wir stundenlang am Stück das Mittelmeer unter uns, mal ritten wir durch dichte Kiefernwälder. Wir überquerten grasbewachsene Ebenen und reißende Flüsse. Vater jagte Wildschweine und Rehe, Vögel und Fische. Er behandelte die Tiere, die er tötete, mit großem Respekt. Nichts von den spanischen Scherzen und den blutigen Organen, mit denen Hermenegildo manchmal nach mir geworfen hatte. Vater brachte mir bei, wie ich einen Pfeil mehr oder weniger ins Ziel brachte. Und die grundlegenden Bewegungen seiner Schwerttechnik.

Die von den Spaniern verwendeten Schwerter nannte er »gespitzte Knüppel«. Du weißt ja, dass sein Katana scharf wie ein Rasiermesser war. Er hat mir erzählt, dass du gut damit umgehen kannst. Wir gingen zusammen schwimmen, rasierten uns zusammen, redeten über Frauen und die Natur, über dich und meine Mutter. Ich ließ ihn mit der Religion in Ruhe. Meine Gebete sprach ich still, unter meiner Decke zitternd und zu den Sternen schauend. Er sprach nicht mehr von seinen Flussgöttern oder dem, was er einmal den Geist der Erde genannt hatte. Er brachte mir japanische Ausdrücke bei, Flüche und die Worte, mit denen die Samurai die erotischen Körperpartien bezeichnen. Er fragte nach meiner Ansicht über den König, den Grafen-Herzog Olivares, die Gemälde von Diego

Velázquez, das Leben am Hof. Ich wusste ziemlich wenig über all das, aber bisher hatte mich auch niemand nach meiner Meinung zu irgendetwas gefragt. Und er hörte mir tatsächlich zu. Seine Fragen waren ernst gemeint. Sie lieferten nicht nur Stichworte, zu denen er dann seine eigenen Ansichten ausbreitete. Am ehesten vielleicht noch, als er in unserer letzten Nacht erklärte, dass Unglück – mit wenigen Ausnahmen – immer durch andere Menschen verursacht würde. Ich glaube, er verführte mich. Er wusste genau, was er tat. Und es funktionierte. Wir begannen, uns gegenseitig zu lieben. Eine Last fiel von mir ab, die ich all die Jahre meines kurzen Lebens mit mir herumgeschleppt hatte, ohne es überhaupt zu bemerken.

Als wir Rosarios Haus erreichten, machte deine Abwesenheit ihn gleichzeitig unglücklich und zufrieden. Stolz, würde ich sagen, weil du das tatest, was du wolltest. Dann traf Kurt Vanderhooven ein, und er schickte einen Boten zu dir. Als du mit Francisco eintrafst, waren die Würfel, wie ich fürchte, bereits gefallen. Er hat mich nie getadelt, weil ich Hermenegildo erzählt hatte, was ihr damals im nordamerikanischen Santa Fe erlebt hattet. In der Nacht vor eurer Ankunft führte er hinter verschlossenen Türen ein langes Gespräch mit Kurt. Jetzt wissen wir, warum.

Sein Bogen aus Okayama und auch der von »le Titien« inspirierte rote Lederköcher mit den restlichen königlichen Pfeilen hängen hier in meinem

Schlafzimmer. Wann immer ich eine Dame in mein Haus locken kann, fragt sie über kurz oder lang nach ihrer Herkunft und Bedeutung, und jedes Mal sage ich: »C'est une longue histoire.«

Ich hoffe, du hast dich in Venedig gut eingelebt. Und ich hoffe von ganzem Herzen, dass wir es schaffen, uns – hier oder dort – noch vor Ende des Jahres zu treffen.

Dein ergebener »frère«, Patricio

KAPITEL 49

In der Casa de Pilatos tauchten Soldaten mit einem Vollstreckungsbefehl auf der Suche nach Vater auf. Das Personal behauptete, nicht zu wissen, wo er sich aufhielt. Narcisos Neffe schwang sich sofort auf ein Pferd und machte sich auf den Weg nach Sanlúcar. Dann lieferte ein weiterer Bote einen Brief bei Rosario ab. Onkel Carlos schilderte seine Befürchtungen, was geschehen würde oder vielleicht schon geschehen war. Und er erklärte, dass er deswegen seine »Freundschaft« mit Hermenegildo beendet habe. Er entschuldigte sich, bot jede gewünschte Hilfe an und schrieb, er sei auf dem Weg nach Madrid, um zu sehen, ob er irgendwelchen Einfluss zu Vaters Gunsten nehmen konnte. Nicht zuletzt stellte er fest, dass nach einem heftigen Streit mit Hermenegildo immerhin mein Name aus der offiziellen, von Francisco de la Mora y Ceballos eingereichten Klage herausgelassen worden war. Nicht gegen Mitglieder von Carlos' Familie vorzugehen war das einzige Zugeständnis, das der Mann aus Granada gemacht hatte, gegen den Willen seiner grässlichen Ehefrau. Vater wurde beschuldigt, in der amerikanischen Siedlung Santa Fe aus der Haft geflohen zu sein und acht Soldaten im Dienste des spanischen Königs ermordet zu haben. Der

Vollstreckungsbefehl ordnete Vaters Festnahme, Haft und anschließende öffentliche Exekution an.

»Ihr müsst beide mit mir kommen«, sagte Kurt zu uns. »Ich bringe euch überallhin. Nach Italien, Frankreich, England oder zurück nach Amsterdam.«

Er war schlanker und kräftiger, als ich ihn in Erinnerung hatte. Die gebrochene Nase, seine Kapitänsuniform, sein nach hinten gekämmtes blondes, von grauen Strähnen durchzogenes Haar, seine stechenden blauen Augen. Um die Wahrheit zu sagen, war ich für seinen Vorschlag. Trotz meines Erbes und des mütterlichen Blutes in meinen Adern hielt ich mich noch nicht so lange in Spanien auf, und die Vorstellung, in Begleitung Kurt Vanderhoovens zu fliehen, hatte durchaus ihren Reiz. Doch Vater blieb unnachgiebig.

»Nein. Danke, aber nein«, sagte er. »Ich bin schon zu weit gereist, habe zu viel geopfert und gegen gewaltige Hindernisse meine Tochter hierhergebracht, damit sie sich hier niederlassen kann. Wegzulaufen wäre feige. Stattdessen werde ich mich an den König wenden. Er kennt mich nicht und ist sicher nicht verpflichtet, mich überhaupt zu empfangen. Doch ich werde einen Brief schreiben und lege ihm das Schreiben bei, das ich von seinem Vater erhalten habe. Patrick soll versuchen, diesen Brief zuzustellen. Dabei kann ihm sein Stiefvater sicher behilflich sein.«

Später gestand er mir, dass er sich bei diesen Worten daran erinnerte, wie er ohne jeden Erfolg versucht hatte, den Brief des Holländers beim Kaiser in Kyoto abzuliefern. Jedenfalls verließ Patrick am nächsten Morgen zusammen mit Narcisos Neffen das Haus, um auf dem schnellsten Weg nach Madrid zu reisen. Auch Kurt hegte Aufbruchspläne, denn wegen seiner Nationalität galt er in jenen Tagen noch als Feind Spaniens. Allerdings lud er uns zum Essen auf sein Schiff ein, am Abend, ehe er die Segel setzen ließ. Vater lehnte dankend ab, ermunterte mich aber, ohne ihn zu gehen.

Es war dasselbe Schiff, auf dem wir von New Amsterdam nach Europa gesegelt waren. Es war sauber und blitzblank wie eh und je, die zusammengerollten Segel schneeweiß. Als ich am späten Nachmittag an Bord ging, bemerkte ich ein Stück weiter das flache, gipsverputzte Haus, das Vater und ich am ersten Tag besucht hatten. Das Haus der redseligen Dolores mit ihren Hennen und Geranien. Ich reichte Kurt den Brief an Mizuki, den ich noch einmal neu geschrieben hatte. Dann fragte ich ihn nach seiner Frau und seiner Familie in Amsterdam. Er erzählte mir von seinen letzten Reisen.

Zum Essen servierte er mir Lamm mit Reis und einen Bordeaux-Wein. Danach ließ ich mich in seine private Kabine führen, wo er mich im Dunkeln entkleidete. Er zog mir alles aus bis auf die Perlenkette und meine Armreife. Er küsste mich, ganz langsam, legte mich auf sein Bett und zog sich dann selbst aus. Durch das offene Fenster drang Mondlicht herein. Das Schiff schwankte und ächzte an den Pfählen des Anlegers. Ich fühlte mich von Kurts Leidenschaft verdorben und gleichzeitig von seiner Zärtlichkeit beschützt. Es war eine Offenbarung. Ich hatte meinen Mann gefunden. Später, als ich in Rosarios Haus zurückgekehrt war, beschloss ich, mich nicht mit Yokikos Lösung zu waschen.

Am folgenden Tag verabschiedeten Vater und ich uns

von Rosario und Francisco. Vater hielt es für das Beste, nach La Moratalla zu gehen. Rosario wollte uns begleiten, doch Vater redete es ihr aus. Sie weinte, und er hielt sie fest. Francisco, dessen Gesicht immer noch ein blaues Auge zierte, starrte erst die beiden und dann mich an. Caitríona und Carlota sollten uns bis Carmona begleiten. Doch als wir die Finca dort erreicht hatten und uns zum Schlafen legten, bestand Caitríona darauf, bei uns zu bleiben. Ich war dankbar für ihre Gesellschaft. Am nächsten Abend erreichten wir La Moratalla. Der Duft von aufgehenden Orangen- und Zitronenblüten erfüllte die kühle Luft und vermischte sich mit dem Aroma von Buchsbaum.

Das Personal war ebenso überrascht wie erfreut, uns zu sehen. Kerzen und Feuer wurden angezündet. Der Gedanke an Soldaten, die kommen und Vater festnehmen würden, erschien abwegig und absurd. Carlota schlief bei mir, Caitríona bei meinem Vater. Ich sehnte mich auf erregende Weise nach Kurt und fragte mich, ob Vater und Rosario sich getrennt hatten. Das große Haus auf dem riesigen Grundstück, wo ich geboren worden war, erschien mir einladend und sicher. Wie immer schlief ich bei offenem Fenster. Carlota lag neben mir unter der Decke zusammengerollt und schlummerte tief. Sie roch nach Lavendelseife. Kurz vor dem Einschlafen hörte ich Caitríona im Zimmer über uns, wie sie vor Vergnügen aufstöhnte.

KAPITEL 50

Das nun Folgende hat mir Patrick berichtet. Er traf drei Tage nach seinem Aufbruch aus Sanlúcar in Madrid ein, spürte Onkel Carlos auf und zeigte ihm Vaters Briefe. Am nächsten Tag nahmen sie die Schriftstücke zu der Audienz beim Grafen-Herzog Olivares mit, die Carlos arrangiert hatte. Der Graf-Herzog erklärte, er wisse nichts von der Angelegenheit, und ließ den für Verbrechen gegen das Militär zuständigen General rufen. Während der Wartezeit tauschten die Männer Höflichkeiten aus, als stünde rein gar nichts auf dem Spiel. Der Graf-Herzog erkundigte sich nach Sevilla und beklagte mit unverkennbarem Stolz, dass er wegen seiner ständig wachsenden Verpflichtungen seine Heimatstadt seit Jahren nicht habe besuchen können. Dann erst schien er Patrick gründlicher zu mustern, seine korrekte Kleidung, seine asiatischen Gesichtszüge, das Kruzifix um seinen Hals. Er stellte dem jungen Mann mehrere Fragen und schien Gefallen an ihm zu finden. Nach einer Weile trat der General ins Zimmer und bestätigte die Rechtmäßigkeit des Bescheides, der Vaters Verhaftung anordnete. Plötzlich trat, wie das Schicksal es wollte, der König persönlich ins Zimmer, ein glücklicher Zufall, der am Ende nicht das Geringste ändern sollte.

Er hatte nach Olivares gesucht, mit dem er ein anderes Thema besprechen wollte. Doch als er das eigenartige Quartett dort zusammensitzen sah und aus dem Mund des Generals den Begriff »Vollstreckungsbescheid« hörte, war sein Interesse geweckt. Dem Vernehmen nach hörte er allen Anwesenden aufmerksam zu, einschließlich meines Bruders. Patrick fand ihn äußerlich unansehnlich und linkisch, aber nichtsdestotrotz ziemlich königlich. Und Patrick war es auch, der die Briefe erwähnte, nach denen der König auf der Stelle verlangte. Er las den ersten sorgfältig und faltete dann den alten Pergamentbogen auseinander, den sein eigener Vater geschrieben und mit seinem Siegel versehen hatte. Den Brief, in dem Philipp III. seine große Bewunderung für Vater zum Ausdruck brachte und anordnete, man solle ihn überall wie einen persönlichen Freund des Königs empfangen.

Während Philipp IV. las, sprach der Graf-Herzog über den zur Debatte stehenden Fall. Er erwähnte den ruchlosen Einfluss Hermenegildos und widmete sich ausführlich der etwas komplizierten Herkunft meines Bruders. Patrick fürchtete, der König würde nicht zuhören, da er viel zu vertieft in das Schreiben seines Vaters wirkte. Doch als er fertig war, faltete er beide Briefe zusammen, steckte sie in seine samtene Tunika und verkündete seinen Entschluss.

»Wir werden den Samurai begnadigen. Mit sofortiger Wirkung. Bereitet ein entsprechendes Dokument vor, damit ich es in einer Stunde unterzeichnen kann.«

»Ja, Eure Majestät«, sagte der General, verneigte sich, drehte sich um und ging eilig davon.

»Graf-Herzog«, fuhr der König fort. »Bittet den Herren aus Japan, uns hier im Palast aufzusuchen. Es ist höchste Zeit, dass wir dem Burschen begegnen, auf den mein Vater solch große Stücke hielt. Und er soll Eure Nichte mitbringen, Carlos, damit wir auch sie kennenlernen.«

Dann wandte er sich an meinen Bruder.

»Eure Abkunft ist zweifellos ungewöhnlich, junger Mann, aber das gilt auch für einige meiner Freunde und Verwandten. Entscheidend ist, dass Ihr im Schoß der Kirche aufgewachsen seid, die Sakramente empfangen habt und von einem wirklich vornehmen Mann aufgezogen wurdet. Ihr habt Charakter und Mut bewiesen, indem Ihr hierherkamt. Das wirft ein gutes Licht auf Eure beiden Väter. Wir sind Euch zu großem Dank verpflichtet, dass Ihr diese Briefe in unsere Hände gegeben habt.«

Patrick erzählte mir, er sei vor Freude außer sich gewesen. Dann wandte sich der König erneut an den hochgewachsenen, massigen Olivares. »Dieser abscheuliche Statthalter, Francisco de la Mora – lasst ihn stattdessen festsetzen. Uns ist schon mehrfach von seinem skandalösen Verhalten zu Ohren gekommen. Aus Achtung vor seiner Familie haben wir es bisher ignoriert, aber jetzt ist Schluss. Der Mann repräsentiert die Krone in Neuspanien und hat die Aufgabe, der einheimischen Bevölkerung den wahren Glauben nahezubringen und sie für unsere Lebensweise zu gewinnen. Doch er hat Schande über sich und die Krone gebracht, indem er ungerechten Handel getrieben, sich bereichert und diese Menschen korrumpiert und eingesperrt hat. Es ist abscheulich.«

Wein wurde herbeigeholt, und der Graf-Herzog wirkte

angesichts der unerwarteten Ereignisse ziemlich aufgekratzt. Während alle auf den General mit dem Begnadigungsschreiben warteten, sah mein Onkel Carlos sich genötigt, einige Erklärungen für das gemeine Verhalten seines früheren Gefährten abzugeben, für die sich der König allerdings wenig empfänglich zeigte.

»Granada ist ein Schlangennest«, sagte der König. »Und dieser Hermenegildo ist ein Van der Wyden, ein Abkömmling irgendwelcher Deutscher, die Königin Isabella dabei geholfen haben, die Mauren wieder dorthin zu schicken, wo sie hergekommen waren. Zum Dank für ihren Dienst erhielten sie Titel und Besitztümer in Granada. Diejenigen, die blieben, wie die Familie dieses Mannes, wurden schon bald von den üblen Ausdünstungen der Stadt infiziert, von ihrem generellen Hang zu Neid und Argwohn, von der Finsternis ihrer Seele. Vielleicht hat es irgendetwas mit dem Wasser zu tun, ein böser Fluch, mit dem Boabdils wütende Mutter vor ihrer Flucht die *Acequia de Aynadamar* belegt hat.«

Der General kehrte zurück, und der König unterzeichnete die Begnadigung, die ordentlich gestempelt und versiegelt wurde. Die Einladung an den Hof, von Olivares persönlich aufgesetzt, wurde gleich hinzugefügt.

»Nun sucht ein paar starke Männer und schnelle Rosse und sucht diesen Mann. Händigt ihm die Dokumente aus. Brecht schon heute Abend auf für den Fall, dass andere, in Andalusien stationierte Truppen bereits zu ihm unterwegs sind.«

»Ich würde gern mit ihnen reiten, Eure Majestät«, erklärte mein Bruder.

»Dann tut das, junger Mann. Reitet mit ihnen und weist ihnen den Weg.«

»Ich werde euch begleiten«, sagte Onkel Carlos – und für diese noble Geste angesichts der Schwierigkeiten, die wir vorher miteinander hatten, werde ich ihn immer schätzen.

Es dauerte drei Tage, bis sie bei uns eintrafen.

KAPITEL 51

Am Morgen nachdem wir La Moratalla erreicht hatten, kamen Soldaten durchs Tor geritten. Es waren dieselben, die auch schon in der Casa de Pilatos aufgetaucht waren. Von meinem Balkon aus sah ich, wie Narciso ihnen entgegentrat. Dann kam auch Caitríona mit der kleinen Carlota heraus und stellte sich an seine Seite. In diesem Moment betrat Vater mein Zimmer. Er trug seinen feinsten Kimono und Kamishimo, dazu sein langes und sein kurzes Schwert in der Schärpe. »Komm mit«, sagte er nur.

Wir flüchteten durch die Küche. Ich nahm an, wir würden zu den Ställen laufen, uns zwei Pferde schnappen und verschwinden. Stattdessen führte er mich in den Garten, wobei ich Schwierigkeiten hatte, mit seinem schnellen Schritt mitzuhalten. Wir eilten weiter, bis wir uns dem unberührten Wald näherten, dem wilderen Teil des Grundstückes. Dort überquerten wir die schmale Holzbrücke über den kleinen Fluss und setzten den Weg zwischen Farnen und Pinien fort. Ich begriff, dass er mich zum Grab meiner Mutter brachte.

Ich weiß noch, dass ich trotz allem, was gerade im Haus geschah, die Schönheit des Morgens wahrnahm, die sanfte, frische Luft, die klaren Farben, das vom Tau noch feuchte Unterholz. Der Frühling würde nicht mehr lange auf sich warten lassen. Und ich erinnere mich, wie gut es sich trotz der Gefahr anfühlte, nach langer Zeit wieder einmal nur mit Vater zusammen zu sein. Nur wir beide, wie damals, als wir zusammen Japan verlassen hatten.

Schweigend traten wir an das Grab. Kein Lufthauch bewegte die Bäume und Sträucher, und das Wasser floss ruhig dahin. Die Sonne war gerade jenseits der Weide aufgegangen und beschien die obere Hälfte der römischen Ruinen.

Vater war seit dem Tag ihres Begräbnisses nicht mehr dort gewesen. Er betrachtete das Grab und den Biwabaum, der sich aus den Samen entwickelt hatte, die er dort ausgesät hatte. Er nahm meine Hand und sprach auf Japanisch mit mir.

»Ich muss gehen«, sagte er.

»Wie meinst du das?«

»Ich muss gehen. Ich muss verschwinden.«

»Also gut«, sagte ich voller Angst. »Aber dann gehen wir zusammen.«

»Nein«, sagte er. »Diesmal nicht.«

Ich begann, zu weinen.

»Patrick und Carlos werden sich zum König durchschlagen«, sagte ich. »Und der König wird alles begreifen. Selbst wenn er lediglich den Wünschen seines Vaters nachkommen will.«

Er drückte meine Hand, so wie er es schon mein ganzes Leben lang getan hatte.

»Ich habe alles durchdacht«, sagte er. »Der König ist

noch jung. Er schuldet mir nichts. Er wird keinen Befehl seines eigenen Militärs widerrufen und jemandem helfen, der spanische Soldaten getötet hat. Egal unter welchen Umständen. Seine Ehre steht auf dem Spiel. So viel begreife ich.«

»Das kannst du nicht wissen«, wandte ich ein.

»Ich darf das Risiko nicht eingehen«, sagte er.

»Dann musst du mich mitnehmen. Du darfst mich nicht verlassen.«

»Wir sind von so weit hergekommen, Masako.« Seine Stimme wurde ganz sanft. »Es ist mir gelungen, dich nach Spanien zu bringen. Es ist mir gelungen, uns drei heute Morgen wieder zusammenzubringen. Mehr kann ich von diesem Leben nicht erwarten. Hier gehörst du hin, und ich muss jetzt dorthin zurückkehren, wo ich hingehöre. Wenn ich fort bin, kann der nächste Teil deines Lebens erst richtig beginnen. Das ist der natürliche Lauf der Dinge.«

Ich kannte ihn. Ich kannte ihn besser als irgendjemand sonst. Der Klang seiner Stimme verriet mir, dass seine Entscheidung gefallen war. Schon lange hatte ich mich vor diesem Augenblick gefürchtet. Durch meine Tränen hindurch konnte ich ihn kaum sehen. Er wandte sich von mir ab, ging auf die Knie und verneigte sich vor dem Grabstein meiner Mutter. Das alles tat er auf geschmeidige, elegante Weise, ganz wie ein Samurai.

»Verlass mich nicht«, bettelte ich ihn an.

»Es war immer klar, dass dieser Moment kommen würde«, sagte er, ohne den Blick vom Grab abzuwenden. »Besser, er kommt jetzt, durch meine eigene Entscheidung.«

»Ich kann es nicht ertragen«, sagte ich. »Wohin gehst du?«

Er stand auf und schaute mich an.

»Nach Hause«, sagte er.

Dann küsste er mich, was er nur sehr selten tat.

»Und wie?«

»Mit Kurt«, sagte er. »Er wartet auf mich. Narciso hat mir ein Pferd unten an den Fluss gebracht.«

»Kurt«, sagte ich.

»Kurt ist ein wahrer Freund«, sagte er. »Er wird mich nach Japan bringen. Und vermutlich wirst du ihn irgendwann nächstes Jahr wiedersehen.«

»Aber du wirst auch in Japan gesucht«, wandte ich ein.

»Ja. Aber dort habe ich mächtige Freunde. Und ich habe nie aufgehört, dem Weg des Kriegers zu folgen. Jetzt ist es Zeit, mich in ein Kloster zurückzuziehen. Ich bin ein Samurai, und das ist meine Bestimmung. So wie es deine Bestimmung ist hierzubleiben, im Land deiner Mutter.«

Ich schüttelte den Kopf und spürte, wie mein ganzer Körper zitterte. »Ich kann es nicht ertragen.«

Er legte mir die Hände auf die Schulter.

»Natürlich kannst du es ertragen. Du bist meine Tochter. Und du wirst es mit Stolz ertragen. Du musst auf dich aufpassen. Und auf deinen Bruder. Bitte entschuldige dich in meinem Namen bei ihm. Und dann sollst du das Leben führen, das du dir wünschst.«

Daraufhin zog er sein Schwert, das Schwert, das er mit dreizehn in Sendai aus den Händen von Date Masamune entgegengenommen hatte.

»Gib dein Katana deinem Bruder. Dieses hier ist jetzt deins.«

Er hielt es mit beiden Händen vor sich. Ich nahm es auf dieselbe Weise, hob es über den Kopf und ließ es dann sinken, so wie ich es in meiner Kindheit so oft gesehen hatte. So wie er es sich wünschte. Und trotzdem konnte ich nicht aufhören, zu weinen.

»Vielleicht brauchst du es«, sagte ich.

»Nein«, erwiderte er lächelnd. »Ich habe alle Waffen, die ich brauche.«

Er machte sich auf den Weg. Noch einmal drehte er sich zum Grab um und fixierte dann mich, als wolle er mich ganz deutlich in seinem Gedächtnis speichern.

Ehe ich wusste, wie mir geschah, überquerte der Mann, den ich mehr liebe als jeden anderen auf der Welt, die Lichtung und begann mit dem Abstieg. Ich folgte ihm ein Stück, blieb am Rand des Gebüschs stehen und sah zu, wie er zum Fluss hinunterstieg. Durch meine Tränen hindurch sah ich, wie er das Pferd losmachte. Dann stieg er auf und ritt los. Er drehte sich kein einziges Mal um.

NACHWORT

Als ich Kurt das nächste Mal sah, brachte er mir zwei Dinge. Eine Antwort von Mizuki auf den Brief, den ich ihr geschickt hatte, und ein Geschenk von Vater. Ich vermute, dass Vater seine Mutter nie mehr wiedergesehen hat, denn ihre Nachricht bestand aus einem einzigen Satz: »Zu wissen, dass es dir und deinem Vater gut geht, befreit mich von all meinem Leid.«

Vaters Geschenk war ein traditioneller Hochzeitskimono aus weißer Seide mit der Haube, die die »Hörner der Eifersucht« verdecken soll, und ein *kaiken*-Dolch als Ersatz für den, den ich von Date Tadamune bekommen hatte. Außerdem schickte er einen kleinen Lederbeutel mit einer Locke seines Haars. Dank des Daimyo der Präfektur Miyazaki war es Kurt gestattet, japanischen Boden zu betreten. Er begleitete Vater bis zum Tor eines Klosters hoch oben auf dem Berg Sobo, wo sie sich voneinander verabschiedeten. Sie verneigten sich voreinander. Kurt sagte, Vater habe beim Betreten des Klosters ernst, aber zufrieden gewirkt.

Rosario starb im Jahr darauf an einem Fieber. Francisco lebt jetzt allein im Haus in Sanlúcar und geht immer noch gern mit seinen Kameraden auf die Jagd. Ich hoffe, er wird jemanden finden, mit dem er glücklich ist.

Im Jahr 1640 wurde Sevilla von einer schrecklichen Epidemie heimgesucht, die Tausende Menschen das Leben kostete, darunter Doña Inmaculada. Ich begrub sie neben Don Rodrigo und Mutters erstem Kind. Caitríona, Carlota und ich reisten nach Madrid, wo ich den König traf, der sich gütig und mitfühlend zeigte. Von dort aus reisten wir weiter nach Barcelona und übers Meer nach Venedig. Wir besuchten Maria Elena, die schwach und ergraut, aber immerhin noch am Leben war und sich überschwänglich freute, uns zu sehen. Ihr wunderschönes Haus auf der Giudecca war praktisch eine Ruine. Ich kaufte es und kam für die Restaurierung auf. Ehe sie die Welt verließ, konnte sie es noch einmal in alter Schönheit bewundern. Ich ließ ein Gestell für Vaters Schwert anfertigen und in Griffweite neben meinem Bett aufstellen.

Caitríonas Brüder starben beide kurz hintereinander, und sie erbte in Irland ein beträchtliches Vermögen, das mit Whiskey und Sklavenhandel gemacht worden war. Sie nutzt es, um den Armen in Galway und der näheren Umgebung zu helfen. Wir schreiben uns oft und ausführlich. Ich frage sie immer wieder, ob sie einen Mann gefunden hat, den sie liebt, doch sie weicht der Frage aus. Vielleicht aus Rücksicht auf mich und das Andenken meines Vaters. Sie behauptet, für so etwas zu beschäftigt zu sein.

Onkel Carlos hat einen neuen Gefährten gefunden, einen italienischen Priester. Sie leben diskret zusammen in Rom. Mindestens zweimal pro Jahr besuchen sie mich hier, und es ist mir ein großer Trost, ihn endlich glücklich zu sehen. Patrick ist nach Paris gegangen, wo er für den spanischen Botschafter arbeitet und sich amüsiert.

Manchmal wünsche ich mir, er würde das Leben ein bisschen ernsthafter angehen, wie Vater es sicher auch gewollt hätte. Aber er ist sein eigener Herr. Carlota ist kürzlich zu ihm gezogen. Ich selbst verbringe die Hälfte des Jahres in Spanien. Dort kümmere ich mich um meine Häuser und um Mutters Grab in La Moratalla, wo ich mir auch die letzten Augenblicke mit Vater wieder vergegenwärtigen kann.

Ansonsten lebe ich allein hier in Venedig, mit meinen Bediensteten und guten Freunden.

Kurt besucht mich, wann immer er kann. Im letzten Sommer bin ich von ihm schwanger geworden. Er schwört, zur Geburt wieder hier zu sein. Außerdem hat er versprochen, sich bald zur Ruhe zu setzen, seine Frau zu verlassen und den Rest seiner Tage mit mir zu verbringen. Er sagt, er sehnt sich danach, mich an seiner Seite in Hochzeitskleid und Schleier zu sehen. Doch das wird sich noch zeigen. Ich bin zufrieden, so wie die Dinge sind. Vorerst bleibt Vaters Geschenk gut verstaut – bis auf den Dolch, den ich ständig an der Brust trage.

Williamstown, Paris & Madrid, 2017